모든 시간이 나에게 일어나

모든 시간이 나에게 일어나

김나현 장편소설

은행나무

차례

1 23세 이나을
얼룩진 과거의 한 조각
7

1-1 13세 이나을
시간이 지나도 알 수 없는 일
31

2 23세 이나을
내 것이 아닌 인생의 전부
93

2-1 33세 이하영
우리는 시간 속으로 던져졌다
147

3 23세 이나을
어릴 때 잠시 가져본 소망
193

3-1 43세 이시우
유령 같은 우정에 기대어
207

4 23세 이나을
운명을 뛰어넘는 배우
237

4-1 53세 유진호
그런 날은 오지 않아도
253

5 23세 이나을
시간을 다하는 것
279

5-1 73세 이소영
시간은 비밀스럽게 흐른다
295

— 에필로그 윤희재
335

작가의 말
361

1
23세 이나을
얼룩진 과거의 한 조각

아모 역으로 캐스팅된 후 윤희재 감독의 집에 여러 번 초대받았다. 멤버는 늘 정해져 있었다. 아모의 상대역을 맡은 허오겸과 시나리오를 보조하는 연나진 작가, 그리고 윤희재 감독의 딸이자 에이전시를 이끌고 있는 윤소이 대표. 여기에 윤희재 감독과 주인공인 아모 역의 나. 이렇게 다섯이었다.

보통 토요일 점심부터 시작되는 그 만남은 거실 전면에 통창을 내어 바깥 정원과 이어지는 개방감 있는 구조를 자랑하는 윤 감독의 집에서 이루어졌다. 매번 저녁 식사 때 시작한 반주가 술자리로 이어졌고, 다들 만취가 되어 거실 소파와 침대에 널브러져 잠이 들었다가 다음 날 정오쯤 윤소이 대표가 한 사람씩 어깨를 흔들어 깨우면 마법에서 풀려난 것처럼 눈

을 떴다. 그러곤 남은 잠을 떨치기 위해 맨발로 정원으로 나
가 일광욕을 즐겼다. 따뜻하고 나른한 햇살을 받으며 통창 너
머 거실 테이블로 시선을 옮기면, 고개를 푹 숙이고 노트에
무언가를 적어 내려가는 윤 감독의 정수리와 하얀 가르마가
보이곤 했다.
"무슨 냄새죠?"
어느때인가 오겸은 맨발로 잔디에 앉아 코를 킁킁거리며
물었다.
바지 뒷면과 소매가 젖고 풀물이 들겠지만, 그는 상관없다
는 듯 다리를 뻗고 발바닥으로 부드러운 풀을 가볍게 쓸고 있
었다.
"감독님이 호박죽 끓인댔어요. 호박죽 킬러시라던데."
"어제는 한 입도 안 드셨잖아요. 연 작가님이 가져온 새우
튀김 때문에 입맛 떨어진다고."
오겸은 두 팔을 길게 뻗어 스트레칭했다. 우리는 일종의 안
도감을 눈짓으로 주고받았다. 아마도 윤 감독의 영화에 출연
하는 일이 우리에게 많은 것을 보증하리란 것에서 비롯한 안
도감이었으리라. 나와 오겸은 700대 1의 경쟁률을 뚫고 오디
션에 합격한 신인이었다. 그것만으로도 여러 가지를 인정받
은 셈이라 오디션 합격 이후 나는 줄곧 지상에서 한 발 떠 있
는 기분이었다. 그런 나를 윤소이 대표는 아예 하늘로 올려

보냈다. 그녀는 앞으로 혼자 감당할 수 없을 만큼 많은 일이 쏟아질 테니 반드시 보필해줄 회사가 필요할 거라고 했다. 그러면서 에이전시 계약서를 내밀었다. 윤 감독의 영화에 출연한 여러 배우가 소속된 회사였다. 나는 고민 없이 계약서에 서명했다. 사실 그때의 기억은 조금 기이하게 남아 있다. 윤 대표가 불쑥 애인이 있느냐 물었고, 그렇다는 내 대답에 몇 초의 정적이 이어졌던 것이다. 어떤 사람이냐고 재차 묻는 윤 대표에게 휴학 중인 의대생이라 했다. 이름이 무엇인지 물어서 나는 그 이름이 정규현이며, 이름에 '규'가 들어간 터라 '큐'라는 애칭으로 자주 불린다고도 말했다. 윤 대표가 흥미를 느끼는 것 같아 나는 메일함에 있던 큐의 프로필을 보여주었다. 그때 큐는 아르바이트를 하면서 연기 학원에 다니고 있었다. 그의 꿈도 배우였다. 괜찮네요, 괜찮아. 그렇게 추임새를 넣듯 말하더니 윤 대표는 언젠가 자기 자리로 돌아갈 사람이겠죠, 하고 결론지으며, 과거의 연애 상대가 의대생인 것은 괜찮은 이슈가 될 수도 있죠, 앞으로는 어떤 과거를 갖고 있느냐가 중요한 문제가 될 거예요,라고 덧붙였다. 그 말이 속물 같아 보였지만 반박할 마음은 없었다. 나 역시 큐가 언젠가 자신에게 보장된 미래로 돌아갈 거라고 생각했다. 그는 연기자의 꿈을 좇기보다는 연기하는 사람들 주변을 맴돌며 세심하게 챙기는 역할을 더 잘했다. 배우보다는 촬영 보조에 어울린다고 할까. 연습은 늘 뒷전이고 그래서 실력이 좋아지는 것 같지도 않았다.

그런 큐와 비교하자면 오겸은 언제나 저돌적이었다. 오겸을 보고 있으면 한 톨의 의구심도 들지 않았다. 2차 오디션 때 5킬로그램을 감량해 뼈가 드러나는 몰골로 나타난 오겸은 윤 감독이 소품으로 준비한 작은 상자에 자기 몸을 구겨 넣었다. 그때 상자 밖으로 힘없이 나온 손목은 사람이 아니라 나뭇가지 같아서 심사를 보던 연 작가마저 손수건으로 눈가를 훔칠 정도였다. 압도적인 존재감. 나를 비롯해 그곳에서 대기를 하던 이들 모두 오겸이 아모의 상대역을 따내리란 걸 알았다.

오디션에 합격한 후 오겸에게 왜 배우가 되고 싶으냐 물었더니 그는 이보다 재미있는 일이 없을 것 같아 이 길을 선택했다고 말했다. '다른 사람의 인생을 살아보는 거니까요.' 그것은 내가 배우가 되기로 결심한 까닭과 비슷하면서도 다른 듯했다. 나 역시 다른 인생을 필요로 했다. 다른 사람인 척하고 있을 때 나 자신이 온전해지는 기분이 들었기 때문이다. 나는 초등학생 때 친구를 따라 가벼운 마음으로 배우의 꿈을 품었고, 중학교 연극부 활동을 시작하면서 본격적으로 연기에 흥미를 갖게 된 경우였다. 그러다가 고등학생 때 지도 선생의 권유로 작은 프로덕션의 홍보 영상에 출연했고 완전히 마음을 굳혔다. 그때 나는 화목한 가정의 사랑받는 막내딸 역할이었다. 아빠의 팔짱을 끼고 강아지와 산책을 하고, 방으로 돌아와 엄마가 준비해주는 과일을 먹으며, 행복한 척 미소를 짓는 장면을 해가 질 때까지 찍고 또 찍었다. 그 역할 속에서 나의 걱정거리는 자꾸 밖으로 산책을 나가자며 졸라대는 강아지와 좀처럼 오르지 않는 수학 성적뿐이었다. 그런 것만 해결되면 아무 걱정 없는 여자아이. 나는 영원히 그런 아이였으면 싶었다. 촬영이 끝나고 어른들이 마련한 뒤풀이에 따라가 콜라를 홀짝이며 구석에 박혀 있었던 그날, 엄마 역할을 맡았던 여자가 왜 집에 안 가고 어른들 노는 데 끼어 있느냐고 물었다. 나는 집보다 이곳이 편하다고, 우리 엄마보다 당신이 더 내 엄마 같다고 대답해서 그녀를 웃게 만들었다. 그 후로도 종종 그 프로덕션에서 찍는 영상에 참여했다. 주말이면 촬영을 다닌다는 소문이 나자 학교에서도 나를 미래의 대배우로 취급해주는 친구들이 있었다. 솔직히 그런 일들이 싫지 않았다.

"나을 씨!"

유리창 너머에서 윤 대표가 날 향해 손짓했다. 미간에 주름이 잡혀 있었다. 오겸이 눈동자를 굴려 윤 대표를 흘긋 보았다.

"설마 아직 그 의대생이랑 사귀는 건가요?"

오겸이 과장된 말투로 장난을 걸었다.

"무슨 상관인데요?"

"무슨 상관이긴요. 내 상대역인데."

나도 모르게 그의 장난에 미소가 번져 나왔다. 풀밭에 머리를 대고 누워버린 그에게 쓰쓰가무시병을 조심하라 일침하고 여닫이창을 열고 안으로 들어갔다. 달큼한 호박죽 냄새가 코로 강하게 밀려들었다. 절로 군침이 도는 달고 구수한 냄새는, 이 순간을 완벽하고 평화로운 오후의 한 컷으로 느껴지게 했다. 윤 대표의 얼굴만이 어울리지 않게 심각할 뿐이었다.

"저 불렀어요?"

윤 대표는 잠시 말없이 나를 봤다. 무언가 찝찝한 기분이 뒤따랐다. 연기를 공부하면서 수없이 많은 영화를 봤다. 그리고 알게 된 공식이 있었다. 불길한 장면은 평화로운 장면 뒤에 붙어 온다는 것. 오후의 평화를 약속하던 다디단 호박죽 냄새에 갑자기 속이 울렁거렸다. 윤 대표가 노트북을 앞에 세운 후 나를 옆으로 끌어당겨 앉혔다.

"이것 좀 봐요."

*

[윤 모 감독 차기작 출연 배우 학폭 고발]
글쓴이: 앵두 | 조회 수: 3

윤 모 감독 차기작 소식 들은 사람? 이번에도 완전 신인으로 간대. 원래 그 감독이 신인 써서 스타 만드는 걸로 유명하잖아. 발표 전까지 철저하게 비밀 지키는 것으로도. 근데 공개 오디션 하면 정보 새는 건 당연하지. 제작사에서도 실드 안 치고 내버려둔 거 보면 이런 식으로 관심 끌려고 하는 것 같음. 얼굴 프로필까지 공개된 거 그냥 내버려두더라. 그 바람에 알아버림. 여기 출연하는 이○○. 주연급이고 원톱 같은데 얘가 어떻게 이런 영화에 출연할 수 있는 건지 모르겠음. 참고로 나는 얘 초딩 동창. 솔직히 이런 얼굴로 영화 찍을 수 있는 시대가 된 거지 얘가 예쁜 건 절대 아님. 만약 이○○이 맞다면 6학년 때 나 얘한테 물리고 처맞은 적 있음. 뜯기고 피 나고 난리 아니었음. 진짜 미친개. 어떻게 영화에서 이 면상을 보냐. 벌써 토 나오네. 제발 꺼져라.

윤 대표는 아는 사람 중 '앵두'라는 닉네임을 쓸 만한 사람이 있는지 물었다. 나는 고개를 저었다. 윤 대표가 맡고 있는 에이전시 비상은 소속 배우에 대한 철저한 관리로 유명했다. 소속 배우들 대다수가 윤희재 감독의 영화에 출연했거나 앞으로 출연할 가능성이 높은 이들이었고, 그의 영화는 제작만 되었다 하면 대중의 관심을 끄는 것은 물론 국제 영화제에서 자주 노미네이트되었으므로 제작 발표와 공개를 앞두고는 이슈 관리에 민감할 수밖에 없었다. 윤 대표가 윤 감독의 딸이기에 더욱 예민하게 신경을 쓰는 부분이기도 했지만, 이 업계의 일이 그랬다. 모두가 힘을 모아 좋은 작품을 만들어도 배우 이슈로 망하기도 하니까. 그러므로 스캔들은 예방이 최선의 전략이었다. 지나치게 조심하는 태도는 어쩌면 필수였고, 그 지나친 조심성이 집약된 곳이 바로 비상의 홍보팀이 아닐까 싶었다. 말이 홍보팀이지 실상은 민간화된 수사기관과 다름없는 거 아닐까. 이번에 그들이 발견하고 바로 삭제한 건 연예 이슈 판에 올라온 글이었다. 누가 봐도 나를 저격하는 고발이었다.

"이땡땡, 이게 누구일 것 같아요? 이 씨는 한 명밖에 없고 주연급이면……."

윤 대표는 내게 말할 틈을 주지 않고 의구심을 쏟아냈다.

"일단 앵두가 누구인지 알아보죠. 사실이 아니라면 우리도 명예훼손이나 무고로 갈 수 있어요. 나을 씨가 확실히 해줘야 해요. 마음에 걸리는 게 있으면 전부 다 말해야 해요."

나는 캡처된 게시 글을 한참 보았다. 도대체 누가 이런 글을 쓴 걸까? 어이가 없어 헛웃음만 나왔다. 6학년이라면 열세 살, 무려 10년 전이다.

윤희재 감독은 다 듣고 있으면서도 등을 돌린 채 솥 안을 휘젓기만 했다. 오전부터 줄곧 틀어둔 빌 에반스의 음악이 거실 한구석에 낮게 울려 퍼지고 있었다. 아련한 피아노 선율이 정적 사이를 어색하게 파고들었다.

"이런 이슈가 생각보다 파장이 커요. 불이 난 거랑 똑같아요. 초기에 잡지 않으면 미친 듯이 번져갈 거예요."

나는 바닥에 주저앉아 두 손으로 얼굴을 감쌌다.

"괜찮아요?"

윤 대표가 내 어깨에 손을 올렸다. 그 손의 무게가 가벼워 금방이라도 내 몸에서 떨어질 준비를 하고 있는 것처럼 느껴졌다.

"설마 나을 씨가 학폭일 리 없죠. 누굴 때릴 사람은 아니잖아요?"

윤 대표가 확인하듯 물어오며 내 어깨를 흔들었다. 동시에 자신의 놀란 마음을 진정시키는 듯했다.

"어릴 때 나쁜 친구들하고 엮인 적 있어요?"

"저 그런 애 아니었어요."

"그런 뜻이 아니라 간혹 그런 일이 있거든요. 과거의 인연을 핑계로 돈을 요구하는 못된 인간들이요."

과거의 인연을 핑계로…… 그 말을 곱씹어보는데 문득 한 사람이 떠올랐다. 그러자 매듭지어진 기억이 풀려나듯 누군가 떠올랐다. 아, 맞아, 그 애 이름이 뭐였더라? 그 순간 나도 모르게 두 손바닥을 얼얼하도록 맞부딪쳤다.

"떠올랐어요!"

윤 대표가 눈을 휘둥그레 뜨고 날 보았다. 앵두요, 앵두. 나는 그 이름만 중얼거릴 뿐 아직 다른 건 아무것도 말할 수 없었다.

*

어떻게 내가 그 애의 머리에 달려 있던 그 붉고 빛나던 앵두 참을 잊을 수 있었을까. 나는 씩씩거리며 몸을 반대편으로 돌리고 눈을 꼭 감았다. 다시 잠들려 애썼지만 잠이 오지 않았다. 팔을 뻗어 협탁 위 휴대폰을 들었다. 아무래도 자고 있으려나, 생각하면서도 큐에게 전화를 걸었다. 발신음이 세 번 울렸다. 마치 기다렸다는 듯 큐가 전화를 받았다.
"안 자고 뭐 해?"
"영화 보고 있어. 새벽에 전화하는 거 오랜만이네."
큐의 목소리를 듣자 목에서 울컥하고 무언가 솟아올라 눈언저리가 뜨거웠다. 나는 아주 잠깐 오겸을 떠올렸다. 만약 그라면 이 시간에 전화를 받아줄까. 하지만 지금 같은 상황에서는 오겸 같은 사람보다 큐 같은 사람이 필요하다는 걸 본능적으로 알았다. 아무래도 상대를 배려하는 성정은 큐를 따를 사람이 없을 테니까. 나는 이런 순간조차 오겸을 떠올리고 큐를 그와 비교하는 자신이 한심했다.

"내일 도넛이랑 밀크셰이크 먹을래?"

"너무 고열량 아니야?"

"가끔은 먹어줘야지. 그건 약이야."

큐는 저녁에 우리가 자주 가는 도넛 가게에서 보자고 했다. 시시한 이야기를 나누며 통화를 하는 사이 불길한 기운이 점차 옅어졌다. 두 시간쯤 지나자 슬슬 졸음이 밀려왔다. 그는 그때부터 다섯 시간을 자고 일어나서 아르바이트를 가야 했다. 바로 전날 오전반 스태프와 근무 시간을 바꿔 일정이 변경된 것이다. 나는 왜 그런 걸 이제 말하냐며 툴툴거렸다. 새벽 3시였다. 큐는 괜찮다면서도 졸음을 참지 못한 듯 하품을 해댔다. 전화를 끊은 후 나는 윤 대표에게 큐에 대해 다시금 말해볼 기회를 마련해봐야겠다고 생각했다. '진짜 얘가 착하긴 착해요.' 과연 그런 걸로 어필이 될까 의문이 들지만 큐를 위해 무언가 해주고 싶었다. 멍하니 천장을 바라보다가 암막 커튼 사이로 들어오는 얇은 새벽빛을 차단하려 이불을 머리까지 뒤집어썼다. 얼룩진 과거의 한 조각도 이렇게 손쉽게 덮어지면 좋으련만, 생각하면서.

도넛 가게는 주력 메뉴인 도넛보다 커피가 맛있었다. 바닐라 크림 도넛 두 개와 고소한 아메리카노를 주문한 후 자리에 돌아오면서 도넛이든 커피든 어느 쪽이라도 맛있다고 소문만 나면 되는 것이 아닌가 싶었다. 큐에게 그 말을 하고 싶었다. 배우가 되거나 되지 않거나 행복하게 살 수만 있으면 되는 게 아닐까. 그런 말을 솔직하게 털어놓으면 큐는 상처받을 것이다. 큐는 자신이 이 길을 열렬히 원한다고 믿었다. 옆에서 보기에는 그저 어쭙잖게 맴돌 뿐인데도.
"네가 잘돼서 정말 좋아. 나한테는 예행연습이 되는 거잖아."
도넛을 반으로 자르면서 큐가 말했다. 그는 언젠가 자신에게도 그러한 미래가 예정되어 있다고 믿었다. 그 순수한 예견에서 오는 자신감이 고스란히 느껴졌다. 하지만 나는 그 예감에 물음표를 붙이고 있었다. 큐는 정말 배우가 될까? 도대체 언제쯤?
"좋은 것만은 아니야. 만날 때마다 술을 너무 마셔서."
"우리도 자주 마셨잖아."
"그런 귀여운 수준이 아니야. 거의 영혼을 세척하는 느낌으로 마셔."
큐는 갑자기 웃음을 터뜨렸다. 그렇게 웃긴 말인가. 그의 반응이 과하게 느껴졌다.
"연 작가님이 말해줬는데, 액터스 헤븐이란 게 있대."
"업계 용어인가?"
"그건 아니고, 작가님 세계관 같은 거야."
큐가 얼굴을 앞으로 바짝 들이밀었다. 궁금해서 참을 수 없다는 얼굴. 자신이 가보지 못한 세계에서 흘러나온 것이라면 그게 구린내를 풍긴다 해도 맛보려는 듯했다. 별것도 아닌 이야기였다. 무엇보다 그 이야기를 하려면 연 작가와 오겸의 일을 다시금 떠올려야 해서 입을 다물고 싶었지만, 큐에게 조금이라도 보답하고 싶었다. 아니, 실은 보답하고 싶다는 마음이 아니었다. 자꾸 다른 사람을 신경 쓰면서 시종일관 큐를 기만하는 자신을 조금은 좋은 사람으로 포장하고 싶었다.

"무한대의 시간이 주어지고 원하는 역할로 살아볼 수 있는 세계야. 액터스 헤븐."

큐의 눈동자에 맑은 빛이 차올랐다.

"더 말해줄까?"

"제발."

큐가 내 쪽으로 얼굴을 들이밀며 간청하는 눈빛을 보내왔다.

*

자정이 될 때까지 술에 취하지 않은 사람은 없었다. 연 작가는 흥이 올랐는지 스피커에서 흐르는 음악에 맞춰 몸을 가볍게 흔들었다.

"이번에 망하면 다시 소설 쓸 거야."

윤 대표가 불콰하게 취한 얼굴로 흔들거리는 연 작가의 어깨를 붙들었다.
"소설이 망해서 영화로 온 거 아니에요?"
윤 대표가 장난이라며 연 작가의 어깨를 가볍게 밀었다.
"작가님, 왜 그렇게 불안해하는 거예요? 그런 생각 말고 다음에 쓸 얘기나 들려줘요."
윤 대표가 의자 위로 발을 올리고 무릎을 끌어안으며 연 작가를 풀린 눈으로 바라보았다. 잠자리에서 엄마의 달콤한 자장가를 기다리는 아이 같았다.
"난 천국에 대해서 쓸 거야. 제목도 정했어. '액터스 헤븐'."
"액터스 헤븐이면 배우만 가는 거 아니에요? 라이터스 헤븐은 없어요? 작가님은 천국 가고 싶지 않아요?"
"그런 천국은 이상하지 않아?"
연 작가는 눈동자를 굴리다가 고개를 내저었다.
"작가들이 천국에 가서 일렬로 앉아 타이핑하고 있는 모습이라니. 아무리 자기가 원하는 이야기를 쓰고 있다고 해도, 그렇게 심심한 얼굴로 타자만 두들기는 건 전혀 행복해 보이지 않아. 천국이란 말은 작가에게 어울리지 않는 거야."
"배우는 천국이 어울리고요?"
오겸이 해맑은 얼굴로 물었다. 그는 아무리 술을 마셔도 얼굴색이 변하지 않는 체질이었다. 한 잔만 마셔도 얼굴이 빨개지는 윤 감독은 그를 부러워했지만 오겸은 부러워할 만한 일은 아니라면서, 불쾌한 술자리에서는 이 하얀 가면을 벗어던지고 싶을 때가 많다고 말한 적이 있었다. 그때 윤 감독은 그에게 엄지를 들어 보였다.

"작가보다 배우가 천국에 어울리겠지."

"그럼 연 작가는 지옥에 있는 건가?"

윤 감독이 피식거리며 끼어들었다.

"샛길로 빠지지 말고, 그 천국이 어떤 곳인지나 말해봐요."

윤 대표가 중재하며 이야기를 돌려놓았다. 연 작가는 잠시 테이블에 놓인 와인 잔을 내려다보더니 천천히 입을 열었다.

"천국에서는 무한대로 시간이 주어지고, 배우라면 어떤 역할이든 원하는 역할을 맡아서 살아볼 수 있는 거지. 자신이 꼭 해보고 싶던 역할을 연기만 하는 게 아니라 직접 살아보는 거야."

"어떤 역할도?"

"원하기만 한다면."

"아주 악질적인 역할도?"

"선택 가능하지."

"그러다가 그 역할이 싫어지면?"

"그게 이 세계의 유일한 단점이야. 한번 정한 역할을 바꿀 수 없다는 거. 어떻게든 그 역할로 최선을 다해서 살아야 해."

"그럼 그건 그냥 지옥 아니에요?"

오겸의 말에 연 작가는 고개를 갸웃거렸다.
"그게 왜 지옥이지? 시간의 제약이 없는 세계라면 무엇이든 원하는 걸 이룰 때까지 계속 시도해볼 수 있잖아? 계속하다 보면 그걸 이루게 될 확률이 높아질 테고, 어느 순간에 모든 꿈은 현실이 되겠지."
다들 생각에 빠졌는지 정적이 감돌았다. 침묵을 깨고 윤 감독이 연 작가를 놀리듯 물었다.
"지금 뭐 잘 안 되는 거라도 있어? 쓸데없는 생각을 했네."
"뭐라는 거야?"
"연 작가 수상해. 댁이야말로 무슨 역할을 맡고 싶은 거야?"
"이제 그만해요. 기분 나빠."
"이제 막 재밌으려니까."
"머리 좀 식히고 올게요."
연 작가가 밖으로 산책이라도 나갈 기미를 보이자 윤 대표가 자리에서 일어나면서 황급히 등받이에 걸려 있던 외투를 손에 들었다.
"작가님, 이거 입고 가요. 쌀쌀해요."
연 작가는 윤 대표가 건넨 밤색 트렌치코트를 받아 들었다. 어깨에 걸쳐보더니 '이 옷 좋다, 나도 사고 싶다' 하며 쇼핑 이야기로 자연스럽게 건너갔다. 윤 대표와 연 작가는 팔짱을 끼고 정원으로 나가며 그 트렌치코트가 명품이고 아웃렛에서 이백만 원을 주고 산 거라는 얘기를 주고받았다.

"나도 갈래요."

오겸이 바지 주머니에 손을 찔러넣고 일어나 그 둘 사이로 끼어들었다. 그렇게 세 사람이 정원으로 나가고, 나와 윤 감독만 어색하게 테이블에 남았다.

"좀 어지럽네. 조금만 누워 있다 올게요."

둘만 남은 분위기가 별로였는지, 윤 감독이 어깨에 걸친 카디건에 팔을 끼우며 일어났다. 적막한 분위기 속에서 혼자 남아 앉아 있으니 방금까지 일어난 일이 연극 장면처럼 여겨졌다. 다들 자신이 맡은 역할에 충실하다가 요령껏 무대를 떠났는데 나 혼자 퇴장할 타이밍을 놓쳐버린 것 같았다.

잠시 후, 윤 대표가 돌아왔다.

"감독님은 들어갔어요?"

"피곤하신가 봐요."

윤 대표는 긴장이 풀린 듯 의자 등받이에 몸을 기대고 빈 잔에 와인을 따랐다. 곧바로 한 잔을 비우고 또 한 잔을 채웠다. 취할 수 있는 시간이 얼마 남지 않은 사람처럼 급하게 마셨다. 연 작가와 오겸은 공통의 관심사를 찾았는지 정원에 서서 팔뚝을 쓸어내리며 열띤 토론을 펼치고 있었다. 닫아놓은 유리창 너머 두 사람의 목소리가 불분명하게 울렸다.

"나을 씨는 액터스 헤븐 가고 싶어요?"

노곤해진 얼굴로 윤 대표가 물었다.

"천국까지는 모르겠지만, 완전히 다른 사람이 되어보고 싶긴 해요."

윤 대표는 그 말을 듣더니 흥미롭다는 듯 눈을 반짝였다.

"왜요?"

"가끔 제가 너무 약한 사람처럼 느껴지거든요."

윤 대표는 생각에 잠긴 듯하더니 방금 채운 술잔을 몇 분 만에 또 비워버렸다.

"그렇게 약하지 않아요."

"저를 잘 모르셔서 그래요."

그녀가 술잔 테두리를 손가락을 한 바퀴 돌리며 씩 웃었다.

"그런가요? 그럼 난 이게 좋아요. 너무 많이 알면 서로 피곤해지니까."

큐는 바닐라 크림을 입가에 묻힌 채 말이 없더니, 그 천국이 어디인지 알 것 같다고 했다.

"액터스 헤븐은 여기야. 우리가 살고 있는 세계."

"여긴 시간이 무한대가 아니잖아."

"그래? 나는 어떤 시간들이 아무리 기다려도 나한테 안 오는 것 같거든. 무한의 기다림. 시간이 멈춰버린 것 같아. 그러니까 나는 기다리는 역할을 맡은 거지."

나는 씁쓸한 표정을 숨기려고 티슈를 들어 큐의 입가를 닦았다.

"크림 묻었잖아."

큐가 한 말에 명치가 따끔했다. 나 역시 그때 시간이 한없이 멈춰버린 듯 느꼈기 때문이다. 물론 이런 마음을 큐에게 말할 수는 없었다.

그날 밤, 무심결에 정원으로 고개를 돌린 윤 대표가 "저기 좀 봐요" 하며 손가락을 뻗었다. 그 손이 가리킨 곳으로 눈길을 돌리자, 정원에 선 두 사람이 보였다. 오겸이 항복한 듯 두 손을 올려 들고, 연 작가가 그의 허리를 팔로 감고 있었다. 그들은 한 몸처럼 보일 정도로 빈틈없이 안고 있었다.

"어?"

나도 모르게 입이 벌어지면서 윤 대표와 똑같은 자세로 검지를 들어 창을 가리켰다. 우리는 망부석이라도 된 듯 멈추어 그 둘을 보았다. 도저히 시선을 뗄 수 없는 광경이었다. 얼마나 시간이 지났을까. 윤 대표가 손으로 이마를 탁 짚더니 술이 깬 듯 고개를 들었다. 아마도 이 상황을 정리하기 위해 무슨 말이든 해야 할 필요를 느낀 것 같았다.

"연기 수업이라고 해두죠. 누가 누굴 가르치는지 모르지만."

*

며칠 후, 윤 대표가 비밀스럽게 나를 불렀다. 사무실 들어가는 길에 흘긋 보니 다른 방에서 윤 감독이 고개를 숙이고 무언가 열심히 적고 있었다. 시나리오 기계라고 불릴 정도로 부지런한 감독이라는 평이 자자한 사람이니 저런 모습도 그저 일상인가 싶었다.

방으로 들어가자 윤 대표가 아랫입술을 이로 잘근잘근 씹어대며 모니터 너머로 나를 보았다.

"여기로 와볼래요?"

윤 대표는 의자를 옆으로 밀어 내가 들어갈 공간을 마련해주었다. 그녀가 보고 있던 모니터 앞으로 가자 저번에 본 것과 비슷한 게시 글이 눈에 들어왔다.

"이제 우리도 손을 써야죠. 아이피 추적은 해놓은 상태예요. 해선동 쪽으로 잡히는데, 나을 씨 예전에 살던 동네 아니에요?"

"맞아요."

윤 대표가 의자에서 일어나며 자리를 비켜주었다. 나는 등받이가 푹신해 보이는 사무용 의자에 엉덩이만 살짝 걸치고 앉아 몸을 앞으로 기울여 모니터를 보았다.

[비상에서 내 글 지운 거?]

글쓴이: 앵두 | 조회 수: 15

저번에 쓴 글 지워짐. 도대체 누가 지움? 글쓴이랑 관리자만 지울 수 있지 않나? 관리자한테 누가 압력 넣은 건가? 비상? 거기 듣기로는 홍보팀 별명이 고스트임. 열일 하는데 어디서 뭐 하는지 안 보인다고. 삭제당하니까 더 쎄하네. 저번에 쓴 거 진짜 리얼인데? 이○○ 그 애 때문에 피해 본 인간이 한둘인 줄 알아? 그런 애가 영화 나오고 잘되면 진짜 어이없어 죽을 듯. 내가 가만둘까 봐?

이번에 올라온 글은 더욱 무례하고 격앙되어 있었다. 나를 이렇게 몰아가서 무슨 이득을 얻으려는 걸까? 머릿속이 복잡했다. 윤 대표도 마찬가지인 것 같았다.

"아직 캡처본이 돌지는 않은 것 같아요."

나는 의자에서 일어나 옆으로 물러섰다. 윤 대표가 손으로 이마를 짚으며 물었다.

"왜 이러는 걸까요?"

그 한마디가 내 과거의 모든 기억을 뒤져야 할 의무감을 안겨주었다. 나는 손아귀에 힘을 실어 주먹을 꼭 쥐었다. 어깨까지 떨리는 힘이 전해져왔다. 시간이 흐르며 전부 날아가버렸다고 믿은 그 불쾌감이 다시 밀려왔다. 만약 이 모든 게 앵두의 짓이라면, 숨어 있던 내 분노는 그 애의 얄팍한 원한에 비할 바가 아니었다. 윤 대표가 내 어깨를 붙들었다.

"나한테 숨기면 안 돼요. 무슨 문제든 힘을 모아야죠. 만약 이 글이 사실이라면 지금부터 해결책은 고소가 아니라 사건의 최소화예요."

윤 대표는 최악의 경우에는 모든 일정에서 내가 빠져야 될지도 모른다고 했다. 말하자면 영화에서 하차해야 한다는 뜻이었다. 왜? 도대체 무엇 때문에? 겨우 게시판에 올라온 글 때문에? 앵두 때문에? 그 애 때문에 이런 일을 또 겪어야 한다고?

"솔직히 말해요. 그래야 해결할 수 있어요."

"뭘 말해야 하는 건데요?"

윤 대표는 다소 일그러진 표정으로 잠시 나를 바라보았다.

"나을 씨에게 일어난 일이요. 내가 말했잖아요. 어떤 과거를 갖고 있느냐가 중요해질 거라고. 하지만 더 중요한 게 뭔지 알아요? 그 과거를 어떤 미래로 연결할지 미리 손을 써두는 거예요."

소파에 몸을 묻은 채 고민했다. 선택의 여지가 없지 않나. 나를 하차시킬 수도 있다니 뭘 어쩌겠는가.

나는 독백을 하듯 10년 전에 일어난 일들을 털어놓기 시작했다.

1-1
13세 이나을
시간이 지나도 알 수 없는 일

두 사람이 이혼을 한 건 내가 열한 살 때였다. 나는 엄마와 둘이 남게 되었고 아빠에 대한 추잡한 소문이 동네에 퍼져 이사를 갈 수밖에 없는 처지가 되었다. 아빠는 병원에서 함께 일하던 간호사와 바람이 난 거라고 했다. 나도 본 적이 있는 여자였다. 조금도 아프지 않게 주사를 놓던 간호사였다. 그 여자는 예뻤다. 엄마에게 말할 순 없지만, 그 여자는 아빠랑 바람이 나기에는 너무 예쁜 사람이었다. 당연하게도 엄마는 아빠 얘기를 꺼내고 싶어 하지 않았다. 엄마 자신에 대해서도 별로 얘기해주지 않았다. 모든 걸 궁금해하는 나에게 엄마는 어른들 일은 아직 몰라도 된다면서, 시간이 지나면 저절로 알게 될 것이라고 얼버무렸다.

이혼 사실을 아무에게나 떠벌리지 말라고 엄마는 신신당부했지만, 그것은 보통 결심으로는 지킬 수 없는 일이었다. 전학 간 학교에서 반 배정을 받자마자 아이들이 몰려와 내 부모에 대해 캐물었기 때문이다. 정말 예의가 없는 애들이었다.
나는 엄마의 당부대로 이혼 사실을 숨긴 채 아빠는 정형외과 의사이고 수도권에 있는 종합병원에 있다고만 말했다. 아빠가 의사라는 소식은 금방 교내로 퍼져나갔다. 예전 학교에서는 한 반에 서너 명은 부모의 직업이 의사였는데, 전학 간 학교는 전교를 통틀어 한두 명만 그랬다. 아이들은 내가 의사의 딸인 걸 유별나게 기억했다. 복도를 지나면 쟤네 아빠가 의사래, 하는 소리가 종종 들려왔다.

그 소문은 예상치 못한 일을 불러왔다. 6학년 새 학기 첫 짝꿍이 된 아이가 너희 아빠가 의사냐, 물어서 응,이라 대답했더니 섬뜩하게 눈을 깔고 나를 쏘아봤다. 그 후로 이해할 수 없는 괴롭힘이 시작되었다. 괴롭힘을 당하는 일이란 두렵기도 하지만 한편으로는 지긋지긋한 일이었다. 아, 오늘도? 설마 내일도? 이런 물음을 머릿속에 가득 채우고 등교를 하면 책상에 껌이 붙어 있거나 교과서가 낙서로 더러워져 있었다. 껌이나 낙서는 앉은 자리에서 칼로 긁어내거나 지우개로 지워서 해결할 수 있지만, 운동화가 화단으로 날아갔을 때는 건

물 밖으로 나가 주워 와야 했으니 상당히 귀찮게 느껴졌다. 상황이 더욱 심각해지고 있다는 사실을 깨달은 건 필통이 변기에 빠져 있는 걸 발견한 이후였다. 그야말로 얼굴에서 피가 빠져나가는 기분이었다.

개학 후 보름이 지나 더 이상 내 짝이 아니게 된 그 아이는, 미소를 잃은 날 보면서 낄낄 웃고 있었다. 내가 쏘아보자 혀를 내밀고 어깨를 으쓱하더니 도망가버렸다. 그다음 날부터 그 아이는 더욱 대범해져 대걸레로 내 옆구리를 찔러댔다. 그만해! 소리를 질러도 멈추지 않았다. 나는 찌르고 들어오는 대걸레 막대를 피하려다 넘어져버렸다. 엉겁결에 바닥을 짚었다가 손바닥이 땅에 쓸려 피가 났다.

*

담임의 전화를 받은 엄마는 약속한 시간보다 한 시간이나 늦게 나타났다. 담임이 엄마가 늦으시네, 라고 말하며 손목시계를 손가락으로 톡톡 두드렸다. 나는 어떻게든 엄마를 변호하려고 엄마가 얼마 전부터 직장에 다니고 있으며, 직장이 집에 가고 싶다고 바로 나올 수 있는 곳이 아니고, 그러니까 그곳이 학교랑 비슷하다고 시뻘게진 얼굴로 얼버무렸다. 담임은 내 말을 듣더니 피식 웃었다. 사실 엄마는 회사에 가지 않았다. 모처럼 쉬는 날이었다. 나를 학교에 보낸 후 소파에서 늘어지게 잠을 잘 거라고 했다. 나는 엄마가 늦게 오는 것보다 초라한 모습으로 담임과 마주치는 게 더 걱정되었다. 집에서 입고 있던 옷을 입고 화장기 없는 맨얼굴로 나타나면 어떻게 하나…… 그런 걱정은 애초에 할 필요가 없었다. 내가 발을 동동 구르며 시계를 올려다보던 순간, 엄마는 오래전 아빠에게 선물받고 한 번도 꺼내지 않은 하얀 실크 블라우스를 입고서 꽃이 그려진 롱스커트를 휘날리며 교무실로 들어왔다.

"안녕하세요. 나을이 엄마 이소영입니다."

곱게 단장한 모습이 선녀 같았다. 엄마는 내 손에 붙은 밴드를 들추고 피딱지가 진 상처를 보더니 얼굴을 찌푸렸다. 금방이라도 나를 밀친 그 아이를 혼내줄 기세였다. 담임은 아름다운 모습으로 나타난 학부모 앞에서 어쩐지 쩔쩔매는 듯했고, 나는 엄마가 이렇게 무장을 하고 나타났으니 그 애가 내 앞에서 용서를 빌게 되는 건 시간 문제라 생각했다.

"나을이한테 왜 그랬니?"

처음에 엄마는 그 애를 꾸짖을 것처럼 무서운 얼굴로 보았다.

"장난을 치다가 넘어졌어요."

그 애는 온순한 얼굴로 말했다.

"대걸레로 찌르는 건 위험한 일이야."

담임이 얼굴에 잔뜩 힘을 주고 목소리를 높였다.

"앞으로 안 그럴게요."

그 애는 눈물을 글썽거리며 고개를 끄덕였다. 엄마는 차마 실크 블라우스에 눈물이 묻을까 그 애를 안아주지는 못하는 것 같았지만 눈빛은 더없이 다정했다. 엄마는 결정적인 순간에 저렇게 물렀다. 아빠가 이혼을 하자고 말을 꺼냈을 때도 체념한 것인지 귀찮은 것인지 그저 고개만 끄덕인 사람이었다.

"앞으로 그런 장난은 하지 마."

그 애는 네네, 하면서 약속했다. 엄마는 그 애의 입가에 비열한 조소가 떠 있는 걸 알아차리지 못했다.

"나을이랑 친하게 지내줄래? 나을이가 작년 겨울에 전학을 와서 많이 외롭거든."

"전 나을이랑 친하다고 생각해요."

나는 엄마의 속을 도저히 알 수 없었다. 날 괴롭힌 애랑 친하게 지내라니. 담임이 이제 그만 화해하자, 하면서 나와 그 애의 팔을 하나씩 붙들었다. 강제 악수. 강제 화해. 힘 없이 흔들리는 왼팔이 내 것 같지 않았다.

"너 머리 끈이 예쁘다. 체리인가?"

엄마는 억지스럽게라도 분위기를 풀어보려는 것인지 갑자

기 그 애를 칭찬했다. 아무래도 화해는 그 애랑 엄마가 한 것 같았다. 엄마는 그 아이의 정수리에서 반짝이는 과일 모양 머리 끈을 칭찬했다.

"앵두예요. 내 별명이기도 해요."

앵두. 핏물처럼 붉은 그 과일 모양 참이 눈에 쏙 들어왔다. 그 짙붉은 색을 보고 있으니 나도 모르게 목덜미에 소름이 돋았다. 나는 그 애의 정수리를 한참 쏘아보다가 그 과일 모양 참을 그 애의 머리에서 똑 떼어내 입에 넣는 상상을 했다. 그 과일은 입안에 침이 고이게 할 만큼 새콤하다가 곧 뱉어버리고 싶을 만큼 쓰디쓴 맛이 날 것 같았다. 으웩. 나는 그 아이가 정말 그 과일 같다는 생각이 들었다.

*

나는 앵두가 어떤 아이인지 조금씩 더 알게 되었다. 들리는 소문에 의하면 앵두는 초등학교 2학년 때 아빠가 돌아가시고 어딘가 잘못되어버린 애라고 했다. 그 애는 아빠가 의료 사고 피해자라고 생각했다. 가벼운 교통사고로 응급실에 갔는데 의료 조치가 정확하지 않았던 탓인지 다음 날 급성염증으로 쇼크를 일으켜 돌아가셨다는 것이다. 그 후 주변에서 부모가 의사인 아이만 마주치면 맹목적으로 괴롭혀왔다고 했다.

따지고 보면 나도 앵두랑 비슷한 점이 있었다. 엄마랑 단둘이 살고 있었고, 감기라도 걸려 병원에 가면 주사를 놓아주는 간호사를 원한 맺힌 듯 노려보곤 했다. 그러다가 무서운 인상의 간호사에게 이마를 가볍게 한 대 맞기도 했다.

그렇다고 나를 노골적으로 괴롭히는 앵두를 동병상련의 심정으로 이해할 수 있던 건 아니었다.

그날은 물통에 든 물을 마시는데 꺼끌꺼끌한 것이 씹혔다. 한쪽 눈을 찡그리고 물통을 들여다보니 모래가 가라앉아 있었다. 앵두가 앉은 자리를 돌아보았지만 그 아이는 모른 척했다. 그때 교실 문이 열리더니 담임과 낯선 아이가 들어섰다.

"다들 자리에 앉아라. 우리 반에 전학생이 왔다."

자기소개를 해보라는 담임의 목소리에 이어서 전학생의 인사가 들렸다.

"안녕. 나는 이시우야."

전학생이 이름을 말하자 복도 쪽에 앉아 있던 애들이 와악, 하고 소란스러워졌다. 시우란 아이는 부드러운 갈색 머리에 같은 색으로 빛나는 눈동자와 하얀 피부를 갖고 있어 자꾸 눈길이 갔다. 나만 그런 게 아닌 듯했다. 반 아이들도 사로잡힌 것 같았다. 그 아이는 정말 예뻤다. 하지만 그런 외모에도 불구하고 내가 곧 알아차린 건 그 애의 옷이 어딘가 초라하다는 사실이었다. 입고 있는 체크 셔츠의 칼라 깃은 실밥이 다 터졌고 그 위에 걸친 카키색 점퍼의 어깨가 희끗하게 변색되어 있었다. 만약 내가 그런 옷을 입고 있다면 엄마는 학교에 지각을 하더라도 당장 갈아입게 했을 테다. 담임은 아이들이 제대로 듣지 못한 것 같다면서 그 아이에게 자기소개를 다시 해보라 했다.

"방금 했잖아요? 이시우라고."

담임은 당돌한 전학생이라고 살짝 꾸짖으며 어서 자리에 앉으라 했다. 시우는 별 관심 없다는 듯 무표정한 얼굴로 담임을 훑어보더니 고개를 획 돌려 정해준 자리로 가 앉았다. 내 뒷자리였다. 돌아보고 싶은 마음에 곁눈으로 힐끔거리는데, 방금까지 낄낄대던 애들 사이에서 앵두와 눈이 마주쳤다.

'뭘 봐?'

앵두는 소리 내지 않고 입만 뻐끔거렸다. 윗입술을 들어 올리며 험악한 표정을 지었다. 노골적으로 이쪽을 쏘아보았다. 금방이라도 스프링 인형처럼 튕겨 나올 듯한 자세였다.

쉬는 시간 종이 울리자마자 앵두는 뽀글뽀글 말아놓은 머리카락을 휘날리며 이쪽으로 달려왔다. 앵두도 시우란 아이가 궁금했던 모양이다. 내가 뒤로 고개를 돌리자 앵두는 야! 하고 별안간 소리를 질렀다.

"앞으로 돌아. 돌라고!"

앵두가 매서운 눈으로 나를 흘겼다. 그 날 선 눈동자에 반사적으로 고개를 돌렸다.

"시우라고? 이시우?"

어느새 앵두와 아이들이 주변을 둘러쌌다. 시우에게 귀엽다고, 예쁘게 생겼다고 대놓고 칭찬을 했다.

"나랑 친구 할래?"

앵두가 묻자 시우는 웃음을 터뜨렸다.

"예쁘면 친구가 될 수 있는 거야?"

시우가 앵두에게 농담인 듯 물었다.

"너 진짜 웃기다!"

그렇게 말하더니 앵두는 기분이 좋은 듯 으하하 웃었다.

"넌 예쁘지도 않고 웃기지도 않은데?"

시우의 말에 잠시 정적이 흘렀다. 그러더니 얘 말하는 거 진짜 웃기지 않아? 하면서 아이들 사이에서 큰 웃음이 흘러나왔다. 혹시 저 아이도 앵두와 친해져서 나를 괴롭히게 되는 걸까? 그제야 앵두가 아닌 다른 아이들도 나를 괴롭힐 수 있으리란 생각이 들었다. 흘긋 뒤를 돌아보자 앵두 옆에 붙어 있는 두 아이 그리고 시우까지 벌써 넷이나 되었다.

*

"나을이 너 혼자 집 볼 수 있어?"

앵두 생각만으로 머리가 터질 것 같던 어느 날, 엄마가 물었다. 하루 세 시간 아르바이트 수준으로 하던 일이 점점 많아지면서 엄마는 일하던 복지 재단의 정식 직원 자리를 제안받은 상황이었다. 엄마는 정직원이 되면 저녁 무렵에나 집에 돌아올 것이라 했다.

"절대 못 해. 나 혼자 어떻게 있어?"

나는 엄마의 팔을 꼭 붙들며 말했다. 손에 힘을 주고 있으면서도, 엄마라면 언제든 내 팔을 밀쳐내고 자기가 하고 싶은 대로 할 것만 같아서 불안했다. 예전에 할머니가 푸념하는 걸 들어보니 엄마는 꽤나 공부를 잘하는 학생이라 했다. 그런 엄마는 고등학교 때 자기보다 다섯 살 연상인 아빠를 만나 결혼해 나를 낳게 되었고, 그러면서 4년제 대학에 가려던 걸 포기하고, 방송통신대학에 다니며 영문학을 전공한 거라 들었다. 그러고 보면 내가 아주 어릴 적부터 엄마는 영자 신문과 영어로 된 소설을 쌓아놓고 살았다. 어릴 때는 엄마가 별다른 꿈도 없으면서 그렇게 열심히 공부하는 것이 도통 이해되지 않았다. 하지만 시간이 흐르니 조금은 알 것 같았다. 엄마는 이미 그때부터 아빠와 이혼할 것을 알고 있었을까. 나중에 아빠와 헤어져도 먹고 살 방도가 있어야 하니 그토록 열심히 외국어를 수련한 게 아니었을까. 그럴 수도 있겠다는 생각을 한 건 가끔 엄마가 나에게 "너도 남들보다 잘하는 거 하나쯤은 가지고 있어야 해. 없으면 공부라도 열심히 해야지"라고 말하기 때문이었다. 물론 공부에 관심이 없는 나를 어떻게든 학업에 열중하는 학생으로 만들어보려는 속셈이 다분했지만, 나는 그런 말에 넘어가지 않았다.

"그 애를 부르는 게 어떠니? 앵두 말이야."

세상에. 어떻게 엄마는 그런 말을 할 수 있을까. 나는 고개를 세차게 저었다.

"엄마, 걘 친구가 아니야."

"뭘 그렇게 정해놓고 친구네 아니네 하는 거야? 너희 둘은 잘만 하면 좋은 친구가 될 수 있을 것 같지 않아? 엄마도 예전에 괴롭히던 애랑 한바탕 싸우고 화해한 적 있어."

엄마는 앵두가 어떻게 살아왔는지 담임에게 대강 들어 아는 눈치였다. 아마도 그 애랑 나랑 비슷한 처지에 있으니 서로 힘든 마음을 나누면서 돈독한 사이가 될 수도 있다고 짐작하는 듯했다. 나는 그 애를 집에 들이느니 차라리 혼자 집을 보겠다고 선언했다.

"누굴 닮아 이렇게 똥고집이야? 어휴."

그날부터 엄마는 여러 곳에 전화를 돌렸다. 그러나 번번이

거절당했다. 오후 4시부터 8시까지 열세 살 여자아이를 돌봐줄 사람을 구하는 건 쉽지 않은 일이었다. 정식 직원 출근을 일주일 앞둔 날, 엄마는 역시 그 사람밖에 없을까, 하면서 나를 빤히 바라보았다. 그리고는 전화기를 들었다. 오랫동안 발신음이 울렸다. 저쪽에서 전화를 받지 않는 듯하더니, 엄마가 수화기를 내려놓으려는 찰나 간신히 연결되었다. 그리고 엄마가 근심 어린 얼굴로 마지막까지 망설이던 그 사람이 나를 돌봐주기로 했다. 도대체 누가 우리 집에 오려는 것인지, 전화를 하는 엄마의 얼굴이 편해 보이지는 않았다. 통화가 끝난 후 엄마는 무슨 일인가 하고 싶은 듯 나를 물끄러미 바라보았다. 하지만 아무 말도 하지 않았다. 어른들 일은 어린애 따위가 알 필요 없다는 듯이.

*

앵두는 점점 더 못된 아이가 되어갔다. 이제는 담임에게 걸리지 않도록 아주 교묘해졌지만 한편으로는 대담해지기도 했다. 하루는 수업이 끝나고 청소 당번도 아니어서 얼른 교실을 빠져나오는데 두 아이가 양쪽에서 내 팔을 잡았다. 나는 그대로 끌려갔다. 시우란 아이와 앵두가 나란히 내 앞에서 걸어가고 있었다. 앵두는 시우의 어깨에 팔을 올리고 귓속말을 속닥거리다가 혼자 배를 부여잡고 웃었다. 시우는 앵두가 웃는 이유를 전혀 모르겠다는 얼굴로 멀뚱히 보기만 했다. 급식실 뒤쪽 공터에 도착하자 두 아이가 팔을 풀더니 가방을 내 어깨에서 내던졌다. 정말이지 깡패가 따로 없다는 생각이 들었다. 그때 앵두가 두 아이를 가로질러 앞으로 나와 검지를 들어 올렸다.

"그 옷, 한번 입어보자."

앵두는 연분홍과 연보라가 섞인 나의 카디건을 가리켰다.

"싫어."

얼마 전에 엄마가 선물해준 옷이었다. 비교적 낙낙해서 사이즈와 상관없이 내 또래라면 누구나 입을 수 있는 옷이었지만 그 애가 입는 꼴은 절대 보고 싶지 않았다.

"나도 싫은데?"

앵두가 그렇게 말하자 옆에 서 있던 아이들이 재미있다는 듯 키득거렸다. 시우는 의아한 표정으로 주변을 둘러보기만 했다.

"내일 다른 옷 입고 올게. 그거 입어."

"지금 입고 싶다고."

앵두는 장난기 가득한 얼굴로 말했다. 나는 두 손을 교차해 어깨에 올렸다. 그런 나를 보더니 앵두는 입술을 씰룩거리며 눈길을 돌렸다. 그 아이는 무언가를 찾고 있었다. 잠시 후 눈빛을 반짝이며 공터 한쪽에 버려진 커다란 돌을 들었다.

"야, 잡아 봐."

앵두가 그렇게 말하자 아이들은 눈짓만 주고받으며 우왕좌왕했다. 아마도 나와 똑같은 질문이 떠오른 것 같았다. 설마 저걸 던지겠다는 건 아니지? 그러나 그 생각이 맞는 듯했다. 앵두가 돌을 어깨 위로 들어 올리더니 내리칠 것처럼 소리를 질렀다. 나도 미친 듯이 소리를 질렀다. 드디어 할 일을 알아챈 두 아이가 나를 바닥에 넘어뜨리더니 손으로 입을 막았다. 진짜 욕이 나올 것 같았다. 돌에 맞기 전에 숨이 막혀 죽을 것 같았다. 나는 바닥에 누운 채 팔다리를 새처럼 파닥거렸다. 앵두는 내 얼굴 위로 돌을 번쩍 들어 올렸다. 그 순간 앵두를 따르는 수하 중 하나인 단발머리 여자애와 눈이 마주쳤다. 잠시였지만 그 애도 나랑 같은 생각을 하는 걸 알 수 있었다. 세상에? 설마? 진짜? 나는 눈을 질끈 감았다.

"얘 좀 봐."

갑자기 웃음기가 배어 있는 앵두의 목소리가 귓속을 파고들었다. 웃음소리가 지나가자 주변이 고요했다.

"이번엔 네가 해봐."

앵두는 시우에게 돌을 넘겼다.

"내가 왜?"

"그냥 장난이야. 재밌잖아."

앵두의 말에도 시우는 한참 돌을 내려다보기만 했다.

"하나도 재미없어."

시우가 그렇게 말하자 앵두는 낄낄거렸다. 애는 역시 웃기네, 하면서 시우의 어깨에 팔을 둘렀다. 시우는 웃지 않은 채 앵두를 바라보았다. 그러다가 얼굴을 찌푸렸다. 손에 들고 있던 돌을 옆으로 던져버렸다. 주변 공기가 싸늘하게 식는 듯했다. 그때까지 시우의 말이나 몸짓에 곧잘 웃음을 터트리던 분위기와는 달랐다. 시우는 앵두에게서 등을 돌렸다. 앵두의 얼굴이 서서히 달아올랐다. 아이 씨, 하는 짜증이 입에서 흘러나왔다.

"싫으면 됐어. 나도 싫어졌어."

앵두는 휙 돌아서 가버렸다. 나를 붙잡고 있던 두 아이가 헐레벌떡 앵두를 따라갔다. 갑자기 나와 시우만 그곳에 남게 되었고, 내가 흙먼지를 일으키며 옷을 터는 동안 시우는 그대로 서 있기만 했다. 나는 시우를 흘끔 보았다. 시우는 체크 셔츠에 그 낡은 재킷을 여전히 걸치고 있었는데, 가까이서 보니 옷의 가장자리마다 실이 흘러나와 있었다. 저 아이, 지금까지 다른 옷은 입지 않은 것 같은데? 그런 생각을 하는데 시우가 물었다.

"다 털었어?"

내가 응,이라고 작게 대답하자 그 아이는,

"그만 가자."

하더니 앞서 걸어갔다. 그러더니 자꾸 뒤를 돌아보며 내가 괜찮은지 확인했다. 나는 말없이 그 애의 뒤를 따라갔다.

*

나는 그 사건을 엄마에게 말하지 않았다. 무슨 일이 생기면 어른들이 다 해결해줄 것이란 믿음은 지난번 담임과 엄마의 태도를 보면서 차갑게 식었다. 어른들은 자기 살길만 생각하지, 아무런 도움이 안 된다는 생각만 들었다. 나는 무슨 일이 일어날지 알았지만, 그렇다고 바로 다음 날부터 그런 일이 일어날 줄은 몰랐다. 앵두의 표적이 나에게서 시우로 옮겨 간 것이다.

"너무 더러운 거 아니야?"

불만에 가득 찬 앵두의 목소리. 나는 무엇이 시작되려는지 바로 알아차렸다. 슬쩍 뒤를 돌아보니 앵두네 무리가 시우를 둘러싸고 서 있었다. 단발로 머리를 자른 아이가, 그러니까 바로 전날에 내 팔을 단단히 붙들고 있던 아이들 중 하나가 교실 창가에 있던 분무기를 들고 있었다. 앵두는 그 옆에서 지독한 냄새가 난다는 듯이 손으로 코를 감싸고 얼굴을 찌푸렸다. 곧바로 단발머리가 시우를 향해 칙칙 물을 뿌려댔다.
"뭐 하는 거야?"
시우가 소매로 얼굴을 가렸다. 그동안 나에게 일어난 일들이 떠올라 심장이 덜컥 내려앉았다. 도와줘야 하는 게 아닐까. 하지만 용기를 낼 수 없었다. 주변을 둘러보니 다른 아이들의 시선도 그쪽을 향해 있었다. 그러나 아무도 나서지 않았다. 심장이 쿵쿵 뛰었다. 그제야 알아차렸다. 내가 앵두에게 당하고 있을 때 다른 아이들이 얼마나 조마조마했을지. 그럼에도 불구하고 왜 용기를 낼 수 없었는지. 심장이 떨려 한 마디도 튀어나오지 않았다.
"뭐 어때? 그냥 장난인데."
앵두네 무리는 자꾸 그 단어를 사용했다. 장난? 그건 더 이상 장난이 아니었다.
"게다가 세탁까지 해주는 거야. 나한테 고마워해야지."
"그만해."
시우가 팔을 들어 얼굴을 가렸다. 시우의 셔츠에 유리구슬 같은 물방울이 맺혀갔다. 앵두네 무리는 작은 동물을 붙잡으려는 것처럼 한 발씩 그 아이 곁으로 가까이 다가갔다. 시우의 젖은 머리카락이 이마와 볼에 찰싹 붙었다.
"매일 같은 옷만 입으면 어떡해? 너무 더럽잖아? 더러운 옷을 입으면 어떻게 되는 줄 알아? 병에 걸려. 너 때문에 우리

반이 다 전염병에 걸려도 괜찮아?"

앵두는 무슨 주문을 외우듯 중얼중얼 늘어놓았다. 도대체 누가 저 아이를 말릴 수 있을까? 반 아이들은 앵두한테 잘못 걸리면 어떤 꼴을 당하는지 알고 있었고, 그래서 무슨 일이든 상관하지 않기로 작정한 듯했다. 나 역시 전학 온 아이가 어떤 일을 당하든 그냥 지켜보는 수밖에 없다고 생각했다. 감히 내가 뭘 할 수 있을까.

"야, 그거 줘봐."

앵두가 단발머리에게 분무기를 건네받으려던 그 순간이었다. 시우가 자리에서 벌떡 일어나 허리를 굽히고 두 손으로 의자 다리를 잡았다. 그러더니 머리 위로 들어 올렸다. 순식간에 콰앙, 의자가 바닥에 떨어졌다. 정말 번개 같았다. 시우는 넋 놓고 있던 단발머리에게 와락 달려들었다. 그 아이의 손에서 분무기가 탕 소리를 내며 떨어졌다. 시우는 그 애의 배를 깔고 앉았다.

"뭐 하는 거야! 그만해!"

얼굴이 벌게진 앵두가 시우의 어깨를 마구 손으로 때렸다. 아무 소용이 없었다. 시우는 단발머리의 옷깃을 잡아 올렸다. 모두가 입을 벌린 채 그 모습을 보고만 있었다. 찌익, 찌익. 시우의 손아귀에서 단발머리가 입은 옷이 찢어지고 있었다. 단발머리는 아무 소리도 내지 못하고 두 손을 떨었다.

"나는 옷이 하나밖에 없어. 그게 매일 같은 옷을 입는 이유야. 이제 알겠지?"

시우의 목소리는 차분했다. 마치 상대가 잘 모르는 문제를 다정히 알려주는 것처럼 들렸다. 시우의 등을 주먹으로 때리던 앵두가 숨을 씩씩 내뱉으며 물러섰다. 시우는 자신을 둘러싼 아이들을 돌아보더니 숨을 내쉬고 태연하게 옷을 잡아 뜯었다. 하필이면 그날 단발머리가 입은 옷이 살구색이라 시우의 오른손에 들린 그 옷자락이 얼핏 보면 그 아이의 살점처럼 보였다. 앵두는 뒷걸음으로 물러서다가 후다닥 교실 밖으로 달려 나갔다. 반 아이들은 단발머리의 옷을 잡아 뜯는 시우에게서 줄곧 눈을 떼지 못했다. 잠시 후 시우는 옷 조각을 쥐고 일어났다. 아이들 모두 시우를 눈으로 쫓으며 마른침만 삼켰다. 바닥에 널브러져 있던 단발머리가 그제야 숨을 쉴 수 있게 되었다는 듯 크게 울음을 터트렸다. 그 울음은 꺼억꺼억 점차 서럽게 바뀌어갔다. 반 아이들은 어쩔 줄 몰라 발만 동동 굴렀다. 내 가슴은 콩콩 뛰고 있었다. 무슨 일이 일어난 걸까? 방금 내가 본 것을 절대 잊고 싶지 않았다. 시우의 손에 들려 있는 살구색 천 조각을 눈에 새길 듯 뚫어져라 보았다.

"도대체 무슨 일들이야?"

옆 반 담임이 교실로 뛰어 들어왔다. 앵두가 그의 소매를 잡아당기며 시우를 가리켰다.

"쟤가 그랬어요!"

옆 반 담임은 단발머리를 일으켜 세운 후 자리에 앉혔다. 아이들에게 모두 자리로 돌아가라 말했다. 그는 급히 교무실로 내려가 우리 반 담임을 불러왔다. 교실로 뛰어 들어온 담임은 새파랗게 질린 얼굴이었다.

"네가 그랬니?"

시우는 말없이 고개만 끄덕였다. 담임은 책상에 놓인 찢어진 천을 내려다보더니 시우의 팔을 꽉 붙들고 그 아이를 교무실로 데려갔다. 단발머리의 엄마가 학교에 왔지만, 단발머리 자신도 완전히 결백한 입장은 아니라 시우를 몰아세울 수만은 없던 모양이었다. 그래서 이번에도 애들 장난이 지나쳐 소동이 일었다는 식으로 넘어간 듯했다.

그 후로 며칠간 앵두는 내 근처로 얼씬도 하지 않았다. 바로 뒷자리에 시우가 앉아 있기 때문이었다. 앵두네 무리는 시우가 있는 쪽으로 발길도 돌리지 않았다. 언제나 복도 쪽 벽에 붙어 자기들끼리 쑥덕거렸다.

*

엄마가 정식 직원으로 출근한 날, 오후 4시에 선생님이 오기로 했다. 오후 3시부터 나는 초조하게 시계만 봤다. 텔레비전을 켜고 채널을 이리저리 돌렸다. 그러다가 드디어 4시가 되었고, 딱 맞춰 현관 초인종이 울렸다. 나는 텔레비전을 끄고 와다다 뛰어나갔다. 문을 열고 인사를 건넨 후 나는 잠시 고장 난 기계처럼 멈춰버렸다. 앞에는 갈색 스커트에 희미하게 회색빛이 도는 카디건을 입은 여자 어른과 그 옆에 한 아이가 멀뚱히 서 있었다. 올이 풀리고 어깨 부분이 희끗한 카키색 재킷을 입고 있는 아이. 나는 눈을 비비고 그들을 다시 보았다.

"안녕."

선생님의 인사에 아무런 대꾸도 하지 않은 채 아이만 뚫어져라 보았다. 아이는 집 안을 보고 싶어 고개를 내밀고 두리번거렸다.

"시우야, 가만히 좀 있어."

역시나. 내가 헛것을 본 게 아니었다.

"들어가도 될까?"

나는 고개를 끄덕였다. 선생님이 구두 한쪽을 다 벗기도 전에 시우가 운동화를 내던지듯 벗고 집 안으로 들어왔다.

"선생님 이름은 이한주라고 해. 편하게 한주 선생님이라고 불러. 네 이름은 뭐니?"

"이나을이요."

한주 선생님과 인사를 나누는 사이, 문득 텔레비전이 켜지는 소리가 들렸다. 시우가 소파에 있던 리모컨을 들고 함부로 만지작거리다가 전원을 누른 것이었다. 하필이면 화면에 벌거벗은 사람들이 나오고 있었다. 한주 선생님도 놀란 듯 고개를 돌린 채 화면을 빤히 보았다. 나는 얼른 달려가 시우의 손에 들린 리모컨을 빼앗고 전원 버튼을 눌렀다. 발가벗고 거울에 선 사람이 텔레비전 화면 한가운데로 빨려 들어가듯 사라졌다. 어떻게 설명해야 할까. 내가 저런 걸 보는 사람이 아니라고, 리모컨으로 채널을 넘기다 보면 갑자기 저런 장면이 나올 때가 있다고, 그저 우연히 저런 게 나왔을 뿐이라고 말해야 하는데 얼굴만 뜨겁게 달아올랐다.

"얘는 야한 걸 좋아하나 봐."

시우가 픽 웃으며 말했다.

"아니야!"

나는 소리를 꽥 질렀다. 억울함이 밀려왔다. 한주 선생님은 내 어깨에 손을 올리고 시우를 흘겨보며 입술 위에 손가락을 가져갔다. 조용히 하라는 신호였다. 시우는 어깨를 한 번 들썩이더니 아무 말도 하지 않겠다는 듯 입을 꾹 다물었다.

"시우가 무례했어. 얼른 사과해."

시우는 한 손을 들어 가볍게 사과했다.

"나을이도 잘못한 게 있어. 너를 오해하게 내버려두었잖아. 흥분하지 말고 정확하게 말해야지."

그렇게 말하면서 선생님은 내 앞으로 바짝 다가왔다. 선생님이 입은 카디건에 누렇게 진 얼룩이 보였다.
"제가 잘못했다고요?"
선생님은 내 어깨를 붙잡았다. 얇은 옷 아래로 손의 따뜻한 기운이 느껴졌다.
"네가 텔레비전으로 저런 걸 보는 사람이 아니라고 말했어야지."
"나는 저런 걸 보는 사람이 아니에요."
"다시 말해봐. 정확하게."
"난 저런 거 안 봐요. 채널을 돌리다가 우연히 멈춰 있던 것뿐이에요."
고개를 옆으로 돌리자 시우가 나를 보면서 입꼬리를 올렸다.
"앞으로 서로 오해하게 두지 말자."
그러면서 한주 선생님이 악수를 청했다. 이번에는 강제 악수가 아니었다. 나도 악수를 하고 싶었다. 선생님이 마음에 들었다. 그렇지만 내 손은 앞으로 뻗어나가려다 멈춰버렸다.
"어?"
내 반응에 한주 선생님은 고개를 옆으로 기울이고 미소를 지었다. 이게 뭐지? 나는 선생님을 보고 마주 웃을 수 없었다. 두 손을 맞잡고 위아래로 흔드는 동안에도 홀린 듯이 그 손만 보고 있었다. 잘못 본 것일까? 악수가 끝나고, 흔들리던 손이 멈추고 아래로 떨어지던 손에서 눈길을 떼지 못한 채 다시 세어보았다.

하나, 둘, 셋, 넷.

잘못 본 게 아니었다. 선생님이 내민 손에는 손가락이 하나 없었다.

*

한주 선생님은 어떤 질문이든 피하는 법이 없었다. 엄마처럼 시간이 지나면 알게 될 거란 말을 하는 대신 시간이 지날수록 알지 못하게 되는 일도 많다고 했다. 그러니까 정말 마음을 다해 알아보고 싶은 일이 있다면 그때를 놓치지 말고 반드시 알고 넘어가야 한다고 말했다. 그래서 나는 선생님의 손을 본 후로 계속 궁금해 참을 수 없던 것을 물었다.

"이게 궁금한 거야?"

선생님은 손을 들어 보였다. 나는 가만히 고개를 끄덕였다. 선생님은 무슨 이야기를 듣고 난 후에는 들은 사람이 감당해야 하는 몫이 있다고 말했다. 조금 어려운 말이었지만 '감당해야 하는 몫'이라는 게 궁금해졌다. 단지 이야기를 들은 것만으로 무언가를 가지게 되는 건가? 도대체 그게 무엇일까? 이야기가 시작되자마자 나는 그 '몫'이 어떤 것일지 조금 짐작할 수 있었다.

한주 선생님과 시우가 떠나온 나라에는 여덟 살이 되는 여자아이가 생일을 맞는 날에 새끼손가락을 자르는 전통이 있다고 했다. 나는 귀를 의심했다. 처음에는 한주 선생님이 외국인이라는 사실을 받아들일 수 없었기 때문이다. 아무리 봐도 선생님과 시우가 외국인처럼 느껴지지 않았다. 하지만 두 사람의 지나치게 흰 피부와 유별나게 눈길을 끄는 신비로운 분위기가 그 말을 뒷받침하는 증거로 여겨졌다. 그다음으로는 손가락을 자른다는 말 때문에 기겁했다. 정말로 그런 일이 일어난다고? 선생님은 그렇다고 했다. 어릴 적 아무것도 모른 채 손가락이 잘린 후, 선생님은 줄곧 이상하게 여겨왔다. 왜 멀쩡한 손가락을 잘라야 하는가? 제대로 소독도 하지 못하고 항생제 주사도 맞지 못해 감염으로 평생 고생하거나 죽는 사람들도 있다고 했다. 어째서 이런 위험한 일을 하는지, 그 의문에 누구도 속 시원하게 답해주지 않았다고 했다. 부모를 비롯한 마을 어른들은 전통이라고만 했고 선생님은 그 전통을 받아들일 수 없었다고 했다.

나아가 세월이 흐를수록 한주 선생님에게 그 의문은 더욱 풀리지 않는 문제가 되어갔다. 왜 여자아이의 손가락을 자르는가? 왜 손가락을 자르는 일을 그만둘 수 없는가? 만약 선생님에게 시우라는 소중한 딸이 없었다면, 그 물음은 점차 사그라졌을지도 몰랐다. 그러한 전통이 사라지지 않았으므로, 시우의 여덟 번째 생일이 다가오자 선생님은 불안해 견딜 수 없게 되었다. 어떻게든 그 전통에서 벗어나야 했던 것이다. 어린 시절 부모의 강요로 부부가 되었지만 밥벌이를 하지 못해 구박만 받던 어리숙한 남편은 선생님을 이해하지 못했다. 시우의 아빠는 그들이 오랫동안 그런 식으로 살아왔으므로 당연히 받아들여야 하는 일이라고만 말했다. 게다가 옛날과 달리 제대로 소독도 하고 주사도 맞으니 적어도 죽는 일은 없을 거라고 덧붙였다. 한주 선생님은 남편에게 당신 딸에게 무자비하고 무서운 일이 일어나는 거라고 말해도 깨닫지 못했다. 오히려 자신의 딸이므로 더욱 전통을 따라야 한다고 했다. 선생님은 다른 이의 도움이 필요하다고 생각했다. 그러던 중 이웃 마을 목사를 소개받았다. 목사는 선생님에게 무엇이 필요하느냐 물었다. 한주 선생님은 그저 딸을 지키고 싶다고, 딸과 함께 여기서 도망가고 싶다고 말했다. 그러면서 그동안 몰래 모아온 돈을 전부 그에게 건넸다. 이 나라를 떠날 수 있는 방법을 알아봐달라고 부탁했다. 돈을 받은 목사는 이것은 하느님의 뜻이 분명하다 말하며, 며칠 후 그들이 탈 수 있는 배가 있을 거란 소식을 전했다. 다행히도 시우의 생일이 돌아오기 전에 두 사람은 그 나라를 빠져나왔다.

"두 번 국경을 건너 이곳에 왔고, 겨우 정착했지. 얼마나 운이 좋았는지 몰라."

나는 계속 물어보았다. 두 사람이 다시 그 나라로 돌아가야 하는 건 아닌지. 아직도 그곳에서는 그런 일이 계속되고 있는지. 한주 선생님은 전부 말해주었다. 원래 살던 나라로 돌아가면 자신은 죽을지도 모른다고. 그곳에서는 여전히 손가락을 자르는 일이 반복된다고 했다. 나는 소름이 돋은 목덜미를 손으로 쓸었다. 이럴 수가. 자기 나라로 돌아가면 죽을지도 모른다니. 정말 무서운 일이었다. 한주 선생님이 더 궁금한 건 없느냐 물었지만, 나는 무슨 말인가 하려다 그만두었다.

"언제든, 뭐든 물어봐. 내가 말할 수 있는 건 말하고, 도울 수 있는 건 도울게. 시우도 그럴 거야. 그렇지, 시우야?"

시우는 어깨를 한 번 들어 올리면서 피곤한 표정을 지어 보였다. 별로 내키지는 않지만 엄마의 뜻을 거스르지는 않겠단 의미 같았다.

"정말로 뭐든 물어봐도 돼요?"

"궁금한 건 무엇이든."

나는 시우를 흘긋 보았다. 언젠가 시우에게 어떻게 그 무거운 의자를 들어 올리고 그 아이의 옷까지 찢어버릴 생각을 했는지 묻고 싶었다. 하지만 한주 선생님이 그 사실을 알게 되면 시우가 곤란해질 수도 있을 것 같아 입을 열 수 없었다. 나는 시우를 조심스레 훑어보았다. 그 애는 내가 무엇을 궁금해하는지 모른 채 해맑게 웃고 있었다.

*

 나와 시우가 붙어 다니자 앵두는 노골적으로 싫은 티를 냈다. 그래도 시우가 있는 곳에서는 예전처럼 못되게 굴지 못했다. 그러다가 앵두와 청소 당번이 된 날, 나는 무슨 일인가 일어날 거라 예감했지만, 약한 모습을 보이며 물러서고 싶지 않았다. 한참 바닥을 쓸고 있는데 바늘에 찔린 듯 등이 따끔해 돌아보니 뻣뻣한 빗자루를 든 앵두가 보였다.
 "어, 미안. 쓰레기인 줄."
 나는 앵두를 빤히 보았다. 머릿속이 복잡했다. 담임은 왜 우리 둘을 청소 당번으로 붙여놓은 걸까? 그렇게 생각이 없을 수 있나? 담임은 그때 이후로 우리가 정말로 화해한 거라고 믿는 걸까?
 "뭘 봐?"
 앵두는 눈썹을 찡그렸다. 그 아이의 정수리에서 여전히 붉은 과일 모양 핀이 반짝이고 있었다. 그 애의 머리를 낚아채 그 머리 끈을 뜯어버리고 싶다고 생각했다. 그때 갑자기 텁텁한 먼지가 입안으로 들어왔다. 앵두는 빗자루 끝으로 내 입술을 건드리며 즐거워했다. 나는 고개를 돌려 퉤퉤 침을 뱉었다.

"뭘 보냐니까?"

"너 보고 있잖아."

그렇게 말한 건 내가 아니었다. 시우였다. 집에 돌아간 줄 알았는데 아직 학교에 남아 있던 모양이었다. 시우는 손에 걸레를 들고 있었다. 아주 새까만 걸레였다. 앵두는 시우를 보더니 한 걸음 물러섰다. 그러면서도 질 수 없다는 듯 목소리에 힘을 주었다.

"너한테 물어본 거 아니야."

앵두 말대로 그건 시우가 답할 문제는 아니었다.

"정말 궁금해서 물어본 건 아니잖아? 그냥 괴롭히고 싶은 거 아니야?"

시우는 내가 하고 싶은 말을 대신해주고 있었다.

"뭐라고?"

앵두는 말문이 막힌 듯 입술만 달싹였다. 시우가 걸레를 든 채 앞으로 걸어 나오자 앵두는 그대로 굳어버렸다. 시우가 앵두와 눈을 맞추며 그 옆을 스쳐 지나갈 때까지 앵두는 아무 말도 하지 못했다. 앵두가 시우 앞에서 벌벌 떠는 꼴을 보니 속이 다 시원했다. 나도 모르게 입가에 미소가 지어졌다. 그 순간 앵두가 내 머리카락을 움켜쥐었다.

"악! 뭐 하는 거야?"

앵두는 더 세게 잡아당겼다. 뒤통수가 얼얼했다. 눈물이 찔끔 날 정도였다. 나중에 보니 앵두의 손에 내 머리카락이 몇 가닥이나 뽑혀 있었다. 청소를 하던 아이들이 놀라 우리 쪽으로 몰려들었다. 시우도 놀란 얼굴이 되어 돌아서 있었다.

"나한테 왜 그러는 거야? 진짜!"

그건 내가 한 말이 아니었다. 앵두였다. 머리카락을 뜯긴 건 나인데 왜 앵두가 억울해하는 걸까?

"나한테 왜 그래! 너희 때문에 짜증 난다고! 다 너희 잘못이잖아!"

앵두는 울면서 그렇게 소리 질렀다.

이번 일은 누가 봐도 앵두가 잘못한 일이었다. 증거로 뽑힌 머리카락들이 있었고, 앵두가 시우에게 꼼짝 못 하는 걸 알아차린 아이들이 용기를 내어 증인으로 나서주었다.

앵두의 엄마가 학교로 불려 왔다. 내 쪽에서는 한주 선생님이 엄마를 대신해 왔다.

"나을이 엄마가 직장에 다녀요. 제가 나을이 과외 선생님이라 대신 왔습니다."

담임은 자꾸 고개를 갸웃거리며 턱을 긁적였다.

"시우 어머님 아니세요?"

"오늘은 제가 나을이 엄마 대신이라고 생각해주세요."

담임은 아, 예예, 하면서 알았다는 신호를 보냈다. 그런 후 우리들을 전부 교감실로 데려갔다. 여태껏 교감실은 한 번도 들어가본 적 없었다. 그곳에 들어가야 한다는 사실만으로 이번 사건이 그 전에 일어난 것보다 훨씬 심각한 일이란 생각이 들었다. 교감을 가운데 두고 양쪽으로 나뉘어 앵두와 앵두의 엄마, 나와 한주 선생님이 앉고, 조금 떨어진 자리에 담임이 앉았다.

"이번 장난은 좀 심했던 것 같군요."

교감의 말에 한주 선생님이 발끈했다.

"장난이라니요? 이건 폭력이라고요."

'폭력'이란 말에 나도 어깨가 움찔했지만 가장 놀란 건 앵두의 엄마 같았다.

"애들 앞에서 무슨 소리를 하시는 거예요?"

앵두 엄마는 금방이라도 눈물을 쏟아낼 것처럼 눈동자가 젖어 있었다.

"물론 저도 가볍게 생각하는 건 아닙니다."

교감은 당황한 듯 말하며 손을 내저었다. 교감의 말에 앵두의 엄마는 갑자기 소파에서 일어나 바닥에 무릎을 꿇었다. 고개를 숙인 채 작은 목소리로 웅얼거리듯 말했다.

"우리 애는 못된 애가 아니에요. 불쌍한 아이예요. 내가 혼낼게요. 제발 한 번만 봐주세요."

담임이 앵두네 엄마의 팔을 들고 일으켜 세웠다. 그러나 그녀는 담임의 손을 뿌리치더니 도로 무릎을 꿇었다.

"엄마, 그만해. 일어나."

얼굴이 잔뜩 붉어진 앵두가 말려도 그녀는 듣지 않았다.

"애가 얼마나 착한데요. 주말마다 성당도 꼬박꼬박 다녀요. 가끔 욱하는 성격이 나오긴 해도 기도하면서 반성도 많이 한다고요. 꿈이 뭔 줄 아세요? 우리 애는 수녀님이 되고 싶어해요. 그런 아이라고요. 정말 우리 딸을 나쁜 애로 오해하시면 안 돼요."

그 순간 앵두와 눈이 마주쳤다. 어른들 시선을 피해 날카롭게 나를 노려보는 저 아이가 수녀가 된다니, 도저히 믿을 수 없었다. 저 아이의 미래가 고결하고 평화로울 수 있을까. 수녀의 탈을 쓴 악마가 된다면 모를까. 나는 연회색 수녀복을 입고서 베일이 길게 늘어진 모자 아래 비열한 미소를 띠는 그 아이의 모습을 상상하며 몸서리쳤다.

"우리 애가 얼마나 불쌍한지 알아요?"

앵두의 엄마는 집안에 어떤 일들이 있었는지 마구 쏟아내기 시작했다. 앵두의 아빠가 의료 사고로 세상을 떠난 후 앵두네는 전 재산을 소송을 거는 데 써버렸다. 그러나 법은 앵두네 편을 들어주지 않았다고 했다.

"의사는 잘못이 없다고 하죠. 의사는 잘못이 없다고······."

앵두의 엄마는 어떻게든 앵두를 불쌍한 아이로 보이게 하려고 그런 이야기를 꺼낸 것이었다.

"이 아이가 얼마나 억울하겠어요?"

어느새 교감실은 앵두네 엄마의 울음으로 가득 찼다. 아무도 입을 열지 못한 가운데 한주 선생님이 또렷한 목소리로 물었다.

"그게 나을이를 괴롭힌 일과 무슨 상관이 있어요?"

앵두네 엄마는 고개를 들고 한주 선생님을 날카롭게 쳐다보았다.

"저 아이 아빠가 의사라고 들었어요."

"그게 무슨 말씀이세요?"

교감과 담임은 우물쭈물하면서 한주 선생님을 말려보려 했다. 하지만 선생님은 멈추지 않았다.

"설마 나을이가 의사 아빠를 둔 아이라 괴롭힘의 대상이 된 거라고 말씀하시는 건가요? 이 아이는 그저 다른 아이를 괴롭히고 싶었던 거예요. 지금 이렇게 두둔하시면 이건 아이에게 나쁜 걸 알려주는 거예요. 자신이 불쌍한 사람이라는 생각이 들면 다른 사람을 해쳐도 좋다고 가르치는 것이나 다름없어요."

한주 선생님의 말이 끝나자 잠시 정적이 흘렀다. 앵두의 엄마는 고개를 숙이고 거의 들리지 않을 듯 죄송하다는 말만 중얼거렸다. 한주 선생님의 말을 옆에서 듣고 있던 앵두는 얼굴이 벌게진 채 눈물을 흘리지 않으려고 주먹을 쥔 채 버티고 있었다.

"이 녀석! 얼른 나을이한테 사과해."

담임이 나섰다. 앵두는 입술을 쭉 내민 채 기어들어가는 목소리로 미안해,라고 했다. 전혀 사과하고 싶은 마음이 없어 보였다.

"너도 얼른 사과받아."

나는 담임에게 붙들린 채 그때처럼 힘없이 한 손을 내밀었다. 또다시 나와 앵두는 억지로 악수하는 척을 했다.

"아이들끼리는 정리가 된 것 같으니, 이제 어른들 입장을 정리하죠."

한주 선생님이 입을 다물지 못한 채 담임을 노려보았다.

"도대체 어떻게 정리가 되었는데요?"

한주 선생님이 내 어깨에 팔을 두르고 날 보호하듯 몸을 가까이 끌어당겼다. 만약 엄마가 이곳에 있었다면 엄마는 날 위해 이렇게 해줄 수 있었을까? 엄마가 오지 않아서 차라리 다행이란 생각마저 들었다.

"그럼, 어떻게 하시길 원하세요?"

"제가 아니라 나을이에게 물으셔야죠."

교감이 손으로 무릎을 탁 치더니 끼어들었다.

"맞는 말씀입니다. 그래, 나을이 넌 어떻게 하고 싶니?"

다들 가만히 나만 보고 있었다. 이제 입을 열어 무슨 말이든 하기만 하면 되는데 이상하게도 아무 말도 떠오르지 않았다.

"할 말이 없니?"

담임이 피곤해진 얼굴로 나에게 물었다.

"어떻게 하길 원하는데?"

나는 대답할 수 없었다. 내가 원하는 것? 그게 뭐지? 나는 앵두가 뭘 하길 바라는 걸까? 아니, 그보다는 내가 앵두에게 뭘 하고 싶어 하는 걸까?

"나을이한테 시간을 주세요. 그렇게 다그치면 무슨 말을 할 수 있겠어요?"

한주 선생님은 그 자리에 모인 어른들을 혼냈다. 다들 불쾌한 표정으로 입을 다물어버렸다. 담임은 일단 앵두에게 집으로 돌아가 반성문을 열 장 써오라고 했다. 앵두는 싫은 듯 몸을 뒤틀며 엄마에게 기대어 칭얼거렸다. 교감실을 나설 때 앵두의 엄마는 한주 선생님과 나에게 등을 돌린 뒤 교감과 담임에게만 고개를 숙였다.

"정말 죄송합니다. 정말로 죄송해요."

한주 선생님은 내 손을 잡고 조용히 복도를 걸었다. 집으로 돌아오는 길에도 잡은 손을 놓지 않았다. 그렇게 걸어오다가 놀이터에서 혼자 그네를 타고 있던 시우를 만났다. 우리가 오길 기다리고 있던 시우가 나를 보자마자 그네에서 폴짝 뛰어내려 달려왔다. 그리고 한주 선생님의 반대편에서 내 손을 잡았다. 나는 왼쪽에 한주 선생님의 손을, 오른쪽에 시우의 손을 잡고 걸었다. 두 사람이 든든히 내 곁에 있다고 생각하자 방금 전 앵두에게 그런 일을 당했다는 게 까마득히 지워졌다. 두 사람이 있다는 사실만으로 마음이 벅차 하늘로 둥실 떠오를 것만 같았다.

*

회사에서 돌아온 엄마는 담임과 통화한 후 앵두네서 연락을 받았다. 그날 저녁 과일 바구니를 들고 집으로 찾아온 앵두의 엄마는 거실에 들어서자마자 무릎을 꿇고 빌었다. 역시나 우리 애는 못된 애가 아니라 불쌍한 애라고 하면서. 엄마는 쓸데없이 너그러웠다. 한주 선생님이 받아낸 약속, 그러니까 내가 원하는 걸 말할 때까지 기다리겠다는 약속은 완전히 무시했다.

"아이들이 놀다 보면 그럴 때가 있는 거죠."

그러면서 앵두네가 겪은 사고에 대해 안타까워했다. 앵두 아빠의 일을 생각하면 나도 마음이 좋진 않았다. 하지만 한주 선생님 말대로 그게 앵두가 날 괴롭힐 이유가 될 순 없었다. 앵두의 엄마는 집으로 돌아가기 전에 나한테도 고개를 숙이며 미안하다고 말했다. 학교에서 나와 한주 선생님을 무시하던 것과는 딴판이었다. 앵두의 엄마가 돌아간 후 얼굴이 벌게진 채 엄마에게 따졌다.

"내가 원하는 대로 하기로 했어."

"뭘 하기로 했는데? 그 애가 불쌍하지도 않니?"

학교에서 일어난 일을 차분하게 정리해 말할 수 없었다. 열 감기에 걸린 것처럼 온몸이 뜨거웠다. 내 속에서만 목소리가 메아리쳤다. 내가 원하는 대로 하기로 했어! 그런데 그걸 엄마가 없애버렸어! 엄마가 뭔데? 엄마가 대체 뭔데?

"나을아."

마음속 목소리 때문에 멍해진 나를 엄마가 흔들었다.

"몸이 뜨거워. 약 먹어야겠다."

엄마가 약상자를 꺼내 왔다. 엄마는 하얀 알약을 내가 삼킬 수 있도록 절반으로 뚝 부러뜨렸다. 나는 엄마가 건네준 알약을 삼켰다. 그런 후 방으로 들어가 소리 나지 않게 잠금쇠를 눌렀다. 엄마가 문을 열고 들어와 내가 우는 걸 보지 못하게 하려고. 그러면서도 나는 엄마가 방문을 두드리기를 기다렸다. 나을아, 왜 문을 잠갔어? 그렇게 물어봐주기를 기다렸다.

그러나 엄마는 방문 근처로 다가오지도 않았다. 한 시간이 지나고 두 시간이 지나도 아무 일이 일어나지 않았다. 잠시 후 방문 틈으로 빛이 사라졌다. 엄마가 거실의 불을 끄고 침실로 들어가버린 것이다. 나는 베개에 얼굴을 묻고 조용히 눈물을 흘렸다. 엄마는 나에게 약을 먹이는 것으로 자기 할 일이 끝났다고 생각하는 것 같았다.

*

한주 선생님은 내 얘기를 듣고도 별말이 없었다. 엄마의 결정이 그렇다면 일단은 엄마의 말을 따라야 한다고 했다. 하지만 내가 받아들일 수 없다면, 왜 그 결정이 잘못되었다고 생각하는지 돌이켜보면서 나 스스로 결론을 내릴 줄 알아야 한다고 했다. 그런 후에 스스로 생각한 대로 행동에 옮기면 된다고 했다. 생떼를 써서 엄마를 귀찮게 하는 것은 나에게 아무런 도움이 되지 않을 거라고 했다.

"선생님이 저라면 그렇게 할 수 있어요?"

한주 선생님은 잠시 말없이 나를 바라보았다. 그러더니 확신에 찬 목소리로 말했다.

"나는 이미 그러고 있어."

"뭘 하고 있는데요?"

"내가 결정하고 생각한 대로 살려고 애쓰고 있지."

나는 그 말을 가슴에 새겼다. 그러면서 깨달았다. 시우가 앵두 앞에서 강하게 나설 수 있는 건 시우가 한주 선생님 같은 엄마를 가졌기 때문이라고. 한주 선생님은 자신이 무엇을 진정으로 원하는지 잊지 않고 거듭해 생각하다 보면 자신의 존재가 더 분명하게 느껴질 거라고 했다. 그것이 곧 스스로를 강하게 만드는 일이라 했다. 그렇게 점차 강해지다 보면 지금 네 마음 속 아픔 따위 아무것도 아니게 될 거라고 했다.

"나도 강해지고 싶어요. 선생님처럼."

그 말에 한주 선생님은 잠시 놀란 듯하더니 다정한 손길로 내 머리를 오래 쓰다듬었다.

*

"우리 나을이가 요즘 어른스러워졌네."

1박 출장을 가는 날, 엄마는 아침 식사 자리에서 나에게 말했다.

"네가 훌쩍 커버린 것 같아서 조금 서운하려고 해."

한주 선생님과 얘기를 나눈 이후 나는 조금은 강해 보이려 노력했다. 엄마 앞에서 학교 일을 징징거리며 떠들어대지 않았고, 그토록 엄마가 싫어하는 아빠 이야기도 꺼내지 않았다.

마음을 솔직히 드러내지 않고 숨기는 것만으로 강해진 기분이 들었다. 그래서 엄마의 말을 들었을 때 무척 기뻤다. 내가 강해졌다는 걸 인정받은 것 같았다. 엄마가 지방으로 출장을 가서 하루를 자고 돌아와야 한다는 말을 들었을 때도 밤에 혼자 잘 수 있다며 당차게 선언했다. 물론 그것은 진심이 아니었다. 나는 강한 사람으로 보이고 싶어 안달이 나 있을 뿐이었다. 엄마는 자기 마음이 놓이지 않는다는 이유로 내가 혼자 집에 남아 있는 일은 허락하지 않았다. 대신 한주 선생님과 시우가 같이 밤을 보내줄 거라고 했다. 나는 속으로 환호했다. 그건 예기치 못한 선물이었다. 당연히 엄마 앞에서는 특별히 그럴 필요가 없는 일이라는 듯 무심한 얼굴로 앉아 있었지만.

평소처럼 시우랑 마주 앉아 교과서를 읽고 만화를 보았다. 저녁 시간이 다 되었는데도 그들은 돌아가지 않고 나랑 있었다. 저녁에는 한주 선생님이 만들어준 카레라이스를 먹고 엄마가 냉장고에 넣어둔 케이크를 먹었다. 그런 후 우리는 나란히 앉아 텔레비전을 보았다. 채널을 돌리다가 조금이라도 야한 장면이 나오면, 나와 시우는 '나는 저런 걸 보는 사람이 아니에요.' 하며 장난스럽게 외쳤다. 우리가 너무 시끄럽게 웃자 한주 선생님이 조용히 하라며 입술에 검지를 올렸다. 나와 시우는 동시에 어깨를 움츠리고 장난스러운 미소를 지으며 숨죽여 낄낄거렸다. 그러고 있으니 우리가 정말 한집에서 살아온 아이들 같았다. 나에게 자매가 있다면 시우 같은 모습이었을까. 아주 오랜만에 나는 마음 놓고 즐거울 수 있었다. 좋아하는 사람들이 곁에 있는 것만으로도 이렇게 편안하고 행복할 수 있다니. 나는 정말로 이 두 사람과 함께 살고 싶었다. 서로가 서로를 좋아하면서 영원히.

"엄마가 돌아와도 다 같이 살면 안 돼요?"

"그건 안 돼. 우린 가족이 아니잖아."

"가족이어도 같이 살지 않는 사람들이 있잖아요."

한주 선생님은 웃었다. 틀린 말은 아니라고 했다. 그렇지만 함께 살려면 많은 노력과 양보가 필요하고, 그런 과정에서 오히려 서로를 싫어하게 될 수도 있다고 말했다.

"나을이가 선생님을 싫어하게 될 수도 있어. 반대로 선생님이 나을이를 싫어하게 될 수도 있고."

선생님이 나를 싫어할 수도 있다는 가능성은 생각하고 싶지 않았다.

"혹시 시우가 나를 싫어하게 될 수도 있어요? 내가 시우를 싫어하게 될 수도 있고?"

"그럴 수도 있지."

그렇다면 역시 우리는 같이 살지 않는 게 좋겠다고 말했다.

"나는 선생님을 영원히 좋아하고 싶어요."

한주 선생님이 내 볼을 부드럽게 쓰다듬었다.

"그건 정말 어려운 일이야. 계속 좋아하려면 많은 노력을 해야 해. 시간이 우리를 가만두지 않을 테니까."

"난 노력할 거예요."

옆에서 시우가 콧방귀를 뀌더니 씨익 미소 지었다.

"누가 보면 둘이 모녀인 줄 알겠어."

밤 10시가 되자 한주 선생님이 거실에 이불을 깔았다. 두 사람은 거실에서 잘 테니 나에게는 방에 들어가 자라고 했다. 나는 그 둘과 함께 자고 싶었다. 하지만 거실은 소파와 테이블이 놓여 있어 세 사람이 나란히 눕기에는 좁았다. 어쩔 수 없이 내 방으로 들어가려는데, 두 사람이 옷도 갈아입지 않고 이불 속으로 들어가는 걸 봤다.

"그렇게 입고 자면 불편하지 않아요?"

한주 선생님은 갈색 스커트에 회색 카디건이 편한 옷이라고 말했다. 그럴 리가 없었다.

"내가 옷을 가져올게요."

엄마 방으로 들어가 옷장을 열었다. 엄마가 입은 옷 중에 가장 비싸 보이던 실크 블라우스와 화려한 꽃무늬 스커트를 꺼냈다. 내가 가지고 온 걸 보더니 한주 선생님의 눈이 동그래졌다.

"이게 다 뭐야?"

그리고 보니 잠옷을 가져온 게 아니었다. 한주 선생님에게 어울릴 것 같은 옷을 골라왔다.

"잠시만 기다려요."

엄마의 옷장을 다시 열고 옷장 한구석에 놓인, 포장도 뜯지 않은 운동복 세트를 꺼내왔다.

"이거 선생님 선물이에요."

"엄마 옷이잖아? 이런 걸 받을 순 없어."

"엄마가 허락했어요. 선생님한테 고맙다고 전해달라고 했어요."

난 한주 선생님에게 거짓말을 하면서 뿌듯했다. 내가 이토록 능숙하게 거짓말을 한다는 사실이 자랑스러웠고, 내 입에서 흘러나오는 그 말이 정직하게 들려서 선생님이 조금도 의심하지 않으리라 생각했다.

"진짜예요. 엄마가 준비한 거예요."

한주 선생님은 블라우스와 스커트를 받아 들고 이리저리 둘러보았다. 선생님의 눈동자가 반짝거렸다.

"이렇게 입으면 예쁠 것 같아요."

한주 선생님은 짧게 웃더니 방으로 들어가 옷을 갈아입고 나왔다. 예상대로였다. 선생님은 정말 예뻤다. 당장이라도 데

이트를 가야 할 것 같았다. 훌륭하게 꾸민 레스토랑에서 우아하게 식사를 해야 할 것 같았다. 나랑 시우는 함께 박수를 쳤다.

"엄마가 예뻐졌어."

"선생님은 원래 예뻐. 이런 옷이 없었을 뿐이야."

내가 말하고도 어떻게 이런 말을 했지 싶은 말이었다. 나는 그렇게 옷을 입은 채 교무실로 나를 구하러 오는 선생님을 상상했다. '이제 나을이는 앵두 너 같은 애가 감히 건드릴 수 없는 아이가 되었어. 나랑 시우가 언제나 곁에 있을 거니까.' 그렇게 말하는 한주 선생님을.

"너한테도 선물을 준비했어."

"내 것도 있어?"

시우가 입을 헤벌렸다. 나는 그 기대를 저버리고 싶지 않았다. 얼른 방으로 들어가 옷장을 뒤졌다. 연분홍과 연보라가 섞인 카디건이 눈에 들어왔다. 앵두가 입고 싶어 하던 그 옷이었다. 앵두는 절대 안 되지만 시우에게는 기꺼이 내줄 수 있었다.

"와, 예쁘다!"

시우가 그 옷을 입자 뽀얀 얼굴이 더 화사해 보였다. 시우는 나보다 몸집이 작은 듯했다. 내가 입었을 때보다 카디건이 커 보였다. 항상 그 아이가 나보다 크다고 생각했는데 그렇지 않다는 게 새삼 놀라웠다.

"이건 선물이야. 나랑 똑같은 옷."

똑같은 옷이 아니었다. 그 옷은 하나뿐이었으니까. 어쨌든 거짓말이 술술 흘러나왔다.

"정말?"

그러나 한주 선생님은 무언가를 눈치챈 듯 시우의 어깨에서 그 옷을 벗겨냈다.

"그만해, 나을아. 선물은 필요하지 않아. 우리한테 있는 옷으로도 충분해."

"아니에요. 시우한텐 이게 있어야 해요."

나는 선생님의 손에서 카디건을 끌어당기며 말했다. 한주 선생님은 고개를 기울였다.

"시우는 옷이 없어서 놀림받아요. 맨날 똑같은 옷만 입는다고……."

왜 그 말을 해버린 걸까. 끝까지 거짓말을 하지 못한 자신이 한심했다. 옆을 돌아보니 시우는 눈을 동그랗게 뜨고 있었다.

"그게 무슨 말이야?"

한주 선생님의 손에 힘이 빠져나가는 순간 카디건을 내 쪽으로 완전히 끌어당겼다. 나는 그 옷을 시우 어깨에 다시 걸쳤다.

"그래도 시우가 그 애들을 혼내줘서 괜찮아요. 시우는 강해요."

내 말에 한주 선생님의 얼굴이 일그러졌다.

"다 무슨 소리야?"

한주 선생님이 단호한 목소리로 물었다.

"별거 아니야. 연극 같은 걸 한 거야."

그렇게 말하더니 시우는 기가 죽은 듯 볼을 빵빵하게 부풀리고 고개를 푹 숙였다. 한주 선생님은 걱정스러운 눈빛으로 나와 시우를 번갈아 보더니 천천히 등을 돌렸다가 어깨를 들썩이며 한숨을 내쉬었다.

"이걸로 패션쇼는 끝이야. 이제 그만들 자."

그렇게 말하고선 선생님은 옷을 벗었다. 블라우스와 스커트를 곱게 접어 소파에 올려둔 후, 아까의 불편한 외출복으로 갈아입고 한쪽으로 팔을 괴고 누웠다. 내 손에 들린 카디건은 그대로 내버려두었다. 나는 그걸 시우에게 건네며 작은 소리로 속삭였다.

"이거 가져."

시우는 한주 선생님의 등을 보면서 슬금슬금 가방을 기대어놓은 식탁 의자로 가더니 그 옷을 가방 안에 집어넣었다. 시우가 움직이는 소리가 들렸을 텐데도 한주 선생님은 아무 말도 하지 않았다. 말은 없어도 시우가 그 옷을 가지는 데 동의하는 것 같았다.

"나을이는 어서 방으로 들어가고, 불 끄고 시우도 자."

한주 선생님의 기분이 풀린 듯해서 마음이 조금 놓였다. 나와 시우는 마주 본 채 웃음이 터지려는 걸 참으며 네, 하고 대답했다.

셋이 보내는 밤이 그렇게 끝나가는 것이 아쉬웠다. 스탠드 불을 켜고 한참 눈을 껌뻑거리고 있다가 몸을 일으켰다. 방문 밖으로 아무 소리도 들리지 않았다. 문을 열고 나가보니 한주 선생님은 바닥에 누워 잠이 들었고 시우는 소파 위에서 뒤척거리며 잠들지 못하고 있었다.

"뭐 해?"

속삭이듯 목소리를 낮추고 시우를 불렀다.

"이리 와봐."

나는 손짓으로 시우를 불러 방으로 들어갔다. 우리는 침대로 올라가 이불을 머리 위로 덮었다.

"나 침대에 처음 올라가봐."

"너희 집에는 침대 없어?"

"응. 침대는 말랑말랑하네."

시우는 자꾸 재잘거리며 침대를 조심스럽게 만져보았다. 나는 책상 서랍에서 손전등을 꺼내 침대로 돌아왔다. 불을 켜자 오렌지색 불빛이 이불 속으로 가득 찼다. 불빛이 시우의 턱과 볼을 둥그렇게 감쌌다.

"뭐 하려고?"

"귀신놀이?"

우리는 웃는 소리가 나지 않도록 조심하며 입가만 올렸다. 손전등을 침대에 놓아두자 빛이 이불 안에 만든 굴 속으로 골고루 퍼졌다. 시우가 눈을 껌뻑일 때마다 두 볼에 비친 속눈썹 그림자가 길어졌다가 짧아졌다.

"우리 비밀 얘기 할래?"

시우는 침을 꼴깍 삼키더니 고개를 끄덕였다.

"나 먼저 말할게. 우리 엄마랑 아빠는 이혼했어."

시우는 별로 놀라지 않았다.

"알고 있었어?"

"그런 것 같아어."

내 얼굴을 보더니 킥, 하고 시우가 웃음을 터뜨렸다. 나는 잽싸게 시우의 입을 막았다.

"조용히 해. 선생님이 깰 거야."

시우가 말없이 고개만 크게 끄덕였다.

"네 차례야."

시우는 나를 빤히 보더니 천천히 입을 열었다.

"난 전부 비밀이야."

"그게 무슨 말인데?"

"이시우는 다 거짓말이야."

시우는 날 보더니 씨익 웃었다. 나는 시우가 장난을 치는 것이라 생각하면서 마주 웃었다.

"다 거짓말이면 반대로 다 거짓말이 아닐 수도 있잖아? 거짓말쟁이가 스스로를 거짓말쟁이라고 말하는 거랑 똑같은 거니까."

시우가 쿡쿡 소리 내어 웃다가 나에게 물었다.

"그럼 다음 비밀은?"

시우가 눈을 크게 떴다.

"넌 나중에 뭐가 되고 싶어?"

"그게 비밀이야?"

"응. 난 비밀이야."

"왜? 뭐가 되고 싶은데?"

"연기하는 사람."

"배우? 연예인?"

나는 시우의 예쁜 얼굴을 보면서, 그 애가 정말로 텔레비전 화면에 나오게 될 거라는 생각이 들었다. 그 애는 충분히 그럴 만한 미모를 가지고 있었다.

"진짜 내가 아닌 것처럼 보이는 일을 할 거야. 그런 건 잘할 수 있거든."

"그런 거 좋아해?"

"누구보다 자신 있지. 항상 다른 사람인 척하고 있으니까."

나는 조금 혼란스러웠다. 시우의 말은 갈수록 복잡해졌다. 나는 퍼즐 조각처럼 흩어진 그 말을 애써 맞춰보려 했다. 그러니까 시우는 배우가 되고 싶고, 연기하는 사람이 되고 싶고, 그래서 항상 다른 사람인 척 연기 연습을 하고 있단 말일까? 꿈을 위해 노력하고 있다는 걸까?

"수녀님이 되는 건 어때?"

"수녀님?"

나는 시우에게 앵두의 장래 희망을 들려주었다. 시우가 어떤 표정을 지을지 궁금해서.

"정말이야?"

시우는 뭔가를 곰곰 생각하는 듯하더니 배시시 웃으며 말했다.

"그렇게 된다면 난 성당 같은 데 절대 안 갈 거야."

우리는 마주보고 낄낄 웃었다.

"너는? 뭐가 될 거야?"

"난 진짜 모르겠어."

"너도 나랑 같은 거 할래?"

나는 무조건 좋아,라고 말했다. 시우가 말하는 건 다 좋았으니까.

"좋아. 그럼 우리 나중에 같이 영화에 나오는 거야."

"너랑 나랑 주인공인 영화!"

우리는 손을 맞잡고 키득거렸다.

"이제 비밀은 없어?"

실은 정말 알고 싶은 것은 따로 있었다.

"그날 말이야. 네가 의자를 던지고 그 여자애 옷을 찢어버렸잖아. 그건 어떻게 하는 거야?"

시우는 잠시 내 얼굴을 바라보았다. 나도 그 애를 보았다. 오렌지빛에 물든 그 얼굴이 투명하게 빛났다. 커다란 보석 같았다.

"그런 건 연기를 한다고 생각하면 쉬워. 그냥 내가 그럴 수 있는 사람이 되었다고 생각하고 해버리는 거지. 대본을 받은 배우처럼 하는 거야. 의자를 들어 올린다. 그다음 옷을 찢는다."

"그게 다야?"

"그 생각만 하는 거야. 다른 생각 말고."

"나도 그렇게 할 수 있어?"

"아마도?"

시우는 눈을 한 번 끔뻑였다.

"복잡하게 생각하지 말고, 멀리 생각하지 말고, 그다음에 오는 거 하나만 생각해. 엄마가 그랬어. 너무 많은 걸 생각하면 겁이 많아지고 아무것도 할 수 없게 된대."
그동안 내가 왜 앵두 앞에서 머뭇거렸는지 알 것 같았다. 생각이 많아져서 그런 것이었다. 생각이 많아져서. 겁이 많아져서.
"누구한테 의자를 들어 올릴 건데?"
시우가 날 빤히 보며 물었다.
"앵두한테?"
내가 아무 대답 하지 않자 시우가 어깨에 손을 올렸다.
"내가 옆에서 지켜보고 있을게."
시우는 나를 격려한다는 듯 어깨를 두 번 두드렸다. 나는 시우에게 무엇이든 털어놓을 수 있을 것 같았다.
"나 정말 네가 좋아. 그러니까 네가 다 거짓이라고 해도 나한테는 진짜야."
잠시 말이 없더니 시우가 내 손을 꼭 잡으며 말했다.
"진짜? 내가?"
시우의 손은 따뜻했다. 손의 온기 때문인지 눈가로 눈물이 고이는 듯했다. 나는 괜히 코를 한껏 들이마셨다.
"네가 이렇게 다정한데 가짜일 리 없잖아. 그러니까 나한테 너는 진짜야. 진짜 친구."
그 말을 하고 나니 심장이 약간 쑤셨다. 나는 시우를 놓치지 않으려는 듯 그 애의 손을 꼭 부여잡았다.

"아야, 너무 세게 잡았어."

시우가 장난스럽게 말하며 웃었다. 그래도 손을 놓지는 않았다. 우리는 손을 잡은 채 그대로 침대에 누워 잠이 들었다.

*

다음 날 아침, 나와 시우는 나란히 등교했다. 둘이 동시에 교실에 들어서자 앵두는 눈을 떼지 못했다. 앵두네 무리가 눈살을 찌푸렸다.

"너희 둘이 사귀어?"

책가방을 내리고 자리에 앉자 앵두가 내 뒤로 다가와 뒤통수를 손가락으로 쿡 찔렀다. 손톱 끝이 뾰족하게 머리를 긁었다.

"뭐야? 짜증 나는 애들끼리 친해졌네."

앵두가 팔을 휙 들어 내 어깨를 가볍게 감쌌다. 귓가에 오스스 소름이 돋았다.

"이나을, 이시우랑 떨어져. 나 너랑 친하게 지내려고 했단 말이야."

앵두가 하는 말이 어이가 없었다. 뒤를 돌아 그 애를 쏘아보았다.

"너희 엄마 좋은 사람이잖아. 그래서 우리 엄마가 너랑 잘 지내라고 했거든."

앵두의 팔이 내 목을 감았다. 반소매 아래 서늘한 살이 닿았다. 한순간 훅 하고 목이 졸렸다. 목이 눌리자 꽥, 소리가 터져 나왔다.

"뭐야? 개구리 같아."

앵두가 웃음을 터뜨렸다. 이게 잘 지내고 싶은 사람의 행동인가? 앵두는 여전히 날 괴롭히고 싶은 게 분명했다. 나도 더 이상 당하고 있을 수만 없었다. 나는 다른 사람이 되어야 했다. 의자를 들어 올리는 사람…… 의자를 들어 올리는 사람은 의자를 들어 올린다……. 나는 주문을 외우듯 그 문장을 마음으로 반복하면서 두 손으로 내 목을 감싼 앵두의 팔을 붙들었다.

"왜 그래? 으, 간지러워."

손톱으로 앵두의 팔을 긁었지만 앵두는 간지럽다며 신나게 웃을 뿐이었다. 나는 의자에서 일어나려고 버둥거렸다. 하지만 앵두네 무리가 어깨를 누르며 일어날 수 없게 만들었다.

"눌러. 더 꽉 누르라고."

앵두의 말에 아이들이 나를 더 짓눌렀다. 그 순간, 입에 앵두의 팔이 닿았다. 차갑고 끈적한 팔이었다. 부드러운 살이 입안으로 들어왔다. 윗니와 아랫니 사이에 차가운 살이 닿았다. 나는 이제 앵두의 살을 씹는 사람이 될 차례였다. 나를 괴롭히는 아이들을 응징하는 사람……. 턱에 힘을 주자 잘근 씹히는 느낌이 들었다. 조금 더 힘을 주는 건 어려운 일이 아니었다. 질긴 고기를 씹는다는 생각으로 힘껏 깨물어버렸다.

"으아아아악!"

귀를 찢을 듯한 비명이 앵두의 입에서 솟구쳤다. 순식간에 내 목을 두르고 있던 앵두의 팔이 떨어져나갔다. 어깨를 짓누르던 무게도 사라졌다. 앵두는 입을 벌린 채 울면서 침까지 흘리고 있었다. 으아아아, 하는 울음이 귀를 울릴수록 내 머릿속이 맑아졌다. 이런 거였구나. 다른 사람이 되어본다는 것. 평소라면 하지 않을 행동을 할 수 있게 된다는 것. 그런데 이제 뭘 어떻게 해야 하는 걸까? 아, 그래, 의자를 들어 올린다…… 의자를……. 나는 자리에서 일어나 의자 등받이를 두 손으로 붙잡았다. 두 손이 후들거릴 정도로 무거웠다.

"나을아."

시우의 목소리가 들렸다.

"됐어. 내려놔."

시우의 말에 의자를 바닥에 내던졌다. 의자가 떨어지면서 바닥이 쿠웅 울렸다. 의자는 울고 있는 앵두 근처에서 휘청이다가 멈췄다. 앵두는 자신이 할 수 있는 일이 그것밖에 없다는 듯 크게 소리를 지르며 울었다. 단발머리가 휴지 한 뭉치를 뽑아와 앵두의 눈물을 닦았다. 그러다가 고개를 돌리더니 웩, 하는 입 모양을 한 채 바닥에 고인 침을 닦았다. 앵두의 팔에는 이에 물린 자국이 선명했다. 손목 부근에 핏방울이 맺혀 올라온 게 보였다. 내가 그 팔을 물어서 저렇게 된 거란 사실을 믿을 수 없었다. 잘못한 걸 알았지만 기분이 좋았다. 그때 나는 한 번도 예감한 적 없는 나의 또 다른 모습을 발견한 기분이었다. 필요하다면 언제든 사나워지고 용감해질 수 있을 것 같았다. 그러므로 기꺼이 벌을 받을 각오를 했다. 어른들에게 내가 앵두를 저렇게 만들었다는 걸 어서 인정받고 싶었다. 나는 복도에서 누가 달려오지 않을까 귀를 기울였다. 예상대로 복도 바닥이 쿵쿵 울리고 담임이 곧 교실로 달려왔다. 담임이 누가 한 짓이냐 물었을 때, 다른 아이들의 눈이 전부 나를 향했을 때, 앵두가 팔을 뻗어 한 사람을 가리켰다.

"쟤가 날 물었어요."

앵두가 가리킨 건 내가 아니었다.

"이번에도 시우 너니?"

담임은 숨을 내쉬더니 한 손으로 시우의 뒷덜미를 잡았다. 나는 끌려가는 시우를 보면서 당황한 채 아무 말도 못 하고 그 자리에 서 있었다. 시우가 아니라 내가 그랬다고 말해야 하는데, 그 어느 순간보다 용감해야 하는데 입이 떨어지지 않았다. 시우는 그런 날 보고 있었다. 나는 굳은 채 서 있기만 했다. 말해야 했다. 시우가 아니라 나라고. 앵두가 시우를 모함

하는 거라고. 아이들의 수군거리는 소리가 들려왔다. 이시우 저러다가 중학교도 못 가겠다. 솔직히 시우가 무섭긴 하잖아. 이러다가 이나을도 어떻게 되는 거 아니야? 쟤도 불쌍하네.
나는 다시 원래의 이나을로 돌아와 있었다. 꼭 쥔 주먹이 파르르 떨렸다. 담임과 시우가 떠나자 앵두가 나를 위아래로 훑으며 눈썹 사이를 한껏 찌푸렸다.
"너희들 친구 아니었어?"
맞아, 우린 친구야, 그것도 진짜 친구. 그렇게 말하고 시우를 쫓아가야 하는데 나는 그렇게 할 수 없었다. 두 다리가 후들후들 떨려 움직일 수 없었다. 시우가 아니라 내가 그랬다고 당당히 말하고 벌을 받는 사람. 나는 그런 사람이 되어야 했는데 그 자리에 못 박힌 듯 서 있기만 했다. 앵두는 울어서 잠긴 목소리로 나에게 속삭이듯 말했다.
"너 정말 별로야. 이시우가 아까워."

방과 후 나는 교무실을 훔쳐보려는 아이들 틈에 몰래 끼어들었다. 1층으로 내려가자 교무실 옆의 빈 교실에 사람들이 모여 있었다. 마치 보란 듯 뒷문은 열려 있었다. 구경 나온 아이들 사이를 비집고 들어갔다. 시우가 있었다. 그리고 한주 선생님이 있었다. 한주 선생님이 앵두와 그 애의 엄마 앞에서 무릎을 꿇고 있었다. 내가 본 것을 믿고 싶지 않아서 몇 번이

나 눈을 비비고 다시 보았다. 진짜였다. 그 장면은 사라지지 않았다. 한주 선생님은 고개를 깊이 숙인 채 들지 못했다. 시우는 예전에 앵두가 그랬던 것처럼 붉게 달아오른 얼굴로 눈물만 흘리고 있었다. 상황을 그렇게 만든 사람이 나란 걸 알았지만, 그 사람들 사이로 뛰어가 진실을 밝힐 용기가 나지 않았다. 그저 온몸에 알 수 없는 힘만 잔뜩 들어갔다. 추운 날 얇은 옷을 입고 밖을 나간 것처럼 심장부터 몸이 떨려왔다. 그때 앵두와 눈이 마주쳤고 그 애가 날 향해 혀를 빼꼼 내밀었다. 나는 견디지 못하고 그 자리에서 뛰쳐나갔다. 지금 해야 할 일이 무엇인지 찾아야 했다. 의자를 들어 올린다……. 아니, 의자를 들어 올리는 사람이 된다는 건 더 이상 아무런 소용이 없는 일이었다. 무엇을…… 무엇을 할 수 있지? 나는 무엇을…… 어떤 사람이 되어야 하지? 나는 학교 건물 밖으로 나갔다. 넘어질 듯 뛰어서 급식실 뒤로 갔다. 그곳에 아직도 큰 회색 돌이 있었다. 앵두가 나를 위협하던 돌이 이것이었을까? 상관없었다. 그것은 충분히 위험해 보였다. 나는 그 돌을 번쩍 안아 올렸다. 의자보다는 가벼웠지만 몇 번이나 어깨를 들썩여 처지는 손을 올려야 했다.

"야, 이나을! 뭐 해?"

건물로 들어선 날 향해 아이들이 물었지만 대답할 겨를이 없었다. 수군거리는 아이들을 밀치며 맨 위층 교실로 올라갔다. 아무도 없었다. 텅 빈 교실에 혼자 서 있으니 점차 몸 안에서 피가 끓는 듯했다. 나는 앵두의 책상 앞으로 가서 돌을 가슴까지 들어 올린 후 힘껏 내리쳤다. 세 번을 내리치자 책상이 쩌억, 갈라졌다. 서랍에 넣어놓은 물건이 갈라진 틈으로 솟아 나왔다. 나는 돌을 바닥으로 내던진 채 앵두의 책과 노트를 꺼내 두 손에 잡고 갈기갈기 찢어버렸다. 손가락 사이로 피가 배어 나왔지만 하나도 아프지 않았다. 오히려 피를 보니 답답한 가슴이 뻥 뚫리는 것 같았다. 복도를 지나던 다른 반 아이들이 날 보더니 겁을 먹고 큰일 났어, 선생님 불러, 하는 소리가 들렸다. 선생님이 달려오건 엄마가 달려오건 상관없었다. 다 찢어버리고 부숴버릴 마음이었다. 나는 다시 돌을 들어 앵두가 앉았던 의자 위로 내던졌다. 돌은 의자의 널판을 맞고 튕겨 나가 바닥에 꽂혔다. 돌은 부서지고, 의자의 널판은 여러 갈래의 빗금을 그으며 갈라졌다. 나는 복잡한 무늬로 새겨진 그 빗금을 가만히 내려다보았다. 숨이 찼다. 심장이 둥둥 뛰었다. 이마에서 핏줄이 펄떡거렸다. 온몸이 격렬하게 두근거리는 리듬 속에서 나는 부수고 찢어버린 게 단지 책상이나 의자나 책 따위가 아니란 걸 알았다. 그건 그때까지 강해졌다고, 용감해졌다고, 스스로 착각하며 즐거워하던 나 자신이었다. 나는 전혀 강하지 않았다. 약하고 비겁했다. 그러니까 나 같은 애는 시우를 친구로 둘 자격 따위 없었다. 너는 진짜 친구 따위 둘 수 없는 비겁한 아이일 뿐이라고, 너는 시우가 없는 한 그대로 약한 모습으로 남아 있을 뿐이라고, 조롱하듯 입꼬리를 올리는 앵두의 얼굴만이 머릿속을 가득 메웠다.

2
23세 이나을
내 것이 아닌 인생의 전부

윤 대표는 내 이야기를 다 듣더니 한동안 말이 없었다.

"나을 씨가 기억하는 그 못된 아이가 우리가 찾아야 할 사람 같은데요?"

그러면서 한숨을 내쉬었다.

"쌍방이 오간 게 있으니 무결한 피해자라고 할 수 없겠어요. 냉정하게 생각해야 해요. 학폭 이슈가 터지면 자칫 가족사까지 끌고 갈 수 있으니까. 어디서도 아버지의 외도 같은 건 말하면 안 돼요."

나는 수긍하는 의미로 고개를 크게 끄덕였다. 윤 대표는 다음 미팅을 위해 그만 자리에서 일어나야 한다고 했다.

"너무 걱정 말아요. 솔직히 나을 씨가 얼굴이 알려진 건 아니까 이건 물고 뜯을 이슈도 아니죠. 그냥 나중을 위해서 피곤한 일은 미리 덜어내는 거예요."

윤 대표가 웃으며 내 어깨에 손을 올렸다.

문을 열고 나오자 마침 복도를 지나던 오겸이 보였다. 오겸은 나와 윤 대표를 의아한 눈길로 바라보았다. 그러다가 가볍게 고개를 끄덕이더니 스쳐 지나가 맞은 편 유리문을 밀고 연습실로 들어갔다.

"아직 코칭 시간 아니죠? 두 시간 남은 걸로 아는데."

윤 대표가 오겸이 들어간 자리를 건너다보며 물었다.

"오겸 씨는 항상 일찍 와요."

"열심히 하네요."

입 밖으로 나오는 칭찬의 말과 달리 그가 지나간 자리를 바라보는 윤 대표의 얼굴이 어두웠다.

"이제 진짜 가야 해요. 그만 들어가요."

나는 허리를 90도로 숙여 인사했다. 윤 대표는 민망한지 알겠다며 고개를 짧게 끄덕인 후 몸을 돌렸다. 나는 윤 대표가 복도 코너를 돌아 사라질 때까지 눈으로 쫓다가 고개를 돌렸다. 대본 연습실 창 너머 앉아 있는 윤 감독의 뒷모습이 보였다. 그는 여전히 집중한 채 무언가를 적고 있었다. 나는 윤 감독을 방해하지 않으려 발소리를 죽여 복도를 지났다. 그런 후 조심히 문을 열어 오겸이 있는 방으로 들어갔다.

*

나와 오겸은 러시아에 유학을 다녀온 연기 선생에게 코칭을 받는 중이었다. 그는 원래 배우였다가 강사로 전향한 케이스인데, 윤희재 감독과는 그의 첫 영화에 조연으로 출연하면서 인연을 맺은 듯했다. 조각 같은 외모는 아니지만 깔끔한 인상과 반듯한 몸을 가진 사람이었다. 스크린에 얼굴을 비췄을 때도 제법 대중의 호감을 산 편이어서 광고 제안도 꽤 들어왔다고 들었다. 그러나 그는 그런 제안을 전부 거절했다. 유명해질 기회를 스스로 놓친 것이다. 하지만 윤희재 감독의 영화에 출연한 배우들은, 그 전에 어떤 수업을 받았건, 전부가 이 러시아 유학파 선생을 거쳐 가야 했으므로 무명의 길을 선택했다고 해서 인생이 초라해졌다고 볼 수 없었다. 그는 나름대로 인정받는 연기 선생이었다. 몇몇 배우들 입에서 진정한 연기 스승으로 그 이름이 오르내리기도 했다.

벌써 다섯 번째 수업이었지만 여전히 익숙하지 않았다. 연기 선생은 매번 우리에게 연기력이 아닌 상상력을 요구했다. 그는 상상할 수 있는 능력을 가장 우선에 두었다. 주어진 역할을 분석하지 말라고 했다. 상상하라고 했다. 그 사람이 지금 이 순간에 이르기까지 거쳐온 모든 인생을 상상할 수 있다면 우리의 연기는 고유하고 완벽한 것이 될 거라고 했다. 그런 것이 가능할까 싶었다. 내 인생도 돌이켜 모두 기억하기가 어려운데, 어떻게 내 것이 아닌 인생의 전부를 그려볼 수 있을까. 하지만 욕심이 났다. 잘 모르긴 해도 연기 선생이 헛소리를 하는 것 같지는 않았다.

이번에 연기 선생은 우리에게 연인 역할을 주었다.

"한 20년쯤 지나 다시 만나게 된 연인이라고 해보죠."

오겸은 입술을 잘근잘근 씹으며 고민하다가 물었다.

"몇 살 때 처음 만난 거죠?"

"스물셋?"

"지금 제 나이잖아요?"

"역할에 이입하기에는 더 좋겠군요."

오겸은 어깨를 으쓱해 보이더니 눈을 감고 집중했다. 20년이 흘렀으니 그는 지금 마흔셋쯤 되었을 것이다. 나도 그에 맞춰 그 나이 정도가 되었다고 상상했다.

"저는 여름마다 라벤더가 핀 풍경을 보려고 이곳에 옵니다."

오겸이 대사를 시작했다. 연기 선생은 내가 어떻게 응할지 유심히 지켜보았다. 나는 아직 그의 정체를 알지 못하는 무구한 여인이 되었다.

"저는 촬영을 직업으로 삼고 있어요. 꽤 좋은 카메라를 가지고 있죠."

나는 그의 손을 가리켰다. 거기에 카메라가 있다고 생각했다.

"늘 다른 사람만 찍어주시겠네요. 괜찮으시다면 제가 한 장 찍어드릴까요?"

"좋습니다."

나는 그에게서 무거운 카메라를 건네받듯 손을 뻗었다. 무게를 못 이기고 손이 아래로 처졌다.

"하마터면 놓칠 뻔했네요."

"꽤 비싼 것입니다. 보상을 하려면 시간이 걸렸을 거예요."

그가 농담을 건네는 찰나 나는 의아해졌다. 아무리 20년이 지났다고 한들 사랑한 사람의 얼굴을 못 알아볼 수 있는 걸까. 그렇다면 여기서 내 역할은 기억 상실을 겪는 연인이어야 하나? 그렇다면 오겸은 어떻게 이 사실을 알고 있는 거지? 앞으로 어떻게 대화를 이어가야 할까? 나는 점점 이 즉흥극에 빠져들었다.

"여기 한번 서보세요. 보랏빛 라벤더와 파란 하늘이 멋지거든요. 괜찮은 사진이 나올 것 같아요."

오겸이 수줍은 듯 손으로 브이 자를 그려 보였다. 나는 사진을 찍은 후 틸트 액정을 돌려 그에게 방금 찍은 사진을 보여주었다.

"이번에는 제가 멋지게 찍어드릴게요."

나는 그가 지정해준 자리에 섰다. 시원한 바람이 불어오고 짙은 라벤더 향이 코를 간질였다. 그가 한쪽 눈을 감고 카메라를 들었다.

"예전에 꼭 이 자리에서 누군가를 찍어준 적이 있어요."

그는 카메라에서 눈을 떼지 않고 말했다.

"촬영차 왔다가 일이 일찍 끝나 혼자 다니고 있었거든요. 어떤 여성분이 걸어가는 걸 보다가 저도 모르게 카메라를 들었던 거죠."

"반하셨나 봐요?"

그 말에 그가 수줍게 미소지었다.

"귀신에 홀린 것 같았어요. 저도 모르게 데님 원피스를 입은 그녀를 찍었죠. 아무래도 카메라가 돌아가는 소리가 컸던 탓인지, 그녀가 저를 돌아봤죠. 무심한 얼굴로 다가오더니 찍은 사진을 보여달라 하더군요."

이제 그는 얼굴에서 카메라를 떼고 허공을 올려다보았다.

"잠깐만요! 저를 찍어준다고 하셨잖아요?"

그가 깜빡했다는 듯 자세를 고쳐 잡았다.

"그럼요. 최고의 사진을 찍어드리죠."

"그 얘기 더 듣고 싶어요."

오겸은 카메라를 든 채 나를 빙빙 돌면서 하던 이야기를 마저 했다.

"그게 다였어요."

"그렇게 싱겁게 끝나버린다고요?"

"그녀에게 사진을 보여줬고, 그걸로 끝이었죠. 사진을 따로 받고 싶다는 말도 없이 그녀는 가버렸으니까요. 그렇지만 나는 지난 20년 동안 그녀를 그리워하지 않은 날이 없어요. 이상하게 그렇게 되었죠. 매일 그녀를 떠올리고 상상했어요. 데님 원피스를 입고 신기루처럼 라벤더밭을 천천히 걷다가 나에게 다가와 말을 거는 모습을. 정말로 자신을 찍었는가 물어오던 목소리를. 그때마다 저는 마치 용서를 구하듯 사진을 보여주죠. 그녀는 그 사진을 무척 마음에 들어 하지만 그걸 갖고 싶다는 말은 끝까지 하지 않아요. 걸어온 방향 그대로 다시 걸어갈 뿐이에요. 그런데 오늘은……."

나는 오겸이 무슨 말을 이어갈지 알지도 못하면서 벌써 어깨에 힘이 들어갔다.

"오늘은 그녀가 사진을 찍어준다며 다가왔어요. 내가 사진을 찍기도 전에 먼저 그녀 쪽에서 다가온 건 처음이었어요."

연기 선생은 미간을 좁힌 채 오겸을 바라보고 있었다. 나 역시 오겸의 대사를 듣느라 귀에 신경이 다 몰린 듯했다.

"나는 이 이야기가 어떻게 끝날지 알아요. 오늘도 그녀는 사라집니다. 우리는 영원히 이어지지 않습니다. 오직 비슷한 하루를 반복하면서 수없이 많은 시간을 만났다가 헤어질 뿐입니다. 지난 20년 동안 그래온 것처럼."

나는 무릎을 접어 앉은 채 고개를 떨궜다. 마침내 깨달았다. 나는 지금 그가 지어낸 상상 속에만 존재하는 것이다. 그가 그리워하는 이름 모를 여인으로. 데님 원피스를 입고 라벤더밭을 걸어가는 신기루로.

"다른 결말을 가질 수도 있잖아요."

그렇게 말하며 나는 일어섰다. 그러자 오겸이 슬픈 얼굴로 입을 열었다.

"이게 제 상상의 한계예요."

어째서 상상에 한계가 있다고 믿어버리는 걸까. 나는 조금 화가 났다. 가능하다면 그 상상의 경계에서 벗어나고 싶었다. 오랜 시간 기다리고 있는 그를 향해 한발 내딛고 싶었다. 그러나 꿈쩍도 할 수 없었다. 오랫동안 상상으로만 되풀이된 장면은 현실이 되기를, 현실이 되어 상처 입고 오염되기를 거부했다. 영원히 깨끗한 꿈으로 남으려 고집을 피웠다. 과연 그런 것이 가능할까? 우리는 그의 상상 안에서 순수하게 잠시 만났다가 헤어지는 깨끗한 인연으로 영원히 존재할 수 있을까? 나는 고개를 들어 오겸의 평온한 얼굴을 보았다. 그의 아름답고 애틋하지만 아무것도 이룰 수 없는 상상을 부숴버리고 싶었다.

"사진을 보내주세요."

오겸은 당황한 듯 한발 물러섰다. 그의 눈동자가 불안하게 흔들렸다.

"우리 또 만나요. 아름답기만 한 과거는 깨버려요."

오겸이 뒷머리를 긁적이며 웃었다.

"그렇게 되면 망할 거 같은데요?"

"망해버려도 좋지 않아요?"

뒤에서 열렬한 박수가 터져 나왔다. 연기 선생은 자리에서 일어난 채 감탄한 듯 고개를 끄덕였다. 나와 오겸은 얼떨떨한 얼굴로 서로 마주 보았다.

"상상 속으로 들어갔군요."

도대체 어떤 점이 박수를 받을 만큼 잘한 것인지 알지 못했다. 그래도 기분은 좋았다. 연기 선생은 좋은 태도로 수업에 참여해준 보상이라면서 예정된 시간보다 20분 정도 일찍 끝내주었다.

코칭 수업이 끝난 후 우리는 배가 고파 김밥천국에 가기로 했고, 오겸은 그곳이 액터스 헤븐으로 가기 전에 우리가 들를 수 있는 유일한 천국이라는 둥 썰렁한 농담을 하기 시작했다. 그만 좀 하라며 내가 그를 옆으로 살짝 밀쳐내자, 반동을 이용해 곁으로 바짝 다가오더니 속삭였다.

"어딘가에서 들었는데, 윤 감독님이 아니면 우리 연기 선생을 강사로 받아줄 곳이 없대요. 나을 씨가 생각하기에도 조금 이상하지 않아요? 나도 여러 수업을 들어봤지만 솔직히 이런 건 처음이거든요. 발성법도 알려주지 않고 대본 리딩도 하지 않고, 매일 이상한 상황에 던져놓고 즉흥연기를 시키면서 꼬투리 잡는 질문을 던지니까요."

아무래도 오겸은 연 작가를 통해 그런 소리를 들은 듯했다.

"그래서 싫어요?"

"오히려 좋은 쪽이죠. 저한테는 잘 맞는 것 같아요."

"나도 그래요. 이런 건 어디서도 해본 적 없거든요."

"나을 씨랑 같이 하니까 재밌는 게 아닌가 싶어요."

오겸의 다정한 말에 말문이 막혔다. 왠지 평소처럼 장난으로 받아칠 수가 없었다. 코칭 때 부여받은 연인이라는 역할 때문이었을까. 평소보다 그가 조금 더 신경 쓰였다. 오겸은 아무렇지 않은 듯 다시 연기 선생에 관한 주제로 넘어갔다.

"솔직히 수업은 좋지만, 그분처럼 살고 싶지는 않아요."

오겸은 연기 선생이 유명해질 기회를 놓친 일을 꾸짖는 듯했다. 절대로,라고 오겸은 힘주어 말했다. 그의 결의가 나를 겁에 질리게 했다. 만약 학폭 이슈가 터져 그 사건과 무관한 오겸까지 피해를 입게 된다면, 그래서 그가 갈망하던 경로에서 타의에 의해 미끄러지게 된다면, 그는 나를 증오하게 될까.

"뭐 먹을 거예요?"

내 속은 짐작도 못 한 채 오겸이 천진하게 물었다. 우리는 김밥과 떡볶이를 먹기로 했다.

"너무 적지 않아요?"

"적당히 먹어두긴 해야죠. 곧 촬영 들어갈 텐데."

오겸은 우리가 천국에서 누릴 수 있는 게 이렇게 적은 양이라면 이게 정말 천국이겠느냐 장난스럽게 되물었다. 나는 얼굴을 일그러뜨린 채 그를 흘겨보았다.

"개인 레슨으로 개그 수업을 받아보는 게 어때요?"

내 말에 오겸은 아이처럼 천진하게 웃어 보였다.

*

그로부터 일주일이 지나 윤희재 감독에게 전화가 왔다. 윤 대표를 통해 얘기를 들었다고 했다. 처음에는 내 이야기가 허락 없이 함부로 공유된 것 같아 불쾌했지만, 아무래도 윤 감독이 알아야 할 일이었다는 생각이 들었다. 그렇더라도 윤 대표가 미리 언질을 주었다면 좋았으리라 생각했다. 적어도 이런 전화에 당황하는 일은 없었을 테니까.

"나을 씨, 그 시우란 친구 말이에요. 혹시 내가 만나봐도 될까요?"

윤 감독의 물음이 이상하게 여겨진 것은 나에게 시우를 만날 수 있는 방법을 묻는 게 아니라 만나도 되겠느냐 허락을 구하는 점 때문이었다. 허락만 해준다면 접촉할 방법이야 자신이 어떻게든 알아내겠다는 뜻이었다. 사람 하나 찾는 일이 윤 감독에게는 그리 어려운 일이 아닐지 몰랐다.

"제가 허락할 일인가요?"

"나을 씨 친구잖아요."

"왜 찾으시는데요?"

그렇게 물어보면서도 나에게 질문할 권한이 없다고 느꼈다. 몇 초간 말이 없더니 윤 감독이 입을 뗐다.

"아무래도 확인할 게 있어서요."

수수께끼 같은 말이었다. 윤 감독은 얘기가 길어질 테니 궁금하다면 내일 아침 집으로 찾아오라고 했다.

다음 날 눈을 뜨자마자 준비를 하고 집을 나섰다. 도착해보니 윤 감독은 새벽에 일어나 사우나까지 다녀온 뒤였다. 윤 대표는 식탁에 앉아 커피를 마시고 있었다.

"여기 앉아요."

윤 대표는 잠이 덜 깬 얼굴로 나를 맞았다. 커피 머신으로 추출한 에스프레소를 뜨거운 물에 부어 나에게 건넸다. 윤 감독은 식탁에 앉아 있었다. 나는 커피를 두 손으로 받쳐 들고 윤 감독의 맞은 편에 앉았다.

"살이 좀 빠졌네요."

그 식탁에 앉아 벌써 세 잔째 커피를 마시고 있다는 윤 감독은 날 보더니 눈을 크게 떴다. 다이어트를 하고 있으니까요. 내 목소리에서 미묘하게 툴툴거리는 분위기가 맴돌았다.

"페이스 조절 잘해요. 막상 촬영 들어가서 입 터지면 곤란하잖아요."

윤 대표가 커피를 한 모금 들이켜고 말했다. 여전히 피곤해 보이는 얼굴이었다. 평소보다 얼굴이 부어 있는 걸 보니 전날 밤 잠을 못 잔 게 아닌가 싶었는데, 얘기를 들어보니 정말로 그랬다. 윤 대표는 지난밤 연 작가를 만났고 새벽 3시에 귀가한 거라고 했다. 무슨 일로 두 사람이 만났는지 캐물을 분위기는 아니었다. 나는 잠자코 입을 다물었다.

"아침 식사 전이죠?"

윤 대표는 식빵을 토스터에 넣고 냉장고에서 잼과 우유를 꺼냈다. 그사이 윤 감독은 서재 방으로 들어가 무언가를 들고 나왔다. 풀로 제본한 책이었다. 오래된 것인지 표지가 누렇게 바래고 가장자리가 말려 올라가 있었다.

"예전에 쓴 시나리오예요."

몇 군데 알록달록한 포스트잇이 붙어 있었다. 윤 감독은 손가락 끝에 침을 묻힌 후 포스트잇이 붙은 페이지를 펼쳐 보였다.

"이게 나을 씨 친구를 찾으려는 이유예요. 읽어볼래요?"

내 앞에 책이 펼쳐져 있었다. 동시에 토스터에서 굽고 있는 빵 냄새가 솔솔 풍겼다.

"일단 먹고 읽어요. 빈속에는 쓰러질지도 모르니까."

윤 대표가 식빵을 접시에 담아 가져오면서 말했다. 갑자기 무슨 농담을 하려는 건가 싶었는데, 그 진지한 얼굴을 보니 장난을 치는 것 같지 않았다.

펼쳐진 페이지에는 두서없는 트리트먼트처럼 메모가 적혀 있었다.

＊칭의 탈주

내가 칭을 처음 만났을 때, 칭의 오른손에는 손가락이 네 개였다. 인간이 보통은 다섯 손가락을 가지고 태어날 거라는 일반적인 견해로 이 상황을 생각하자면, 칭은 손가락 하나를 잃은 상태였다.

나는 칭에게 그곳에서, 그러니까 칭의 고향 나라에서 무슨 일이 있었던 거냐 물었다. 그것은 아마도 칭이 불법적인 경로를 통해 이 나라로 입국하기를 희망하게 된 사연과 관련이 있을 듯했다. 내 예상이 맞았다.

칭은 여덟 살이 되던 생일날 손가락을 잃었다. 칭이 속한 마을 공동체에는 죽은 사람의 넋을 달래기 위한 전통으로 어린 여자아이의 손가락을 바치는 풍습이 있다고 했다. 나는 믿을 수 없었다. 그것은 정말이지 부당한 일이었다. 미신을 따른 악습이었다. 그 사실을 깨우치기에 여덟 살이란 나이는 너무 어렸다. 칭은 자신과 비슷한 시기에 손가락을 잃은 친구들 중 두 명이 감염으로 죽었다고 했다. 마을 어른들은 그것을 당연한 일로 생각했고, 운이 좋은 아이는 손가락 하나를 잃지만 운이 나쁜 아이는 목숨을 잃는다고 말했다. 그건 말도 안 되는 죽음에 붙이는 빈약한 변명에 불과했다.
어른이 된 칭은 그 악습에서 벗어나고자 했다. 그러기 위해선 부모와 남편을 떠나야 했다. 칭이 떠나기로 결심한 것은 스물다섯 살의 일이었다. 칭에게는 소중한 딸이 있었다. 그 아이의 여덟 살 생일이 멀지 않은 시기였다. 딸의 손가락을 죽은 이를 위해 바치기 전에 칭은 떠나야 했다.
그리하여 칭은 그때까지 모아놓은 전 재산을 털어 밀항의 기회를 잡고, 스무 날을 배의 밑바닥에 쪼그려 앉아 하루를 빵 한 덩이로 버텼다. 몸 바깥으로 나온 두 사람 분의 오물을 비닐 포대에 담아 멀찍이 치워둔 채, 배 한구석에 웅크려 앉아 코를 감싸쥐고 몇 날을 한숨도 잠들지 못하고 바다를 건넜다.
그렇게 칭과 그녀의 딸은 나에게 왔다.

나는 손에 들었던 빵을 내려놓았다. 어린 여자아이의 손가락을 바치는 풍습,이라고 쓰인 부분을 읽은 시점부터 한 입도 먹을 수 없었다.

"이게 뭐예요?"

윤 감독은 어깨를 으쓱해 보였다. 커피를 다 마신 듯 옆에 놓인 물컵을 들어 목을 축였다. 나는 마른침을 삼키며 정적을 깨뜨렸다.

"한주 선생님 이야기잖아요?"

"내가 쓴 시나리오이기도 해요."

"그러니까 한주 선생님이 떠나온 곳을 배경으로 쓴 이야기란 건가요? 어떻게 이런 우연이 있을 수 있어요? 제가 들은 이야기랑 감독님이 쓴 시나리오랑 어떻게 겹칠 수 있죠?"

윤 감독은 옆으로 고개를 기울였다. 생각에 잠긴 듯하더니 곧 입을 열었다.

"우연일 수도 있죠. 하지만 여러 생각이 들더군요. 이걸 쓸 당시 내가 알고 있던 건 최후의 원시 부족으로 알려진 다니 부족이 장례를 치를 때 여성의 손가락을 고인에게 바치는 풍습이 있다는 것 정도였죠. 그러니까 꼭 여덟 살이 된 여자아이의 손가락을 바친다는 것은 내가 꾸며낸 이야기였어요."

나는 잠자코 윤 감독의 다음 말을 기다렸다. 그 자신도 이야기를 꺼내놓으려면 정리가 필요한 듯 보였다.

"알다시피 나는 이걸로 영화를 만들지 않았죠. 이 시나리오는 영화가 될 운명이 아니었으니까요."

들을수록 그가 무슨 말을 하는지 알 수 없었다. 입을 떼려는 순간, 윤 대표가 눈치를 챈 듯 날 보면서 한 손을 들어 올렸다. 훈련된 강아지에게 기다리라는 신호를 보내는 것처럼.

"무슨 소리인지 전혀 모르겠죠?"

나는 가만히 고개를 끄덕였다.

"이제부터 내 이야기를 잘 들어요. 그 전에 빵에 잼을 잔뜩 발라 먹어두는 게 좋을 거예요. 이걸 듣기에는 나을 씨가 상당히 기운 없어 보이니까."

도대체 무슨 이야기를 하려는 걸까. 일단 나는 빵에 사과잼을 발랐다. 그리고 크게 한 입을 베어 물었다. 빵이 탄 것일까, 아니면 내 기분 탓일까. 잼을 발랐는데도 입안에서 쓴맛이 돌았다.

*

"거의 20년 전 일이에요. 영화감독이라는 걸 명분 삼아 강의를 다니던 시기였어요. 실은 첫 영화가 망하고 어디서도 나를 써주지 않으니 그렇게라도 생계를 이어야 했던 거죠. 소이가 막 학교에 들어갈 시기였으니 책임감에 더 열심히 살았던 것 같아요. 그때 난 뭐든 했습니다. 그러다가 지인의 소개로 구청에서 창작 교실을 하나 맡게 되었어요. 과연 그곳에 참여하는 이들이 얼마나 영화에 관심이 있는지 알 수 없었지만, 그 수업을 맡지 않을 도리가 없었죠. 어쨌거나 첫 수업에 들어간 날부터 떨떠름한 얼굴들과 마주했어요. 그들도 원하지 않고 나도 원하지 않는 일을 꾸역꾸역하는 것 같았죠. 그런데 어떤 수업이든 여러 사람을 모아놓고 보면 그중 한두 사람은 눈에 띄게 마련이잖아요? 그렇게 무리 지어놓은 사람들 사이에서 아주 재주가 없는 사람보다는 그들이 조금 더 반짝이는 능력을 발휘하기 때문에 말이지요. 스물다섯 살 된 여자였을 거예요. 그런 뒷말을 나누는 게 마음에 걸리긴 했지만, 수업이 몇 번 진행된 후 그녀가 혼자 아이를 키우고 있다는 사실을 관리 직원을 통해 듣게 되었어요. 나도 비슷한 처지였기에 신경이 쓰였습니다. 항상 앞자리에 앉아 눈을 빛내며 수업을 듣는 학생이라 더욱 그랬던 것도 있죠. 나는 그녀가 영화를 만드는 데, 적어도 시나리오를 쓰면서 이야기를 지어내는 데 관심이 있다고 생각했어요. 참 질문이 많은 사람이었어요. 망해버린 내 데뷔작을 어디서 찾아봤는지 그 영화의 세세한 구석을 집요하게 묻곤 했으니까요. 그녀는 수업 때마다 내 말을 속기하듯 노트에 적었고, 그 열정에 감화된 나는 본격적으로 영화 공부를 하면 좋을 거라며 책임지지 못할 말까지 하고 말았죠. 다행히도 그녀는 내 말을 농담으로 넘겼습니다. 그녀는 자신이 무슨 공부든 계속할 만한 여건이 되지 않을 테니 선택의 여지가 없다고 했어요. 만약 지금이라면 나는 그녀의 공부를 후원할 수 있을 겁니다. 하지만 그때의 나는 빈곤했어요. 누굴 도울 처지가 아니었죠. 당연하게도 그녀에게 그런 속을 다 말할 순 없었어요. 내가 영화를 하는 바람에 경제적으로 무능력한 인간이 되었다고 말하는 건 다른 영화인들에게도 못 할 말이었고, 또 강사로서도 옳지 않은 발언이라고 생각했으니까요. 그래도 나는 그녀에게 도움이 될 만한 일을 하고 싶었어요. 그게 무엇이든 그녀가 영화를 더 오래 사랑하는 데 발판이 되어줄 일을 말이죠. 마침 관리 직원이 각 프로그램의 수강생 중에서 조교를 선발할 예정이라 하더군요. 나는 그녀를 추천했어요. 수업이 끝나고 30분 정도 뒷정리를 하는 것만으로 하루 일당이 지급되고 별도의 수업료 없이 다른 인문 강의를 수강할 수 있었으니, 그녀도 그 제안을 기쁘게 받아들였죠. 그 후로 두 달 동안 그녀는 나무랄 데 없이 조교 일을 수행했어요. 누가 시키지 않았는데 한 시간이나 일찍 나와 책상 줄을 맞추고 바닥을 쓸었죠. 특히 수업 때 쓰는 단상과 테이블을 윤이 나도록 닦고 행정실에서 얻은 믹스커피 한 잔을 내가 도착하는 시간에 맞춰 타두곤 했어요. 그 커피 한 잔을 마시면 기운이 확 돌곤 했죠. 언제부터인가 내가 수업을 하기 위해 그곳에 가는 것인지, 그녀가 타준 믹스커피를 맛보기 위해 그곳에 가는 것인지 알 수 없게 될 정도였어요. 그리고 수업 마지막 날이 되었습니다. 모든 강의가 끝난 후, 더 이상 그녀가 타준 커피를 마실 수 없고 그 반짝이는 열정을 다시 볼 수 없으리란 아쉬움이 들던 그 순간 갑자기 전화가 울렸어요. 내가 시나리오를 돌린 제작사 중 한 곳이었어요. 대표가 말하길, 이번에 판권을 사들인 원작이 있는데, 그 원작의 분위기와 내 연출 스타일이 잘 맞을 것 같다고 판단했다는 거죠. 그래요. 그게 내 두 번째 영화입니다. 그 영화로 나는 여러 해외 영화제에 초청을 받는 감독이 되는 행운을 누렸고요. 하여간 그때는 그런 미래를 모를 때였으니 그런 제안을 받은 게 감사하기만 했어요. 전화를 받고 난 후에는 기회가 왔다는 생각만이 머릿속을 온통 지배했어요. 그래도 그녀에게 마지막 인사를 건네야 한다는 정신머리는 남아 있었어요. 다시 교실로 돌아갔을 때 그곳에는 아무도 없었어요. 그저 제작사 미팅에 대비해 항상 들고 다니는 밋밋하고 네모난 서류 가방만 벌어진 채로 의자에 놓여 있었어요. 가방에 들어 있던 시나리오 사본이 사라진 걸 알아차린 건 제안받은 영화의 원작 소설을 사기 위해 서점에 들러 지갑을 찾던 순간이었죠. 항상 가방에 사본을 한 부씩 넣어 다니는 게 습관이었으니 시나리오가 들어 있다는 기억은 확실했습니다. 아마도 전화를 받으러 잠시 나가 있는 동안 시나리오를 도둑맞은 것 같았어요. 그녀가 시나리오를 가져갔으리란 생각을 하지 않을 수 없었습니다. 그때 교실에 있던 사람은 뒷정리를 하던 그녀뿐이었으니까요.

지금에야 돌이켜보면 엉망인 시나리오 사본 하나 도둑맞은 게 큰일인가 싶지만, 당시에는 아무리 별 볼 일 없는 작품이라도 내 시간이 들어간 그것이 목숨의 일부처럼 느껴졌죠. 당장 관리 직원에게 전화를 걸어 시나리오를 도둑맞은 사실을 말하려 했지만, 문득 그런 생각이 들더군요. 혹시 그녀가 가져간 게 아니라면? 괜한 의심을 하는 거라면? 그러다가 끝까지 범인을 밝히지 못한다면? 그녀가 나 때문에 억울한 일을 겪게 된다면? 나는 결국 전화를 하지 않기로 했습니다. 일단 의심을 받았다는 사실만으로 그녀에게 어떤 불이익이 돌아갈 것을 예상했기 때문이죠. 어쨌든 그 일은 잊은 채 새 영화 작업에 돌입했어요. 3년이 지나 영화가 극장에 걸리고, 나는 점차 명성을 얻어갔어요. 그 후 몇 년이 지나 우연히 술자리에서 동료 감독에게 시나리오 도둑맞은 이야기를 하게 되었죠. 당시에 내 원고를 읽고 피드백을 주던 이였으니 그 도둑맞은 시나리오에 대해서도 어렴풋이 기억하고 있던 거예요. 그는 정말로 그건 아니었다고, 어디 내놓기 부끄러운 망작이었다고 서슴없이 말하더군요. 특히 마지막 장면에서 주인공이 마치 정신병동에 들어간 것처럼 끝나버린 게 아쉬웠다고 했어요. 나름대로 열린 결말을 생각한 시나리오였지만 보기에 따라서는 그냥 주인공이 미쳐버린 것처럼 보일 수도 있었던 거죠. 그러면서 돌이켜보자니 그 원고를 도둑맞은 후 나의 불행도 끝나지 않았던가 하고 그 동료 감독이 말하는 거예요. 마치 원고와 함께 내 불운을 도둑맞은 것 같았다고요. 그러고 보니 그 후로 내 인생은 바라던 방향으로 풀려가고 있었죠. 그렇다면 더욱더 그 시나리오를 찾을 생각을 하면 안 되겠구나, 그것을 훔친 사람을 궁금해하면 안 되겠구나 싶었죠. 나에게 주어진 지금의 인생을 계속 살기 위해서는 빼앗긴 운명을 되찾으면 안 되는구나 생각한 거예요. 그런데 시간이 흐를수록 그럴 수가 없었습니다. 만약 정말로 내 불행을 그녀가 앗아간 것이라면 도대체 그녀는 어떤 인생을 살고 있는 걸까요? 나는 그것이 궁금해 견딜 수 없었습니다. 역시 어떻게라도 그녀를 찾아야 한다고 생각했죠."

줄곧 두 손에 든 컵만 내려다보며 얘기를 하던 윤 감독이 고개를 들어 나를 보았다.

"윤 대표를 통해 나을 씨 이야기를 전달받았을 때 알아차렸습니다. 어릴 적에 나을 씨가 한주 선생님을 통해 들은 이야기가 내가 도둑맞은 시나리오의 일부라는 걸 말이에요."

정리해보자면, 윤 감독이 보여준 낡은 책이 바로 그 시나리오였다. 칭의 탈주라는 태그가 붙은 메모는 그가 영화를 구상하며 정리해둔 것일 테고. 나는 책을 손에 들고 본격적으로 시나리오가 시작되는 앞의 몇 장을 넘겨보았다.

영화는 칭을 사랑한 남자의 내레이션으로 시작되고, 첫 장면에서 칭은 바다를 헤엄쳐 건너온다. 해안에서 탈진한 그녀를 발견한 남자가, 그러니까 곧 칭을 사랑하게 될 남자가 칭에게 달려가고, 그는 주머니에 있던 오렌지를 건네 칭의 목마름을 해결한다. 칭은 오렌지를 반으로 갈라, 끈으로 서로의 허리를 묶고 있던 아이에게 건네준다. 그 아이가 칭의 딸이었다. 그러니까 칭은 한주 선생님이고, 칭의 딸은 시우인 걸까?

나는 미간을 좁힌 채 윤 감독에게 물었다.

"혹시 한주 선생님이, 그때 믹스커피를 타주던 수강생이라고 생각하는 건가요?"

"맞아요. 나을 씨의 친구인 이시우는, 아마도 그 사람의 딸이겠죠."

"왜 그렇게 생각하시는데요?"

"그다음을 좀 읽어볼래요?"

윤 감독이 내 앞에 놓인 시나리오를 가리켰다.

"몇 장만 더요."

나는 그가 말한 대로 책을 펼쳐 읽기 시작했다. 시나리오는 남자의 내레이션으로 이어지고 있었다.

오렌지를 먹고 난 후에야 두 모녀의 입에서 목소리가 터져 나왔다. 과즙이 건조한 목을 적셔 목소리를 되살린 것이다. '제발, 이 아이를 살려주세요.' 아마도 칭은 그렇게 말했겠지만, 남자는 다른 나라 사람인 칭의 언어를 알아들을 수 없었다. 그럼에도 마음으로 이해했다. 내가 돕지 않으면 이 여자는 죽을지도 몰라. 남자는 칭을 돕기로 결심했다. 그들에게 먹을 것을 챙겨주고, 잘 곳을 마련해주고, 난민으로 자격을 인정받을 수 있도록 노력했다.

모든 일이 겨우 일곱 페이지가 넘어가는 동안 일어났다. 그 후 남자는 칭과 그 딸이 이 나라에서 더 편하게 살아갈 수 있도록, 다른 이들과 관계를 맺고 생활의 반경을 넓혀갈 수 있도록, 둘에게 새로운 이름을 지어주었다.

이한주.
이시우.

나도 모르게 그 이름에 눈동자가 고정되었다. 윤 감독이 차분한 목소리로 말했다.

"그 두 사람은 내가 쓴 이야기를 실제 자기들 인생으로 살아내고 있는 거예요."

그것은 상식적인 생각이 아니었다. 왜 이런 시나리오 따위를 살아내는 건가? 자신의 멀쩡한 삶을 놔두고? 윤 감독은 거장 소리를 듣는 만큼이나 영화에 미쳐 있는 사람일지도 몰랐다. 예술가로서는 천재적이지만 평범한 생활인의 입장에서 보자면 기이한 생각에 시달리는 사람이지 않을까. 자신의 이야기에 갇혀버린? 그 순간, 윤 감독이 놓친 부분이 머릿속에 번쩍였다.

"그때 그 수강생의 손가락은 어땠는데요?"

"그 손가락은 모두 온전했죠."

그 말을 듣자마자 긴장이 풀렸다.

"한주 선생님은 정말로 손가락을 잃은 사람이었어요."

윤 감독은 다소 애처로운 듯한 눈빛으로 나를 바라보았다. 그리고 천천히 입을 열었다.

"스스로 손가락을 잘랐다면요?"

윤 감독은 의아함에 휩싸인 나를 뚫어져라 바라보았다. 가라앉은 분위기가 불편한지 윤 대표는 연신 헛기침을 했다.

"그 이야기를 자기 것으로 살아내기 위해 그렇게까지 했다면요?"

어떻게든 반박해야 했지만 누군가 내 목을 조른 듯 소리가 바깥으로 새어나오지 않았다. 목이 바짝 말라 침도 삼켜지지 않았다.

"나는 그렇다고 확신해요."

날카로운 목소리였다. 나는 그것에 베이기라도 한 듯 서늘한 기운에 휩싸였다.

*

며칠 후 나는 윤 감독에게 우리가 공유하지 않은 한주 선생님의 이야기 중 겹치는 부분이 있는지 찾아보자고 했다. 서로가 가진 이야기에서 교집합을 발견한다면, 나도 그의 추론을 받아들일 수 있을 터였다. 윤 감독은 당연히 그래야 하고, 그게 가능할 거라고 했다. 그렇게 내가 윤소이 대표에게 하지 않은 이야기와 윤 감독이 나에게 보여주지 않은 시나리오에서, 우리는 똑같은 모양의 퍼즐 조각을 찾기로 했다.
"한주 선생님이 탈출한 날에 무슨 일이 있었는지 아세요?"
"나을 씨는 마치 그 일이 실제로 일어난 일처럼 말하고 있군요."
윤 감독은 읽을 수 없는 표정으로 나를 보았다. 나는 물러설 마음이 없었다. 적어도 나에게 한주 선생님의 이야기는 엄연한 현실이었다. 그러나 그에게 이 이야기는 시나리오 속 허상에 불과했다. 그렇다면 우리가 가진 이야기의 조각이 똑같은 모양이라 해도 그것이 정말 같은 것이라 말할 수 있을까.
"그날 칭은 남편 덕분에 고향을 탈출할 수 있었죠."

윤 감독이 시나리오를 뒤적여 해당 페이지를 펼쳐 보였다. 다리에 칼이 꽂힌 남자, 피로 뒤덮인 여자, 현장의 열기, 달콤하고 따뜻한 바람……. 나는 마치 그곳에 있는 듯 느끼며 찬찬히 시나리오를 읽었다. 한주 선생님이 시우를 데리고 배를 타야 하던 그 순간, 갑자기 마을 남자들이 나타나 주변을 에워쌌다. 선생님은 안주머니에 품었던 칼을 꺼내 자기 앞에 서 있던 남자의 다리에 칼을 꽂았다. 그 피가 솟구쳐 얼굴까지 튀어 뜨거웠다. 피는 볼을 타고 눈물처럼 흘렀다. 다리에 칼을 맞은 사람이 크게 소리를 지르며 쓰러졌다. 모두가 놀라 혼란한 틈을 타 한주 선생님은 시우를 데리고 도망쳤다. 칼에 맞은 사람이 바로 한주 선생님의 남편이었다. 떨리는 손으로 품에서 작고 날렵한 칼을 꺼냈을 때, 선생님의 남편이 그녀를 정면으로 막아섰고, 다른 이들 눈에 띄지 않게 자신의 왼쪽 허벅지를 툭 쳤다. 그곳을 찌르라는 신호였다. 망설일 시간은 없었다. 한주 선생님은 달려가 칼을 꽂았다. 남편은 듣는 사람이 몸서리가 날 만큼 기괴한 비명을 질렀다. 마을 남자들이 놀라 그에게 몰려가는 틈에, 한주 선생님은 시우의 손을 잡고 빠르게 도망쳤다. 한주 선생님은 그가 죽었는지 살았는지 알 수 없다고 했지만, 그때 나는 한주 선생님의 남편이 죽었다고 생각했다. 그래야 했다. 그래야만 그 이야기가 사랑하는 이의 희생이란 의미를 덧입고 아름다워질 테니까.

"어때요? 나을 씨가 기억하는 이야기와 똑같나요?"

윤소이 대표가 궁금함을 참지 못하고 끼어들었다. 나는 가만히 고개를 끄덕였다.

"어떻게 이런 일이 있죠?"

윤 감독은 씁쓸한 미소를 지을 뿐이었다. 그의 시나리오와 한주 선생님이 나에게 들려준 이야기의 일부가 완벽히 겹쳐졌다. 이제는 윤 감독이 나를 골려 먹으려고 이야기를 멋대로 지어낸 게 아니란 걸 인정해야 했다. 다시 말해 한주 선생님이 오래전 나에게 거짓말을 했다는 사실을 받아들여야 했다.

*

얼마 후 윤 대표가 시우를 찾아냈다. 나는 감탄할 수밖에 없었다. 윤 대표가 가진 인맥과 정보력은 도대체 어디까지 뻗어 있는 걸까.

"당장 출발할 수 있어요?"

윤 감독은 마음이 급했다. 촬영 전까지 로케이션을 다시 확인해야 하니 일정이 빠듯했다.

"그렇게 만나고 싶으세요?"

나는 그가 불행한 운명을 도둑맞은 후 승승장구하게 되었음을 떠올렸다. 만약 이 만남으로 그가 운명을 되찾으면 어떻게 될까? 그는 그것이 두렵지 않은 건가?

"궁금해서 견딜 수가 없네요."

이왕 일이 이렇게 된 것이라면 나도 빨리 마무리하고 싶었다. 나 역시 시우를 만날 필요가 있었다. 시우에게 사과해야 했다. 윤 대표도 그렇게 해야 한다고 일렀다. 내 이름을 세상에 알리기 전에 과거의 오점을 깨끗이 털어내야 한다고. 앵두를 찾는 일도, 그리고 시우를 찾는 일도 전부 같은 맥락에 자리하고 있었다. 윤 대표는 소유할 가치가 있는 과거만 남기라 했다. 그럴 수 없다면 이미 가진 과거를 어떤 미래로 연결할지 생각해야 한다고 했다. 나는 그 말이 무슨 뜻인지 여전히 알 수 없었다.

"저는 선약이 있어요."

"윤 대표가 꼭 있어야 하는 일은 아니니까."

윤 대표가 일정 때문에 함께 가지 못하는 것은 상관할 바가 아니라는 듯 윤 감독이 말했다.

"운전은 누가 해요? 우리 감독님은 운전 안 하시는데. 나을 씨, 면허 있어요?"

윤 대표는 멀뚱멀뚱 바라보기만 하는 나를 보더니 한숨을 내쉬었다.

"봐요. 마음만 급하고 하나도 준비가 안 되어 있잖아."

*

 그리하여 큐가 동행하게 될 거라곤 생각조차 못했다. 큐에게 연락하는 게 어떻겠느냐 먼저 물어온 건 윤 대표였다. 비상의 직원 중 윤 감독의 비밀스러운 출두를 전적으로 믿고 맡길 만한 사람이 없는 탓이기도 했다. 그런데 왜 큐일까? 윤 대표는 큐가 의대생이지 않느냐며 혼자 웃음을 터트렸다. 농담이에요, 라고 덧붙였지만 농담 같지 않았다. 의대생이면 무조건 신뢰할 수 있는 사람이 되는 걸까? 윤 대표는 내 생각을 읽은 듯 큐가 내 애인이기 때문이라며 고쳐 말했다.
 "게다가 그 사람은 배우가 되고 싶어 하잖아요. 우리 쪽에 해가 될 일은 하지 않는 게 좋을 거라 판단하겠죠."
 윤 대표는 이미 짐작하고 있었다. 배우 지망생이 윤희재 감독의 개인 일정에 동행할 기회를 거절할 리 없다는 것을. 그 짐작은 틀리지 않았다. 큐는 그날의 아르바이트 일정을 제쳐 두고 우리에게 왔다. 큐는 세로선이 들어간 파란색 셔츠를 입었다. 그에게 가장 산뜻하게 어울린다며 내가 칭찬해 마지않던 옷이었다. 나름대로 신경을 쓰고 온 것이다. 지하 주차장으로 내려온 윤 감독을 마주친 순간 큐는 뻣뻣하게 얼어버렸다. 그러다 뒤늦게 안녕하세요, 영광입니다. 허리를 숙이며 인사했다. 윤 감독은 그런 반응이 익숙한 듯 한 손을 들고 미소 짓더니 뒷좌석 문을 열었다. 그 옆은 커다란 검은 가방이 차지했다. 카메라와 렌즈가 든 가방이었다. 조수석에 앉아 옆을 보니 큐는 상기되어 있었다.

차는 쉬지 않고 한 시간을 달려 전통 시장 앞에 멈췄다. 전해 들은 바에 따르면 시우가 일한다는 부자상회는 원래 말린 생선이나 멸치 등을 파는 곳이지만, 건조 기술을 응용해 만든 주전부리들이 인기를 끌면서 종종 지역 방송에 나와 제법 유명해진 가게였다. 시우를 찾아낼 수 있던 것도 바로 그 방송 덕분이었다. 예쁘장한 아가씨가 종일 가마솥 앞에서 나무 주걱을 들고 일을 하니 방송국 사람들이 그걸 놓칠 리 없었다. '전국 간식거리 맛자랑 대회' 같은 데서 1등을 한 사장이 인터뷰를 하는 동안 그 예쁜 아가씨는 카메라 한편에 비뚜름히 걸린 채 열심히 주걱을 휘저었다. 아마도 시우는 그 자신을 화면 속 장식 혹은 시각적 흥밋거리로 삼는 일에 거절할 권한이 없었을 테다. 소정의 출연료를 받았을지 모르지만 사장의 말 한마디에 무료 출연을 결정했을지도 몰랐다. 어쨌든 덕분에 우리는 시우를 쉽게 찾을 수 있었다.

   시우가 일한다는 상회를 찾으려고 우리 셋은 시장 안을 빙빙 돌았다. 작은 점포들이 빈틈없이 붙어 있었다. 나는 가게 이름이 적힌 간판을 찾아내려 고개를 이리저리 돌렸다. 그러다 커다란 솥을 앞에 두고 긴 나무 주걱을 휘젓는 여자의 뽀얀 얼굴이 눈에 들어왔다. 멀리서도 시선을 사로잡을 정도로 빛이 났다. 시우가 저렇게 컸구나. 저렇게 아름답게. 곧 윤 감독과 큐도 그 애를 알아보았다. 시우의 머리 위로 현란하게 전구를 둘러놓은 동그란 간판이 떠 있었다. 어느새 윤 감독이 앞질러 나아갔다. 나는 그 뒤를 따랐다.

우리가 다가가자 기척을 느꼈는지 이마에 땀방울이 송송 맺힌 시우가 손에 든 주걱을 놓지 않은 채 고개만 들었다. 그렇게 나는 10년 만에 시우와 마주했다. 솥에서 올라오는 열기 때문일까. 갑자기 얼굴이 달아올랐다.

"시우야."

다소 울컥한 채로 그 이름을 불렀다.

"나야. 나을이. 기억나?"

"누구?"

시우의 목소리는 상당한 저음이었다. 그것이 희게 빛나는 아름다운 얼굴에 묵직한 기운을 더했다. 나는 알 수 있었다. 줄곧 침묵한 채 시우를 바라보고 있는 윤 감독과 큐가 어떤 기분에 휩싸여 있을지. 나도 모르게 시선을 떼지 못하고 시우를 살폈다. 오밀조밀하면서도 선명한 이목구비에 균형이 잡혀 있고, 단단하면서도 마른 체격에는 쉽게 무너지지 않을 생활력이 배어 있었다. 화장을 거의 하지 않아 드러난 맨얼굴은 약간의 주근깨가 도드라졌지만 맑고 화사했다.

"나을? 나을이?"

시우가 주걱을 솥 옆에 내려놓았다.

"오랜만이야."

시우는 인형처럼 움직이지 않은 채 나를 뚫어져라 봤다.

"나 기억해?"

내가 묻자 믿기지 않는 듯 고개를 끄덕였다.

"당연하지."

시우는 두 손을 맞잡고서 목에 힘을 주고 말했다. 나는 어떻게 해야 할지 알 수 없어 한 걸음 물러선 채 생각나는 대로 내뱉었다.

"여기는 윤희재 감독님이야."

전혀 모르겠다는 듯 시우는 눈을 크게 끔뻑이며 고개를 저었다. 나는 어떻게 설명을 해야 할지 알 수 없었다. 그때 큐가 내 옆으로 다가왔다.

"저희는 비상이라는 영화 제작사에서 왔어요. 혹시 괜찮으면 자리를 옮겨서 얘기 나눌 수 있나요? 나을 배우의 가장 친한 친구였던 시우 씨한테 여쭤볼 것이 있어서요."

그제야 시우는 상황이 파악된 듯했다.

"너 배우가 된 거야?"

시우는 놀라워하며 두 손을 맞잡았다.

"대단해. 정말 잘됐다!"

덜컥 잡혀버린 손이 뜨겁고 쑥스러웠다.

"이, 이분이 감독님이야."

시우는 윤 감독을 향해 고개를 숙였다. 윤 감독은 당황해 손을 앞으로 내저었다. 그런 그에게 시우는 불쑥 고개를 들고 물었다.

"정말 나을이가 저를 가장 친한 친구라 했나요?"

큐가 뒷머리를 긁적이며 난감한 미소를 지었다.

"나을이가 저를 이렇게 찾아올 줄 몰랐어요. 시간이 많이 지났는데."

재회의 기쁨을 순수하게 드러내는 시우를 보면서, 나는 가슴 한편이 무거웠다. 임기응변으로 상황을 이어가던 큐도, 가만히 지켜보던 윤 감독도 비슷한 감정을 느끼는 듯했다. 우리는 시우를 기만해선 안 됐다. 솔직해져야 했다. 실은 널 찾아온 이유는…… 그렇게 말했어야 했다. 혹시라도 내가 일을 망칠까 걱정이라도 되는 듯 윤 감독이 다급하게 입을 열었다.

"저기, 이시우 씨, 인터뷰 좀 할까요?"

"네?"

"우린 지금 제작 비하인드를 찍고 있어요. 출연 배우들의 친구를 취재 중인데, 어때요? 한번 카메라 앞에 서볼래요?"

시우는 답을 구하듯 나를 돌아봤고, 나는 어설프게 고개를 돌린 채 먼 곳을 보았다.

*

 부자상회 맞은편에 원두커피를 파는 카페가 있었다. 시우 말로는 시장 사람들이 '카페'보다는 '커피집'으로 부르는 곳이었다. '원두커피'라는 붉은 글자가 새겨진 입간판 뒤로 잔잔한 꽃무늬 커튼을 달아둔 그곳은 눈에 띄게 한적했다. 손님이 오는 걸 기다리기보단 주인이 쟁반에 받쳐 든 커피를 나르며 손님을 찾아다니는 게 익숙한 그곳을 아까부터 윤 감독은 관심을 두고 지켜보았다.
 잠시 후 윤 감독이 주머니에 손을 찔러넣고 쭈뼛거리며 커피집으로 걸어갔다. 커피 몇 잔 값으로 퉁 쳤는지 몰라도 감독의 장소 섭외는 일사천리로 진행되었다. 잠시 옷을 갈아입으러 간 시우를 기다리며 멀뚱히 서 있던 나와 큐는 이동하라는 감독을 따라 커피집 안으로 들어섰다. 물론 그 전에 윤 감독은 부자상회 사장에게 시우를 잠시 빌려 간다는 허락을 구하며, 제작사 직원들 간식용으로 유과와 누룽지와 물엿이 찐득하게 달라붙은 견과를 한가득 샀다. 1년 내내 다이어트를 하는 비상의 스태프들이 과연 그것을 반길지 모를 일이었지만.
 커피집 안은 의외로 세련되었다. 큐는 바닥을 보자마자 포

르투갈의 아줄레주 타일 같다고 했다. 주인은 그런 큐를 보더니 여기서 뭘 하느냐 물어왔다. 커피집 실내 장식만큼이나 뜬금없는 세련미를 풍기는 중년의 여자였다. 날씬한 몸에 베이지색 랩스커트를 두르고 반짝이는 맨얼굴에 붉은 립스틱만 더한 화장이 간결하면서도 화사했다. 큐는 삼각대에 카메라를 고정하면서 능청스러운 말투로 인터뷰해요, 말하더니 해사하게 웃었다. 주인은 나도 왕년에 배우 해볼까 생각했어요, 하면서 꿀에 버무린 동그란 도넛을 몇 알 접시에 담아 내주었다. 큐는 주인을 향해 충분히 그럴 만한 미모라며 아부를 떨었다.

"그런데 누구 찍어요?"

큐의 말에 얼굴이 발그레해진 주인이 자꾸 관심을 보였다. 그때 문을 열고 시우가 들어왔다. 밝은 연두색 셔츠에 연청색 진을 입고 있었다.

"이게 누구야? 우리 시장 최고 미인이잖아."

시우가 그쪽을 보며 가볍게 고개를 끄덕였다. 예쁘다는 말에 유난스러운 반응을 보이지 않는 것을 보니, 그 말이 시우에겐 익숙한 칭찬인 듯했다. 커피집 주인은 테이블 하나에 턱을 괴고 앉아 조잘거렸다. 지역 방송에 잠깐 얼굴을 비춘 이후 시우에게 배우나 모델 제안을 하러 찾아온 기획사가 한둘이 아닌 모양이었다. 커피집 주인에게는 윤 감독이 임기응변

식으로 꺼내놓은 인터뷰 촬영 제안도 그중 하나로 받아들여진 듯했다.

주인은 꿀 도넛을 또 내왔고 자리를 비켜줄 생각이 없어 보였다. 윤 감독이 힐끔거리며 주인이 앉은 테이블을 건너다보다가 큐에게 귓속말로 속삭였다. 큐는 고개를 끄덕이더니 금방 웃는 얼굴이 되어 주인에게 다가갔다. 사장님, 하면서 주인의 팔을 자연스럽게 끌어올려 커피집 밖으로 데려갔다. 꽃무늬가 날염된 불투명한 커튼으로 희미하게 두 사람의 실루엣이 보였다. 큐가 사양하는 주인의 손에 한사코 무언가를 쥐여주었다. 주인은 마지못한 듯 그것을 받더니 금방 자리를 떴다.

"어떻게 한 거야?"

나는 돌아온 큐에게 물었다.

"마침 주머니에 여윳돈이 있어서."

그 말을 들은 윤 감독이 카메라 가방 앞 포켓을 뒤적이더니 오만 원권 두 장을 건넸다.

"괜찮아요. 나중에 돈 말고 다른 걸로 주세요."

큐의 말에 윤 감독은 멋쩍은 듯 웃었고 돈은 다시 가방 안으로 들어갔다.

큐는 연기 아카데미에서 다른 지망생들의 카메라 테스트

촬영을 도와준 적이 있었고 셀프 촬영 경험도 많아 카메라를 다루는 데 능숙했다. 그는 카메라 앞에 놓인 의자 각도를 이리저리 비틀어보고 앵글을 다시 맞추는 등 윤 감독을 도와 분주하게 움직였다.

"저기, 있잖아."

시우는 내 곁에 바짝 다가왔다. 시우의 셔츠가 바스락거리며 내 팔에 닿았다. 너무 가깝다는 생각에 시우 곁에서 나는 물러났다.

"너한테 항상 미안했어. 마음에 계속 걸려 있었어."

미안하다니. 그건 내가 할 말이었다. 나도 모르게 시우를 마주 보았다. 다시 너무 가까워져 얼굴이 닿을 것 같았다.

"무슨 소리야?"

내 목소리는 조금 떨렸지만, 시우가 눈치챌 정도로 불안하게 들리지는 않았다. 시우가 입을 열어 무언가 말하려는 찰나 큐가 끼어들었다.

"시우 씨, 여기 앉아볼래요?"

시우를 보는 큐의 얼굴은 그 어느 때보다 천진했다. 다정하게 웃으며 눈길을 피하지 않는 얼굴. 더없이 순하고 맑은 얼굴. 나는 그 얼굴을 알고 있었다. 큐가 나에게 처음 다가온 날, 시원한 캔 음료를 건네며 안녕,이라고 말한 그날의 얼굴. 그건 큐 자신조차 모르는 무방비한 얼굴이었고, 바로 그 무방비

함으로 상대를 홀리는 그런 얼굴이었다.

"여기요?"

시우가 의자를 가리키자 큐는 고개를 끄덕였다. 시우가 거기 앉자 큐는 바짝 다가가 어깨를 살짝 잡고 카메라 렌즈에 맞게 각도를 조정했다. 나는 단번에 알아차릴 수 있었다. 큐는 아무것도 숨기지 않았다. 그 앞에서 내가 보고 있는데도, 그 마음이 어디로 흘러가고 있는지 감추지 못했다. 나는 그런 큐를 전혀 상관없는 사람인 것처럼 바라보았다. 큐가 카메라와 거리를 맞춰보겠다는 핑계로 일부러 시우와 눈을 맞추고 그 어깨를 손가락으로 건드릴 때마다 청춘 영화의 설레는 한 장면을 보는 듯한 착각에 빠져 두 사람이 함께 있는 그림이 아름답다는 생각마저 들었다. 누군가 사랑에 빠지는 장면이란 언제나 화면을 통해서만 투명하게 볼 수 있다고 생각했는데, 이렇게 눈앞에서 직접 보고 있으니 이쪽이야말로 현실이 아닌 듯해서 더욱 빤히 보게 되었다. 그러고 보면 사랑이 더욱 생동하는 세계는 현실보다는 그 현실을 교묘히 빼닮은 영화 속에서나 존재하는 것처럼 여겨졌다. 지금 나는 무엇을 보고 있는 걸까. 큐는 내 애인이고, 지금 내 애인은 다른 사람에게 반한 것 같은데 나는 왜 이렇게 가만히 멈춰 있는 걸까. 얼마 전 오겸과 연 작가가 서로 포옹하고 있던 장면이 연달아 떠올랐다. 그제야 가슴과 옆구리가 얇고 뾰족한 바늘에 찔린 듯 따끔거리기 시작했다. 나의 질투는 방향을 잃은 듯했다.

윤 감독이 카메라 뒤에 앉았다. 렌즈 초점을 시우에게 맞추며 한쪽 눈을 감느라 얼굴을 잔뜩 일그러뜨렸다.
"제가 좀 긴장했나 봐요."
시우는 카메라에 가려진 윤 감독을 보기 위해 고개를 옆으로 내밀었다. 분명히 시선을 느꼈을 텐데 윤 감독은 아랑곳하지 않고 카메라 틸트 액정만 쏘아보았다. 그제야 나는 윤 감독이 자신과 타인 사이에 방패막이를 필요로 한다는 걸 깨달았다.
"먼저 물어볼 것이 있어요."
그 말에 시우는 미간을 살짝 좁혔다. 미묘하게 불안과 불편을 드러내면서도 이면에는 일말의 기대를 품은 표정이었다.
"어머니 성함이 이한주 씨 맞나요?"
여전히 고개 숙인 채 틸트 액정과 대화를 나누는 윤 감독에게 대꾸하기는 어색했는지, 시우가 나를 돌아보고 가만히 고개를 끄덕였다.
"맞아요. 어떻게 아세요?"
시우는 카메라를 피하듯 시선을 돌리며 뒷목에 손을 가져갔다. 곤란해하는 시우와 달리 윤 감독은 여유롭고 차분했다. 이 상황에서 오히려 조급할 사람은 그 자신일 텐데도 카메라를 방어 도구로 삼은 덕인지 어떤 말을 들어도 평정을 유지하는 것 같았다. 반면 시우는 점차 숨이 가쁜 듯 보였다. 어깨가 오르락내리락했다.

"아마도 시우 씨 어머니는 손가락이……."

시우가 약간 놀란 듯 눈을 크게 떴다. 아무래도 시우에게 시간이 필요할 것 같다고 생각한 순간, 뒤에서 '잠시만요' 하고 끼어드는 목소리가 들렸다. 큐였다. 큐는 정수기에서 뜨거운 물과 찬물을 섞어 담은 컵을 시우 앞에 놓았다.

"고맙습니다."

물을 마신 후 시우가 천천히 입을 열었다.

"어머니는 어디 계시죠?"

"엄마는…… 그러니까…… 사라졌어요."

시우의 말에 정적이 흘렀다. 윤 감독이 고개를 들었다. 그는 소중한 것을 잃은 사람처럼 먹먹한 눈으로 시우를 봤다. 예상치 못한 한마디가 그의 방어막을 허물어뜨린 듯했다. 혹은 그의 시나리오에 따라 충분히 예상 가능했으나 결코 그럴 리 없을 거라고 오래 되뇌어온 믿음이 한순간 무너졌기 때문일까.

"어떻게 우리 엄마가 손가락을 잃은 걸 아세요?"

시우는 의심스러운 눈빛으로 나를 돌아보았다. 어떻게 답할지 몰라 망설이던 순간, 윤 감독의 묵직한 목소리가 울렸다.

"그게 내 시나리오였으니까요."

"네?"

"이시우라는 이름은 어릴 때 개명한 거죠?"

시우는 미간을 좁힌 채 윤 감독을 뚫어질 듯 보기만 했다. 윤 감독은 계속 말을 이었다.

"엄마 이름도 그럴 거예요. 이한주. 원래 이름이 무엇인지는 몰라도 그 이름으로 살았겠죠."

큐는 두 사람의 대화를 따라가지 못해 뒷머리만 긁적거렸다. 윤 감독의 몇 마디에서 시우는 자기에게 어떤 일이 일어나고 있는지 알아차린 듯했다.

"설마 그 시나리오를 쓰신 분이세요?"

"맞아요."

오랫동안 정적이 흘렀다. 입술이 바짝 마른 시우가 고개를 떨궜다. 나는 잠시 고민하다가 시우의 팔을 잡아 끌어 의자에서 일으켜 세웠다.

"감독님, 우리 좀 쉬어요."

시우는 힘이 바짝 들어간 손으로 내 팔을 꼭 붙들었다. 얼마나 긴장하고 있는지 내 몸이 같이 떨렸다. 윤 감독 역시 쉬는 게 좋겠다고 했다. 그 허락이 떨어지자마자 나와 시우는 카페를 빠져나와 시장의 동문 쪽으로 걸음을 옮겼다. 아치로 되어 있는 시장 입구 조형물을 지나자, 저녁 무렵에나 불을 밝힐 듯한 먹자골목이 나왔다. 길을 건너자 강 위로 다리가 하나 있었고, 그 너머에 시장상인회 건물이 있는 작은 공원이 나왔다. 나는 시우를 잡아끌어 그곳으로 갔다.

*

공원에는 수령이 100년은 훌쩍 넘었을 몸통이 두꺼운 나무가 서 있고 그 주변으로 벤치들이 여럿 놓여 있었다. 대체로 나이가 지긋한 어르신들이 앉아 커다란 나무가 드리운 빽빽한 우듬지 사이로 얇은 핀 조명처럼 내려앉은 햇볕을 쬐고 있었다.

우리도 그 사이에 앉았다. 시우와 나란히 앉아 있으니 시간을 거슬러 기억 속으로 들어가는 듯했다. 은은한 오렌지빛을 밝히던 이불 속으로 들어간 기분이었다. 비밀스럽고 안온하던 순간의 기억이 떠올랐다. 내 머리 위로 부드러운 담요가 덮이는 것 같았다.

"이게 다 무슨 일이야? 아까 그분은 정말 감독인 거야?"

나는 시우에게 자초지종을 설명했다. 한동안 시우는 침묵했다. 나는 그런 시우를 슬금슬금 보았다. 옆에서 가까이 바라본 시우는 매일 강도 높은 체조 훈련을 받는 선수처럼 탄탄한 기운이 흘렀다. 오랫동안 솥을 휘젓느라 손아귀에 박인 굳은살만 가린다면, 시우는 흠 없이 아름다웠다. 나는 시우의 귓바퀴 옆으로 흘러나온 머리카락을 뒤로 넘겨주었다. 그제야 시우가 나를 돌아봤다.

"아까 나한테 왜 미안하다고 한 거야?"

옛일을 사과할 사람은 정작 나라는 생각이 들었지만, 먼저 시우의 입에서 흘러나올 말을 기다렸다.

"어릴 때 너를 속였으니까."

나를 속인 이유 따위는 궁금하지도 않았다. 그보다는 왜 이렇게 아름다운 얼굴로 내 앞에 나타난 거야? 이렇게 예쁜 어른이 되어서 왜 나랑 다른 길을 걷고 있는 거야? 너도 배우가 되고 싶었잖아? 그런 것들만 애타게 묻고 싶었다.

"너한테 들려준 이야기는 전부 거짓말이었어."

그러면서 시우는 물끄러미 나를 보았다. 나는 알고 있다는 의미로 잠시 침묵했다.

"왜 그랬어?"

"우리한테 관객이 필요했으니까."

시우가 꿰뚫을 듯 날 보고 있었다. 마치 지금의 나를 관통해 어린 시절의 나를 보고 있는 듯한 눈빛이었다.

"너는 어렸고, 순수했고, 속이기 쉬웠어. 무엇보다 우리를 좋아했지."

시우의 손이 내 손등을 감쌌다. 그제야 손에 그렇게나 힘이 들어가 있다는 걸 깨달았다. 나는 서서히 힘을 풀었다.

"왜 거짓말이 필요했던 건데?"

내가 묻자 시우는 눈길을 돌려 무심한 표정으로 땅을 내려다보았다. 구름이 해를 가리고 나뭇잎 사이로 내리던 햇살이 저물었다. 그렇지만 시우의 얼굴에는 그늘이 지지 않았다. 빛이 없어도 환했다. 천사를 본 적 없지만 마치 천사 같았다. 시우에게 어울리는 곳은 여기가 아닌 어딘가, 어쩌면 천국 같은 곳일지 모른다는 생각이 들었다.

"생각해보면 거짓말이 아니었을지도 몰라. 그때는 엄마랑 나도 그렇게 믿고 있었어. 그게 진짜 우리 이야기라고. 그래도 너를 끌어들일 필요는 없었지. 잘못된 일이었어. 네가 우리를 좋아하는 마음을 이용한 거니까."

솔직히 나는 억울하거나 기분 나쁘지 않았다. 윤 감독의 이야기를 듣고 한주 선생님과 시우가 날 속인 걸 알게 된 순간에도 오히려 속아서 좋았던 게 아닌가도 싶었다. 사실은 그때 두 사람이 날 속인 그 연극이 완벽했고, 유일한 관객인 나를 완전히 사로잡았다고 말해주고 싶었다. 그래서 거짓을 딛고 만들어진 우정 안에서 나는 상처 입지 않았고 오히려 꿈을 갖게 되었다고 전해주고 싶었다. 그것은 진심이었다. 만약 그때 한주 선생님과 시우를 만나지 않았다면 어떻게 되었을까. 아마도 나는 앵두라는 아이에게 더욱 굴욕적인 취급을 받았을 것이다. 그렇게 점점 영혼의 깊은 부분이 영영 훼손되었을 것이다. 일어나지 않은 일들을 상상하는 것만으로 나는 아찔한 기분이 들곤 했다. 그때 너를 만나지 못했다면 나는 어떻게 되었을까. 비겁한 사람이더라도 이 세상에 제대로 서 있는 기분을 느끼게 해준 건 한주 선생님과 시우뿐이었다. 그러니까 날 이용했다고 하더라도 상관없었다.
"다 괜찮았어."
그렇게 말하고서 나는 시우처럼 땅을 내려다보았다. 바람에 날려 떨어진 나뭇잎들이 규칙 없는 무늬를 이루며 땅에 흩어져 있었다. 나는 그 무늬 속에 어떤 비밀이 담겨 있기라도 한 듯 집중해 바라보았다. 몇 분이 흐른 후 마음이 조금 맑아지자 나는 해야 할 말을 할 수 있었다.
"나도 미안했어. 그때 용기가 없었어."
나는 시우에게 미뤄온 사과를 꺼내놓았다. 따지고 보면 모두 내 잘못이었다. 그때 내가 진실을 밝히지 못해서 두 사람이 앵두와 그 애 엄마 앞에서 무릎을 꿇어야 했으니까. 그런 후 두 사람은 연기처럼 사라져야 했으니까. 엄마는 갑자기 연락이 되지 않던 한주 선생님 대신 직장 동료의 친척 동생이라는 사람을 데려왔다. 그 사람은 나에게 무슨 어린애가 그렇게 우울한 얼굴로 지내냐며, 톡 쏘아붙이는 말투로 방긋방긋 웃으라 했다. 애들은 웃어야 예쁘다면서. 한주 선생님이었다면 어떻게 말했을까. 꼭 웃어야 할 필요는 없다고, 네가 웃고 싶을 때 웃고, 울고 싶을 때 울어도 된다고 하지 않았을까. 그 이후 나는 모든 어른을 한주 선생님과 비교했다. 그리고 모든 친구를 시우와 비교했다.

사실 시우가 떠난 후 앵두는 밍밍한 태도로 몇 번인가 나를 건드려보다가 아무 재미가 없다며 괴롭히는 짓을 관두었다. 아직도 나는 그 까닭을 온전히 알 수 없었다. 다만 그때 나는 언제든 앵두를 때려눕힐 수 있다고 믿었다. 그러면서 그 애가 나를 건드려주기를, 달려들 기회만 주기를 엿보았다. 하지만 앵두는 이전과 달리 내 곁으로 조금도 다가오지 않았다. 시간이 흐를수록 그 애는 마치 나를 보이지 않는 유령처럼 대하며 눈길조차 피했다. 그 애가 나와 거리를 두는 바람에 나의 분노도 조금씩 가라앉았다. 우리 관계는 금방 싱거워졌다. 졸업식 날마저 모르는 애들처럼 눈길도 주고받지 않았다. 중학교에 입학하기 직전 나는 아빠가 다니는 병원 근처로 이사를 갔다. 새로운 동네, 새로운 학교였다. 거기서 나는 따돌림당하지 않았고 비밀스러운 친구도 없는 말끔한 아이가 되었다. 아주 가끔 앵두가 꿈에 나올 뿐이었다. 새까만 수녀복을 입고 두 손을 마주 모은 자세로 나를 보다가 조용히 등을 돌려 떠나가는 꿈이었다. 그렇게 한동안 앵두도 시우도 내 인생에서 지워진 것 같았다. 하지만 아무도 사라지지 않았다. 우리 모두 같은 시간 안에서 살아가고 있었다는 것을, 비로소 시우를 마주 본 지금에야 깨달았다. 이제 나는 해야 할 일을, 끝내지 못한 마음을 매듭지어야 했다.

"그때 왜 내가 한 일이라고 말하지 않은 거야? 그 애 팔을 물었던 건 나였잖아."

시우는 가만히 고개를 끄덕이다가 오른 소매를 끌어 내려 눈가를 닦았다.

"너한테 미움받고 싶지 않았어. 나한테 진짜라고 말해줬잖아. 그게 좋아서."

나는 시우의 손을 꼭 잡았다. 더 이상 너를 그냥 내버려두지 않을 거라는 맹세이자, 진실을 밝혀야 하는 순간에 도망가지 않으리라는 일종의 선언이었다.

"네가 날 찾아와줘서 기뻐. 엄마가 사라진 후에는 줄곧 혼자인 기분이었거든."

"너만 그런 거 아니야."

내 말에 시우는 눈을 동그랗게 떴다.

"무슨 말이야?"

"나도 그래. 우리 엄마도 사라진 거나 다름없어. 나 스무 살 때 엄마가 애인이랑 살겠다면서 집을 나갔어. 아니, 아예 집을 팔아버렸어. 나한테는 원룸 하나를 구해주고 도망갔어. 난 왠지 엄마가 그럴 줄 알았던 것 같지만. 그래도 너무하지 않아? 하나뿐인 자식인데."

갑작스러운 내 고백에 시우는 당황한 듯 마른침만 삼켰다.

"엄마는 내가 어떤 영화에 나오는지도 모를 거야. 내가 어릴 때부터 엄마는 그랬어. 뭔가 다른 걸 좇는 사람처럼 항상 다른 곳에 정신이 팔려 있었거든. 그래서 난 너랑 한주 선생님이 좋았나 봐. 항상 날 생각해주는 것 같았거든. 그러니까 그때 그런 거 미안해하지 마. 난 다 좋았어."

내 손에 붙들린 시우의 손이 힘없이 풀어졌다. 나는 그 손을 다시 힘주어 잡았다.

"우리, 한주 선생님 찾아보자. 아까 그 감독님 말이야. 누구든 찾아낼 수 있는 사람 같아. 너도 이렇게 금방 찾았거든."

시우는 대답 없이 방울방울 보석 같은 눈물만 흘렸다. 그 눈물은 나를 넋 놓게 했다.

"그만 돌아가자."

나는 시우를 내 쪽으로 잡아끌었다. 놓아주지 않겠다는 듯 그 애의 팔을 단단히 붙든 채 윤 감독과 큐가 기다리는 곳을 향해 돌아갔다.

시장으로 돌아오니 윤 감독은 이미 카메라를 가방에 챙기고 갈 채비를 마쳐놓았다. 오늘은 날이 아닌 것 같다면서, 이렇게 한번 인연을 맺었으니 다음에 다시 보자는 인사를 남기고 천천히 차로 향했다. 큐도 어색하게 시우에게 인사를 한후 그 뒤를 따랐다. 나는 시우에게 연락처를 남겨주고 다시보자 했다. 시우는 돌아서는 내 소매를 붙들더니 걱정스러운 얼굴로 꼭 다시 와달라 했다.
"질릴 정도로 만나러 올 테니 걱정 마."
그제야 시우의 표정이 부드러워졌다. 나는 윤 감독과 큐의 뒤를 바쁘게 쫓아갔다.

*

며칠 후, 윤 대표가 제작 발표회 일정을 간단히 브리핑한다며 나와 오겸을 불렀다. 사무실에 들어가니 손님맞이용으로 구비해둔 테이블이 엉망이었다. 긴 소파는 가운데 부분이 잔뜩 눌린 채 숨이 죽어 있었다. 오겸이 그 자리를 매만져보더니 윤 감독님 엉덩이 자국 같은데, 하며 털썩 앉았다.
"얼마나 오래 앉았으면 이렇게 소파가 내려앉아요?"
윤소이 대표가 쿡쿡 웃었다.
"여기서 글이 잘 써진다면서 밤새 앉아 계셨어요."
"뭘 쓰셨는데요?"
"읽어볼래요? 거기 출력해놓은 초고 있을 텐데."
"이런 건 먼저 읽은 사람이 침 발라놓는 거죠?"

오겸이 원고를 집어 들어 후루룩 넘겨보더니 테이블에 내려놓았다.

"주인공 둘 다 여자인데?"

"그래요? 그럼 이건 내가 가질게요."

나는 낚아채듯 원고를 받아들고 소파 등받이에 몸을 푹 기댔다. 윤 감독이 촬영을 앞두고 컨디션을 엉망으로 만들 정도로 빠져들어 써내려간 이야기가 무엇인지 궁금해 견딜 수 없었다. 나는 첫 페이지를 읽자마자 사로잡혔다.

"대표님, 이거 제작하면 제가 할 거예요."

"아직 첫 장도 제대로 안 읽었잖아요?"

"조금만 읽어도 알 수 있어요. 다른 사람한테 절대 줄 수 없어요."

윤소이 대표는 고개를 기울인 채 나를 보더니 눈살을 찌푸렸다.

"이게 무슨 이야기가 될 줄 알고요?"

"제가 아니면 누가 알아요."

"그건 나을 씨가 열 살은 더 나이 들어야 맡을 수 있는 역할일 텐데요."

"기다릴 수 있어요."

나는 시나리오 초안을 가방에 넣었다.

"장난치지 마요."

윤 대표가 피곤하다는 듯 고개를 내저었다.

"장난 아닌데요."

나는 잽싸게 가방을 들고 윤 대표의 방을 나왔다. 등 뒤에서 오겸이 "브리핑은 어쩌고요?" 하며 나를 불렀지만 돌아보지 않았다. 나는 긴 복도를 뛰어가듯 걸어 나와 건물 밖으로 나왔다. 내가 진심으로 이 시나리오를 탐낸다는 걸 두 사람은 모르는 듯했다. 이 시나리오 속 주인공이 모두 여자라면 꼭 맞는 사람들이 있지 않나. 나는 가방을 품에 안고 빠르게 걸었다. 상쾌한 바람이 볼을 스치며 불어왔다. 내 발걸음은 시우를 향하고 있었다.

2-1
33세 이하영
우리는 시간 속으로 던져졌다

평범한 인생이란 무엇일까? 다른 사람들 속에 섞여 눈에 띄지 않는 무채색 옷을 입고, 밝은 조명이 켜진 카페 구석에 앉아 누군가를 기다리는 사람은 대체로 평범하게 보이는 걸까? 나도 그런 사람이 될 수 있는 걸까? 눈이 부셔서 반쯤 감았는데, 조금 멀리서 환하게 웃으며 문을 열고 들어오는 여자가 보이고, 이상하게도 나는 그 이름이 잘 생각나지 않다가, 아, 나랑 이름의 끝 글자가 같아서 자매로 오해받던 사람이었지, 생각을 이어가다 그 여자의 이름이 소영이라는 걸 기억해 냈다.

"하영, 뭐 하고 있었어?"

소영이 내 이름을 일깨웠다. 가끔 내가 누구인지 잊어버리는 걸 아는 걸까? 이런 나를 평범한 궤도로 돌려놓기 위해 애쓰는 유일한 사람, 소영은 크림이 잔뜩 올라간 커피와 체리가 들어간 초콜릿 케이크를 주문했다. 달콤한 커피와 검은빛이 도는 케이크는 우리 같은 사람들을 언제든 더 어린 시절로 되돌려놓았다. 너무 달아서 한 입을 떠먹고는 더 이상 손길이 가지 않았지만 하영은 부지런히 케이크를 먹었다. 마치 이걸 다 먹으면 우리를 결속한 저주가 풀리고, 서로를 모르던 깨끗한 과거로 돌아갈 수 있을 것처럼. 물론 그런 일은 일어나지 않았다. 처음부터 저주를 걸어온 존재는 없었고, 돌이켜보면 우리의 과거도 깨끗하지 않았다. 그냥 우리는 시간 속으로 던져졌다. 벌써 서른이 훌쩍 넘었다. 우리의 아이들은 열세 살이었다.

"우리 딸 겨우 학교에 보내놓고 달려 나왔어. 왜 이렇게 학교에 가기 싫어하는지 몰라."

소영에게는 딸이 하나 있었다. 2년 전 이혼을 한 후 소영은 딸을 혼자 키우고 있었다. 소영은 대단했다. 바람피운 남편의 입에서 기어코 먼저 이혼 얘기가 나오게 만들었다. 그때 소영은 황당하게도 남편에게 다른 사람이 있느냐는 질문을 들었다고 했다. 소영은 마음속 깊이 그를 비웃었을 것이다. 소영은 약 올리듯 그가 7년 전부터 바람을 피우고 있었다는 사실을 알고 있었다며 그를 조롱했다. 소영의 남편은 적반하장으로 왜 그동안 아무 말도 안 했냐며 다그쳤다. 그게 무슨 마음인 걸까. 소영에게 미안해하지도 않고, 오히려 소리치는 무례함이라니. 소영의 남편은 그동안 품고 있던 의혹을 한 번에 쏟아냈다. 그는 소영에게도 애인이 있으리라 짐작한 터였다. '가끔 연락도 없이 아이를 이웃에 맡겨두고 사라졌던 거 알아. 도대체 누굴 만나러 갔던 거야?' 그는 얄팍한 추정으로 소영을 몰아붙였다. 소영이 친구를 만나러 갔다는 말을 믿지 않았다. 언제나 속을 터놓는 법이 없는 소영에게 친구가 생길 리 없다고 믿었을 테니까. 그런데 그런 소영에게 어떻게 애인이 있을 거라고 의심한 걸까. 아마도 그쪽이 상상하기에 더 편했기 때문이었을까. 사실을 말하자면 소영은 사라질 때마다 나를 만나러 왔다. 그러니 소영의 말은 틀리지 않았다. 소영은 친구를 만나러 온 것이다. 그런데 과연 나는 소영의 친구인 걸까. 나는 소영의 친구 이하영인 걸까. 이제 내 이름은 이한주인데. 내가 그 이름으로 불리기를 결정하고 스스로 손가락마저 잘랐는데. 그렇다면 나는 누구인 걸까. 나는 소영에게 어떤 존재인 걸까. 혹시 소영의 남편이 흩뿌려놓은 그 어설픈 추측이 어느 정도 들어맞았던 건 아니었을까.

"무슨 생각을 그렇게 해?"

소영이 내 앞에서 손가락을 튕겼다. 최면에서 풀려나게 하는 동작 같았다. 나는 무거운 기분에서 곧바로 빠져나오는 듯했다. 소영과 단둘이 만나는 시간에는 하영으로, 소영의 친구로 잠시 돌아왔다. 그러나 소영의 남편은 영원히 모를 것이다. 소영에게 나 같은 친구가 있다는 사실을. 이 세상의 끝자락에 희미하게 붙어, 유령처럼 살아가는 누군가가 있다는 소식을 아무에게도 들을 수 없을 테니까. 그것이 바로 소영이 그에게 주는 벌이었다. 그가 영원토록 궁금해하게 만드는 일. 오랫동안 소영이 비밀스럽게 만나온 상대가 정말로 친구인지 아니면 숨겨둔 애인인지 알 수 없게 하는 일. 소영은 그가 누구를 만나고 어떤 짓을 하는지 다 알고 있지만 그는 소영에 관해 한 톨도 모를 것이었다. 소영이 그에게서 받아낸 아파트와 딸이 성인이 될 때까지 받게 될 상당한 액수의 양육비는, 오직 소영만이 그에 관한 정보를 알고 있기에 가져올 수 있는 대가였다.

"하영, 이것 봐. 전 남편이 사줬던 옷인데, 처음 입어봤어. 포장도 뜯지 않고 옷장에 처박혀 있는 걸 기분 전환 삼아 꺼내봤거든. 오늘 같은 날에 잘 어울리지?"

오늘 같은 날이란 어떤 날인가. 오늘은 소영이 나에게 돈을 주는 날이었다. 왜냐면 소영이 그렇게 하기로 결심했으니까. 나는 테이블 위에 놓인 눈이 큰 부엉이가 그려진 봉투를 집어 들었다. 이 정도면 얼마인 걸까. 평소보다 훨씬 묵직했다.

"돈 걱정은 하지 마. 나 일을 하기로 했어."

새것인 실크 블라우스를 입고서 소영은 해맑게 웃었다. 어떻게 저럴 수가 있을까. 소영은 나보다 더 정상이 아닌 것 같았다. 소영은 아무 고통도 겪지 않은 어린아이 같았다. 그런 점이 나는 항상 의아했다. 어떻게 소영은 그렇게 많은 비밀을 품고서 이토록 천진할 수 있을까. 마치 이 천진함조차 애초에 기획한 것처럼.

"왜 그렇게 웃어?"

아마도 내가 웃고 있는 모양이었다. 나는 가볍게 고개를 저었다.

"그냥, 좋아서."

그 말에 소영의 얼굴은 아무것도 숨기지 못한 채 발갛게 달아올랐다.

*

오래전 학교 옥상에서 내가 소영을 붙든 건 눈앞에서 사람이 죽는 걸 보고 싶지 않았기 때문이다. 그때만 해도 나는 소영을 괴롭히는 무리 중 하나였다. 그날은 여자애들 몸을 함부로 훑어보는 수학이 싫어 옥상으로 올라가 땡땡이를 쳤는데, 하필이면 그 시각 소영이 옥상 난간을 딛고 서 있었다. 나는 달려가 소영을 붙들고 끌어내렸다. 소영은 같이 죽자며 나를 두 팔로 안았고, 나는 벗어나려고 미친 듯이 그 애의 얼굴을 때렸다. 뺨을 맞은 소영은 아프다며 울었고, 죽더라도 너 같은 인간을 실컷 때려보고 죽어야겠다며 나를 마구 쳤다. 정강이와 옆구리에 발길질을 퍼부었다. 어디를 맞아야 제대로 아픈지 그 애는 어떻게 알고 있던 걸까. 나는 더 맞고 싶지 않아서 그 애를 끌어안았다. 그 후로는 힘이 풀렸는지 소영은 돌연 얌전해졌다. 얼마 동안 우리는 나란히 누워 물끄러미 하늘을 봤다. 소영은 자기를 그렇게 괴롭혀놓고서 왜 죽는 걸 내버려두지 않았냐고 물었다. 괴롭힌다고 해서 죽기를 바라는 건 아니라고 말하면서 내가 얼마나 모순적인 사람인지 깨달았다. 그건 말이 되지 않는다고 소영이 말했다. 사람은 괴롭힘을 당하면 죽을 수 있다. 매일 학교에 올 때마다 필통이 변기에 빠져 있거나, 운동화가 화단으로 날아가거나 청소 도구 따위로 옆구리를 맞거나, 머리에 분필 가루가 떨어지면 사람은 고통받는다. 그래서 사람은 죽을 수 있다. 고통받지 않는 자리에 있는 사람만이 장난이었다고 죽기를 바란 건 아니었다고 태연히 말할 수 있는 게 아닌가. 나는 소영에게 맞아 여전히 눈 주변이 얼얼했지만, 그에 더해 한 번 더 뒤통수를 맞은 듯 멍한 기분이었다. 그렇게 나쁜 인간이 아니란 걸 증명하고 싶어서 소영에게 머리를 숙였다. 미안해, 널 죽이려 그런 건 아니야. 그러자 소영은 나도 미안해, 너랑 같이 죽으려던 건 아니야, 라고 말했다. 그 이후 나는 교실로 돌아와 소영을 괴롭히지 말아달라고 다른 아이들에게 부탁했다. 그러나 그 애가 죽으려고 했어, 라는 말은 그들에게 받아들여지지 않아서, 그 애가 죽으면 곤란해지는 건 우리잖아, 인생 망치고 싶으면 알아서 해, 라고 경고했다. 다음 해가 되면 수험생이었고 곧 졸업이었다. 스무 살이 되기도 전에 자기 인생을 망치고 싶은 아이들은 없었다. 당연히 나도 그런 아이들 중 하나였다.

수능을 앞두고 임신을 했을 때 나는 소영에게 제일 먼저 털어놓았다. 소영은 심상한 표정으로 걱정하지 말라 했다. 무슨 일이 있어도 앞으로 자기만 믿으라 했다. 그즈음 소영은 나의 둘도 없는 친구가 되어 있었다. 소영은 영화를 배우고 싶어 했다. 어릴 때 함께 살던 외할머니에게서 영화를 보는 취미를 물려받은 후로 소영은 어떻게든 그쪽과 관련된 일을 하고 싶다고 말했다. 영화를 전공하려면 꽤나 좋은 성적이 필요했고, 소영은 고2 겨울방학 때부터 미친 듯이 공부를 하더니 그다음 해 전교 상위권에 진입했다.

소영은 하굣길에 나를 기다렸다가 독서실로 끌고 가곤 했다. 나는 공부에 별로 관심이 없었지만 소영이 이끄는 대로 공부하다 보니 어느새 성적이 오르기 시작했다. 나도 무언가

구체적으로 꿈을 가져보고 싶었다. 소영은 나에게 배우를 해보라 했다. 자기 영화에 출연해달라 농담 삼아 말하곤 했다. 나도 그런 미래가 싫지 않았다. 그러나 그렇게 희망이 자라던 시기에 나는 계획에 없던 임신을 하게 되었다. 상대는 같은 반 남자애였다.

"이현수 맞지?"

당연하다는 듯 소영은 다 알고 있었다.

이현수는 항상 조용해서 눈에 띄지 않는 학생이지만, 솔직히 말하면, 그가 쉬는 시간마다 책상에 엎드려 잠든 척 고개를 돌리고 나를 훔쳐보고 있다는 사실을 알았다. 조용한 짝사랑에 그칠 줄 알았더니, 해가 쨍쨍하던 어느 봄날 내 머리 위로 커다란 우산을 드리우며 그가 다가왔다.

"쉬는 시간마다 선크림을 엄청 바르던데, 햇빛 받으면 안 되는 거지?"

이현수는 내가 백색증이 있는 걸 알아챈 듯했다. 어릴 때보다 증상이 좋아졌지만, 여전히 빛을 받으면 금갈색으로 반짝이는 머리카락과 어두운 곳에서도 찹쌀떡처럼 하얗게 뜨는 얼굴과 가만히 들여다보고 있으면 때때로 초점을 잃은 듯 흔들리는 눈동자는 감출 수 없었다. 자세히 들여다보지 않으면 발견하기 어려웠을 텐데 현수는 그런 것까지 알아보았던 것이다.

그와 사귄다는 소문이 돌기 시작한 건 여름이 저물어가던 2학기 초입이었다. 현수는 왜 그런 소문을 가만히 내버려두는 것이냐 물었다.

"나도 너를 좋아하니까."

예상했을 법한 말인데도 현수는 당황했다. 마치 그런 말은 바라지도 않았고, 상상도 하지 않았던 것 같았다. 그러더니 며칠 동안 현수는 나를 피했다. 차라리 그것으로 끝이었다면 좋았을까. 그 후 내가 현수에게 먼저 찾아갔다.

"날 먼저 좋아한 건 너잖아, 이제 와서 왜 그러는 거야?"

이현수는 죄지은 사람처럼 한참 말이 없더니 갑자기 이래도 되는 걸까…… 내가 너를 좋아해도 되는 걸까…… 하고 혼자 중얼거렸다. 나는 현수에게 우리가 무슨 죄를 지은 것도 아니고 연애 좀 하면 안 되냐고 왠지 자신 없는 말투로 물었다. 현수는 고개만 떨궜다. 공부도 잘하지 못하고 성적에 욕심도 없으면서 왜 저런 걱정을 하는지 의아할 뿐이었다. 그때 이현수가 우리 집에 가볼래? 말했다. 나는 잠시 고민했지만 현수의 속을 알 수 없어서, 일단은 가보겠다고 대답했다.

그 냉골의 집은 아직 겨울이 오려면 한참 남았는데도 춥기만 했다. 북향인 데다 난방도 제대로 되지 않아 얼음벽에 갇힌 듯했다. 정말로 얼음으로 만든 집이 아닌가 싶어 벽을 두

드려보았다. 벽은 얇아서 조금만 힘을 주면 갈라질 것 같았다. 현수는 원래 엄마와 둘이 살았지만, 엄마의 저장 강박으로 자기 방까지 물건이 들어차면서 쫓겨나다시피 혼자 나와 방을 구한 것이라 했다. 그의 집에는 거의 아무것도 없었다. 라면 몇 봉지, 가스버너, 물컵, 젓가락 한 벌이 다였다. 나는 이렇게도 사람이 살아진다는 것을 믿을 수 없었다. 무엇보다 여름에 찾아든 이 방의 한기를 이해할 수 없었다. 현수는 전기장판에 불을 올리고 그 위에 나를 앉게 했다. 그러곤 내 옆에는 앉지 못하고 찬 바닥에 앉았다. 내가 그에게 자리를 내주면서 장판 위로 올라오라 말하자 그는 겨우 엉덩이를 걸쳤다. 춥잖아. 가까이 와. 내 말에 현수가 몸을 한 번 들썩이며 옆으로 다가오자 몸이 닿을 듯 거리가 좁혀졌다. 우리는 이상한 열기에 휩싸였다. 가끔 고개를 돌려 서로를 확인했다.

"너 이런 방에서 혼자 지내면 안 돼."

그때 나는 마음이 시큰하게 쑤셔 그런 결심을 하고 말았다. 현수를 이곳에 절대 혼자 두지 않겠다고.

"이런 꼴을 보고도 나랑 사귈 수 있어?"

현수는 자신 없는 듯 졸아든 목소리로 물었다. 그 모습에 나의 각오는 더욱 굳건해졌다. 나는 현수를 그런 곳에 계속 혼자 둘 수 없었다.

수능이 끝난 후 임신 소식을 가족에게 알리자 엄마는 베개로 나를 내리쳤다. 아빠가 아기가 들어선 몸이라며 말려도 소용이 없었다. 그나마 푹신한 베개를 들었기에 망정이지 조금이라도 단단한 것이었다면 어땠을까. 이후로 엄마는 나를 한심하게 여겼다. 그래도 병원을 알아봐주고 아기가 태어날 수 있게 도와줬다. 그러면서 처음으로 현수를 대면한 날, 약식이긴 하지만 거의 상견례나 다름없던 자리에 그의 부모가 아무도 나오지 않자, 그 후로는 이 일에 대해 더 이상 말하기도 피곤하다는 듯 입을 다물어버렸다.

산부인과 검진을 가는 날, 소영이 같이 가자고 떼를 써서 함께 갔다. 검진이 끝나고 돌아오니 소영이 대기실 의자에 앉아 미소 짓고 있었다.

"나도 임신이야. 5주."

나는 한참이나 소영을 내려다보았다. 그 말이 믿기지 않았다. 소영이 임신을 했다고? 갑자기? 어떻게? 그런 의문이 머릿속을 가득 채웠다. 소영은 수능을 앞두고 엄마에게 부탁해 의대생에게 속성 과외를 받았다고 했다. 그래서 둘은 밤낮으로 붙어 있었다. 그러니까 어떻게 그런 일이 가능했는지는 몰라도, 소영의 뱃속에서 자라는 아기는 그 과외 교사의 아이였다.

"이게 다 무슨 일이야?"

소영은 의자에서 천천히 일어나 내 어깨를 부드럽게 안았다.

"너 혼자 이런 일을 겪게 할 수는 없어."

나는 등줄기에 소름이 돋았다. 내 어깨에서 그 손을 떼어내 소영을 밀쳐냈다.

"너 미쳤어?"

그러나 소영은 안타까운 얼굴로 나를 볼 뿐이었다.

"난 널 지켜주고 싶어. 넌 정말 좋은 사람이거든. 난 네가 아니었으면 진짜 죽었을 거야. 아마 이현수도 그럴걸."

소영은 임산부가 무리하면 안 된다면서 내 팔을 당겨 옆에 앉히더니 말을 이어갔다.

"사실 그 애에 대해서 알아본 게 있어. 걔 진짜 나쁜 애들하고 어울렸더라. 하면 안 되는 짓을 서슴없이 하는 애들 있잖아. 경계선이 없는 애들. 그런 애들하고 엄청 친했어. 그러다가 너랑 같은 반이 되고, 널 좋아하게 되면서, 그 애들과 연을 끊은 거야. 더 나빠지지 않으려고. 그건 인정해. 이현수는 노력했어. 자기 인생을 좋은 방향으로 끌고 오는 거 엄청 힘든 일이거든. 이현수는 늦었지만 공부도 해보려고 했지. 그런데 걔 수능 점수 알지? 그게 책임감 있는 사람이 낼 수 있는 성적이야?"

나는 소영의 어깨를 잡고 흔들었다.

"너 진짜 돌았어?"

그러자 소영은 내 어깨를 마주 잡고 단호히 말했다.

"너라면 안 돌겠어? 그런 애가 네 남편이 된다는데?"

나는 소영이 무슨 말을 하고 싶은지 가늠할 수 없었다. 정말로 하려는 말이 무엇인지 알게 될 때까지 들어주는 수밖에 없다고 판단했다.

"언젠가 이현수는 널 힘들게 할 거야. 그때 내가 옆에 있어야 하잖아. 그게 언제든 너랑 함께 있어야 해. 걔는 너무 약해. 네가 안심하고 믿어도 좋을 만큼 강한 사람이 아니야. 너무 불안해서 견딜 수가 없어."

나는 그렇다고 임신을 하는 건 무슨 논리냐고 따져 물었다.

"아기를 갖는 건 우리 둘만 할 수 있는 경험이잖아. 앞으로 네가 이현수랑 살아간다고 해도, 엄마로서 아이를 품고 낳고 기르는 건 우리 둘만 공유할 수 있는 거야. 난 남들은 절대 가질 수 없는 경험을 우리 둘만 나누고 싶어. 우리 둘은 이걸로 영원히 묶일 수 있어."

그때 나는 친구를 잃는 방식에는, 단지 감정이 상해 서로 싸우다 멀어지거나 연락이 뜸해져 소원해지는 것만 있는 게 아니란 걸 알게 되었다. 치가 떨리도록 소름 끼쳤다. 그 맑은 얼굴에 띠운 미소를 보자 온몸에 핏기가 가셨다. 어제까지만 해도 둘도 없이 소중한 사람이었는데 어느 순간 인간 같지도 않아 보였다. 나는 한시라도 빨리 소영과 멀어지고 싶었다.

그 후로 소영의 연락을 받지 않았다. 집으로 찾아와도 만나지 않았다. 의외로 소영은 더 이상 다가오지 않았다. 사라진 사람처럼 소식조차 들려오지 않았다. 그래서 가끔은 궁금했다. 소영은 어떻게 지내고 있을까. 이즈음이면 소영도 아기를 낳았으려나. 소영은 가정을 꾸렸을까. 소영의 남편은 그녀를 사랑해줄까. 소영은 행복해졌을까.

소영은 무엇을 알고 있던 걸까. 현수는 정말 약해서 그렇게 되어버린 걸까. 나는 결혼한 지 3년 만에 현수를 잃었다. 처음에는 경찰이 짐작한 현수의 사인을 받아들일 수 없었지만, 유품을 정리하다가 서랍에서 빈 약통이 하나 굴러다니는 걸 발견한 후 현수의 죽음에 다른 이유가 없으리란 생각이 깊어졌다. 급성 약물중독. 한 번도 현수가 약을 먹는 모습을 목격한 적 없었다. 그동안 철저히 숨겼을 테고 은밀하게 약에 손을 뻗었겠지만, 아무리 그렇더라도 약 같은 것에 취해서 흐트러진 모습을 보인 적은 없었다. 얼마나 철두철미하게 숨겨온 걸까. 나는 현수는 너무 약하다고, 불안해서 견딜 수가 없다고 말하던 소영을 떠올리지 않을 수 없었다. 도대체 소영은 어떤 불길한 예감을 했던 걸까. 나는 아직 지우지 않고 남겨둔 연락처를 찾아 소영에게 전화를 걸었다. 발신음이 두 번 울리기도 전에 하영아, 부르는 목소리가 들렸다. 당연히 전화가 올 거라고 예상한 사람처럼 자연스러웠다.

"이현수 소식 들었어."

소영은 자신이 경고한 일이 이런 형태로 현실이 되어 나타날 거라고는 생각하지 못한 듯 참담한 기분이라 말했다.

"우리 만나자."

나는 소영이 무척이나 보고 싶었다. 예전에 그녀를 내 인생에서 얼른 떨쳐내야 한다고 믿게 만든 그 모든 말들이 미친 듯이 그리웠다. '내가 옆에 있어야 하잖아…… 너랑 함께 있어야 해…….'

오랜만에 만난 소영은 전공의가 된 남편 몰래 방송통신대학을 다니고 있다고 했다. 며칠간 벼락치기 시험을 준비하면서 밤새 커피를 마신 탓인지 자꾸 쓴물이 올라온다고 했다.

"왜 남편 몰래 준비해?"

소영은 어깨를 으쓱하더니, 어차피 그쪽에서도 관심 없으니 상관없다고 말했다. 나도 모르게 마음속으로 그럼 됐다, 하면서 안심해버렸다. 만약 소영이 행복하게 살고 있었다면 다시 내 삶의 궤도로 들어와주지 않았을 테니까. 소영아, 내가 그렇게 부르자마자 소영이 싱긋 미소를 지으며 답했다.

"알아, 너 지금 내가 필요하지?"

그때까지 아무에게도 할 수 없는 이야기를 꺼냈다. 소영은 번번이 길게 숨을 내쉬긴 했어도 별다른 감정을 내비치지 않고 묵묵히 들었다.

장례식 때의 일이었다. 현수의 직장 동료들이 장례 첫날에 다녀간 후 다음 날부터 장례식장은 한산했다. 이제 올 사람은 없을 거라 생각하던 늦은 오후, 머리부터 발끝까지 어두운 차림으로 한 남자가 들어섰다. 얼굴이 창백해 입술에 희미하게 도는 분홍빛 생기만 지워놓고 보자면 죽은 이의 떠도는 영혼을 거두어 가려고 찾아든 저승사자 같았다. 그가 내 앞으로 다가오자, 체격이 비슷한 탓인지 얼핏 현수처럼 보이기도 해서 순간 당황했다.

"처음 뵙겠습니다. 유진호입니다."

그는 현수의 죽음 앞에서 할 말을 잃은 듯 눈을 내리깔고서 매끈하게 닦여 있는 장례식장의 바닥을 내려다보았다. 그 눈빛이 공허해서 아무것도 보고 있지 않다는 걸 알 수 있었다.

"너무 늦게 왔습니다."

그가 미안한 듯 고개를 떨궜다.

"와주셔서 감사합니다."

그는 현수의 영정 앞에서 두 번 절을 올렸다. 현수의 또래였으니 장례식에 익숙할 나이는 아니었고, 절을 하는 동작도 어설펐다. 만약 현수가 누군가의 장례식에서 절을 한다면 꼭 저런 모습으로, 어느 쪽 무릎을 먼저 굽힐 줄 몰라 망설이다가 균형을 잃은 듯 한쪽으로 기울어지고, 어색한 듯 손을 땅에 짚고, 조금 오랫동안 고개를 들지 않아서 그를 지켜보는 상주를 걱정시키지는 않았을까 싶었다. 유진호는 천천히 두 다리를 펴고 일어섰다. 그의 무릎에 동그랗게 구김이 가 있었다.
"저는 현수와 둘도 없는 사이였습니다. 한 형제 같았고, 한 몸 같았죠."
그러면서 유진호는 담담히 나를 마주 보았다. 그는 두 손을 앞으로 내밀었다. 마치 잡아달라는 듯한 모양새였다. 그 손과 얼굴을 번갈아 보면서 어떻게 해야 할지 갈피를 잡을 수 없었다. 내가 망설이자 그가 내 손을 덥석 끌어다가 꼭 쥐었다. 당황스럽고 불쾌했지만 곧바로 뿌리칠 수 없었다.
"우리는 집에 있는 것보다 학교에 있는 게 더 안전하다고 느끼는 애들이었어요. 집에서 늘 혼자였지만 학교에 가면 서로 볼 수 있었으니까요. 우린 모든 걸 같이 했어요. 무슨 일이든 마다하지 않았죠. 좋은 일이든 나쁜 일이든, 천국이든 지옥이든 함께하자고 약속했죠."
겨우 그가 손을 놓더니 고개를 툭 떨구고 어깨를 들썩였다. 웃는 것인지 우는 것인지 알 수가 없었다.
"그 애가 이렇게 가버리다니. 제가 꿈속에 있나요?"
그는 힘없이 주저앉았다. 나는 놀라서 그의 한 팔을 들어 올렸다.
"괜찮으세요?"

"우린 정말 잘 맞았어요. 책이나 게임이나 영화나 좋아하는 게 똑같았죠. 체격도, 교복을 교묘하게 수선해 입는 방식도 비슷해서 교사들이 늘 헷갈려 했고요. 무엇보다 우리는 매번 똑같은 여학생을 좋아했어요."

갑자기 그가 고개를 들어 나를 노려보았다. 애써 드러내지 않으려던 불쾌감이 얼굴로 밀려 나왔다. 나는 미간을 좁힌 채 그를 보았다. 어서 그가 여기서 나가주었으면 싶었다. 그러나 유진호는 그럴 생각이 조금도 없어 보였다.

"그러니까 현수가 당신에게 반했다면, 나도 당신에게 반할 수 있는 거죠. 아니라면 그 반대로 내가 당신한테 반하면, 현수도 반하는 겁니다. 순서는 상관없습니다. 우리는 비슷한 영혼을 가지고 있어서, 똑같은 사람을 똑같은 밀도로 좋아할 수 있어요. 아무리 싫다고 해도 우리의 본성이 닮은 것은 어쩔 수가 없는 거죠."

나는 붙들고 있던 그의 팔을 툭 떨치듯 내려놓았다.

"제가 이런 고백을 하는 게 마음에 안 드시겠죠?"

이런 게 무슨 고백인가. 친구의 장례식장에서 친구의 아내에게 대뜸 마음을 드러내는 사람이라니. 미친 것이 확실했다. 이런 고백은 전혀 순수하지도 아름답지도 않았다. 섬뜩한 불행을 예고하기만 했다.

"그래도 저는 이걸로 정리할 수 있을 겁니다."

그는 일그러진 내 얼굴을 보고 힘없이 웃더니 자리에서 일어섰다. 그리고 잽싸게 등을 돌려 장례식장을 빠져나갔다. 고작 5분도 안 되는 사이 일어난 일로 나는 혼이 쏙 빠졌다. 이게 무슨 말도 안 되는 일인가. 흔들거리는 그의 뒷모습을 쏘아보면서, 나는 그가 웃고 있을 거라고 확신했다.

그것은 일종의 선전포고였을까. 그 후로 전화가 한 통 걸려왔다. 나는 눈치채지 못하고 순진하게 통화 버튼을 눌렀다.
"유진호입니다."
"네?"
"현수 친구 말입니다. 기억 못 하시나요?"
그 질문을 듣자마자 목 언저리가 싸늘해지면서 팔뚝에 소름이 돋았다.
"무슨 일이시죠?"
"저도 고민을 많이 했습니다. 현수가 떠났으니, 제가 나서야죠. 어떻게 혼자 아이를 키우시려고."
그가 말하는 방식은 멋대로였다. 대화를 주고받는 느낌이 아니라 일방적으로 쏟아내고 자신이 원하는 감정을 보이길 강요했다.
"무슨 소리를 하시는 거예요? 그만하고 전화 끊어주세요."
"잠시만요. 할 말이 남았습니다."

"됐어요. 무슨 말이든 제가 들을 말이 아니에요."

나는 더 이상 견딜 수 없었다. 그가 뭐라고 말하기도 전에 통화를 종료했다. 그 후에는 여러 개의 다른 번호로 계속 전화가 걸려 왔다. 안부를 묻는 메시지와 자신이 돌봐주겠다고 말하면서 교묘하게 협박을 하는 메시지가 하루 수십 통 번갈아 왔다. 경찰에서 찾아낸 발신 번호는 대포폰이라 수사에 들어갈 수도 없었다. 애초에 유진호가 그런 덫을 걸어놓고 나에게 연락을 퍼붓는 것이란 사실만 확인한 셈이었다. 더 이상 그를 정상적인 사람으로 생각할 수 없게 된 순간, 내 머릿속에 어둡고 불쾌한 일을 속 시원히 털어놓을 사람으로 오직 소영만이 떠올랐다.

"어째서 좋아한다면서 이렇게 괴롭히는 거야?"

소영은 팔짱을 낀 채 유진호의 메시지를 골똘히 내려다보았다.

"좋아하는 사람이 싫다고 하면 그만할 줄 알아야지. 그게 좋아하는 마음이지. 이건 그냥 떼를 쓰는 거야. 자기 마음이 거부당하는 것이 화가 나서 그저 협박하는 거야."

소영은 메시지를 하나씩 음미하듯 느리게 읽었다.

"이 사람은 모르는구나. 이런 식으로는 절대 네 마음을 얻지 못할 텐데."

소영은 어떻게 해야 내 마음을 얻어낼 수 있는지 전부 안다는 듯 자신 넘치는 투로 말했다. 나는 두 눈동자가 가운데로 쏠릴 정도로 집중해 스토킹 메시지를 읽어가는 소영을 보면서 마른침을 삼켰다.

"연락처 바꾸자. 설령 다시 연락이 온다고 해도 계속 무시해. 제풀에 떨어져 나갈지 모르니까."

소영은 응답받지 못하는 마음을 지속할 수 있는 사람은 그리 많지 않다고 했다. 나는 소영의 말대로 해보기로 했다. 일단은 연락처를 바꾸고 그의 연락을 차단했다. 새로운 연락처로 다시 연락이 오면 또다시 연락처를 바꾸고 그의 메시지와 전화를 무시했다. 그렇게 두 번 연락처를 바꿨다. 그러는 동안 얼마 남아 있지 않던 학창 시절 친구들의 연락도 자연스럽게 끊어졌다. 오직 소영만이 유일한 연락망으로 남았다. 그럼에도 끈질기게 유진호는 내 연락처를 알아냈고 내 피를 말릴 작정인지 계속해서 부재중 전화와 메시지를 남겼다.

그러다가 유진호의 연락은 한순간 끊겼다. 연락처를 세 번째 바꾼 후였다. 가슴을 졸이며 휴대폰을 내려다보던 일도 차츰 줄어갔다. 언제 터질지 모를 폭탄처럼 여겨지던 기기가 편리한 생활 수단으로 정착하는 데 오래 걸리지 않았다. 통화내역도 메시지함도 깨끗해졌다.

나는 소영의 말대로 유진호가 제풀에 지쳤거나 메시지조

차 보낼 수 없을 정도로 나쁜 처지에 내몰린 게 아닐까 생각했다. 그렇더라도 언제든 그가 다시 나타날 수 있었다. 불안한 기분이 들 때마다 소영에게 전화를 걸었고, 그때마다 소영은 사람의 영혼은 궁지에 몰리면 잠시 이상해지는 법이라고, 그 사람도 친구를 잃고 그런 시기를 거쳤던 거라고, 용서는 해줄 수 없지만 조금쯤은 이해하고 넘어가자고 했다. 그 말은 마치 소영이 스스로에게 하는 말처럼 들렸다. 나는 아직도 소영이 날 따라 임신까지 해버린 사실을 납득할 수 없었다. 하지만 당시 소영이 예언처럼 부려놓은 말들이 하나씩 실현되고 있다는 걸 인정해야 했다.

나는 소영이 딸 얘기를 꺼낼 때마다 내 딸을 떠올렸다. 소영이 아이의 작은 몸짓 하나하나 기억하고 내 앞에서 복기해 들려줄 때마다, 그녀가 얼마나 딸을 사랑하는지 알게 될 때마다 마음이 흐뭇했다. 나도 똑같았다. 통통한 볼을 위로 밀어올리고 작은 이를 내보이며 방긋 웃던 나의 아기를 떠올리면 지긋지긋한 현실이 잠시 잊혔다. 나는 종종 아기에게서 눈을 뗄 수 없었다. 이 세상 그 누구에게도 이토록 빠져들어본 적이 없었다. 이렇게 평생을 유효기간으로 삼은 짝사랑이 시작되는구나, 생각하면서도 이 사랑에서 물러설 마음은 조금도 들지 않았다.

"너 아이한테 푹 빠졌구나."

소영은 흐뭇하게 웃으며 날 향해 말하곤 했다.

"넌 안 그래?"

내가 되물으면 소영은 어깨를 으쓱해 보였다.

"난 아이보다 더 소중한 게 있는 것 같아."

난 소영의 말을 이해할 수 없었다. 아이보다 소중한 것이 있을 수 있나?

"사람마다 다른 거니까."

소영은 내가 어떤 오해를 하든 상관없다는 듯 무심하게 말했다.

"그래도 아이를 낳아서 좋아. 너랑 나눌 수 있는 게 훨씬 많아졌잖아. 솔직히 나는 너의 아이도 내 아이처럼 생각해. 둘 다. 우리 애들이지."

그랬다. 이제 나와 소영이 공유하는 것은, 단지 비슷한 시기에 아기를 가졌고 그 아기를 낳았고 키우고 있다는 사실만이 아니었다. 유진호와 관련된 일을 겪으면서 소영은 나의 불안까지 나눠 가졌다. 내가 요청하면 언제든 달려와주었다. 언제부턴가 나는 소영의 손을 아무 때나 맞잡고 놓아주지 않는 습관이 들었다. 언제나 뜨거울 정도로 따뜻한 손이었다. 그렇게 소영은 현수가 없는 자리를 우정으로 다시 채워주고 있었다.

소영은 나만이 아니라 나의 아이에게도 관심이 많았다. 다섯 살이 되자 소영은 어린이집 한 곳을 소개해주었다. 자기 딸도 그곳에 보내기로 했다면서 두 아이가 우리처럼 친구가 된다면 더없이 좋을 것이라 했다. 사실 우리는 두 아이를 친구로 만들어보려 자주 붙여놓았지만, 어쩐 일인지 아이들은 조금도 말을 섞지 않고 데면데면 굴었다. 게다가 우리 아이가 소영의 아이를 손톱으로 할퀴는 바람에 당분간 격리하여 지내자고 약속을 한 터였다. 그래도 같은 어린이집을 다니면 조금은 나아지려나 싶었다. 나는 소영이 자기 아이의 상처에도 아랑곳하지 않고 외톨이로 지내는 내 아이를 위해 친구를 만들어주려 애쓰는 것이 고마웠다. 소영은 언젠가 두 아이가 우정을 나누게 되리라 기대했다. 바로 우리 두 사람처럼. 나 역시 그런 기대를 조금은 품어보기로 했다. 그렇게 나와 소영은 순조롭게 인생의 다음 단계를 준비하고 있었다. 형식적인 학부모 면접을 하느라 함께 어린이집에 들렀던 날, 소영은 남편이 같은 병원에서 일하는 간호사를 만나고 있다면서, 그들이 얼마나 오랫동안 관계를 이어갈지 지켜볼 거라고 했다.

"제발 오래 만나줬으면 좋겠어. 내가 충분히 준비할 수 있게."

소영은 남편에게 체념한 듯 차갑게 말했다. 뭘 어떻게 준비한다는 걸까. 나는 아무리 곱씹어도 그 진의를 알 수 없었지만, 당시에는 그다지 궁금해하지 않았다. 나에게 일어나는 일만으로 머릿속이 꽉 차서 다른 이를 생각할 겨를이 없던 탓이다.

소영이 소개한 어린이집은 만족스러웠다. 시설은 깨끗했고, 교사들은 다정했다. 무엇보다 아이가 어린이집에 가 있는 동안 나는 마음 편히 한숨 돌릴 수 있었다. 그렇게 딸을 어린이집에 등원시키고 두 달이 지났을 즈음, 집에만 있지 말고 취미를 갖거나 무언가를 배워보라는 소영의 말에 나는 구청에서 운영하는 수업을 하나 등록했다. 원래 소영 자신이 듣고 싶어 하던 수업이었으나 등록 직전 그녀가 선호하지 않는 강사로 바뀌는 바람에 소영은 다른 수업을 찾아보기로 했고, 자기 몫으로 선점해놓은 자리를 나에게 양도했다. 소영은 나에게 새로운 것을 배우다 보면 기분 전환이 될 거라고 말했다. 젊은 영화감독이 직접 시나리오 쓰기를 가르치는 수업이었다. 이름을 대면 알 만한 감독은 아니었지만 전단지에 올라온 사진을 보니 인상이 나쁘지 않았다.

수요일 오전마다 아이를 등원시킨 후 나는 수업을 들으러 갔다. 하루는 아이가 어린이집 가는 게 싫다며 떼를 썼다. 아이의 수업 중에 야외 산책이 포함된 날이었는데, 아이는 별 이유도 없이 가고 싶어 하지 않았다. 아이가 거의 울기 직전이라서 보내고 싶지 않은 마음도 있었지만 그날은 시나리오 수업이 있는 날이었다. 일주일 중 하루, 단 몇 시간이었지만 그것으로 팍팍한 생활에 윤기가 도는 듯해서 포기할 수 없었다. 나는 기어코 아이를 어린이집 차에 태워 보냈다.

그리고 그날, 아이를 잃어버렸다.

원장에게 전화가 왔을 때는 이미 아이가 사라지고 두 시간이 지나 있었다. 산책 도중 홀연히 사라져버렸다고 했다. 나는 혼절하기 직전이었다. 곧바로 소영에게 전화를 걸었다. 그때 내가 처음으로 내뱉은 말은 "너희 딸은 괜찮아?"였다. 나는 무슨 심정으로 그런 말을 한 것일까. 혹시나 두 아이가 함께 사라졌을지도 모른다는 겁에 질린 그 목소리 아래에는 나만 딸을 잃을 수 없다는 사악함이 도사리고 있었다. 우리가 같은 경험을 공유해야 한다면, 소영도 똑같은 것을 잃어야 하지 않은가. 그러나 그날 소영의 딸은 아파서 어린이집에 가지 않았다고 했다. 심지어 소영은 정말로 나와 함께해주고 싶지만, 아픈 딸을 두고 떠날 수는 없다면서 와주지 않았다. 나는 이해했다. 소영의 우선순위는 당연히 그 딸이어야 했다.

경찰이 온 동네를 순찰하고 다녔지만 아이 소식은 들리지 않았다. 아이가 실종된 지 거의 열 시간이 지난 밤 10시 무렵이었다. 다른 도시에 살고 있던 친척들까지 집합해 각자 흩어져 거리를 쏘다니며 아이의 이름을 불렀다. 어디서도 아이의 목소리는 들려오지 않았다. 나는 물집이 잡힌 발을 끌어가며 화려한 간판이 번쩍이는 번화가를 헤집었다. 그러다가 빛이 사라진 음산한 모텔촌으로 들어섰다. 나도 모르게 밝은 곳보다 어두운 곳으로 걸음을 옮기고 있었다. 그때까지 떠올리려 하지 않았던 나쁜 가능성들이 걷잡을 수 없이 밀려들었다. 이미 아이가 어떻게 되었을지도 모른다는 생각에 눈물이 줄줄 쏟아졌다. 행인들은 터져 나온 쓰레기봉투라도 본 듯 눈을 흘기며 나를 지나쳤다. 나는 아이의 이름을 부르며 주저앉았다. 차라리 내가 죽기를, 내 목숨을 바치고 아이는 살아 있기를 바랐다. 내 몸이 어떤 상태로 거리에 널브러져 있는지 자각도 못 한 채 울다가 어깨를 가볍게 짚어오는 손길을 느꼈다.

"엄마."

나는 헛것을 보나 싶었다. 아이였다. 와락 끌어안으니 아이는 캑캑거리며 장난스럽게 웃었다. 아이는 멀쩡했다. 어떻게 이런 곳에서 아이가 먼저 나를 찾아낼 수 있었을까. 마치 신이 아이를 내려놓고 홀연히 떠나버린 것 같았다.

"누가 널 여기까지 데려왔어?"

"아저씨가. 저기."

아이가 가리킨 곳에는 아무도 없었다.

"아저씨가 있었어. 나랑 놀아줬어."

아이의 손을 잡고 집으로 돌아오자 부모님과 친척들이 가슴을 쓸어내렸다.

다음 날부터 어린이집은 보내지 않기로 했다. 아이와 방에 숨죽여 누워 있을 때, 엄마의 입에서 그런 변변찮은 놈 때문에 젊은 애 인생이 다 망가져버렸다는 말이 낮게 들려왔다. 나는 아이의 귀를 틀어막았다. 아이는 눈을 말갛게 뜨고 나를 보았다. 아이가 무심결에 들어야 했던 말들이 쌓이고 쌓여 어느 순간 그 애를 짓누르지 않을까 걱정되었다. 나는 아이의 귀에서 손을 떼지 않고 그 옆에 몸을 웅크리고 누웠다. 더 이상은 아무 말도 듣고 싶지 않았다. 이대로 아이와 영원히 눈 감은 채 깨어나고 싶지 않다는 생각을 하던 찰나, 문자 알림음이 적막한 방을 꽉 채우듯 울렸다. 그 파장음이 귓가에서 좀처럼 떠나지 않았다. 나는 휴대폰을 집어 들고 한동안 석상처럼 굳어 화면을 바라보았다.

'아이는 제가 데리고 있었습니다. 그 어린이집은 보내지 않는 게 좋겠습니다. 교사들이 아이를 심하게 방치하더군요. 아이들이 들을 수 있다는 걸 알면서도 저들끼리 수군거리며 학부모들 흉을 보기도 합니다. 역시 그런 건 좋지 않다고 생각했습니다. 특히 당신을 향한 뒷말을 나누고 우리 애를 불쌍히 여기는 척 구는 것이 가증스러워 참을 수 없었습니다.'

문자가 이어서 도착했다.

'그렇게 다른 사람의 인생을 함부로 가십거리로 삼는 건 안 된다는 걸 알려주고 싶었습니다. 아이가 사라졌으니, 그들도 가슴을 졸이며, 자신들이 한 짓을 되돌아볼 시간을 가졌겠죠? 나는 그들에게 선물을 한 것입니다. 앞으로 그들이 더욱 윤리적으로 살아갈 수 있도록 지침을 내린 것입니다. 그들이 모든 아이를 진심으로 돌볼 수 있도록 교훈을 준 것입니다. 당신은 안심하셔도 됩니다. 내가 살아 있는 한 당신과 아이를 지킬 것이니까요.'

나도 모르게 휴대폰을 손에서 떨어뜨렸다. 하마터면 아이의 팔에 맞을 뻔했다. 나는 거칠게 뛰는 심장에 손을 올린 채 머리를 굴렸다. 유진호는 제풀에 지쳐 떨어져 나간 게 아니었다. 여태껏 그는 우리 주변을 서성이며 기회를 노렸던 것이다. 완전한 망상에 빠진 채로. 나는 그 문자를 반복해 읽었다. '당신을 향한 뒷말을 나누고 우리 애를 불쌍히 여기는 척 구는'이라는 문장을 다시 살폈다. 그는 분명히 '우리 애'라고 말하고 있었다. 마치 자신이 아버지라도 되는 양 '우리 애'라고.

유진호의 문자를 본 소영은 혀를 내둘렀다. 우리는 곧바로 경찰에 신고했다. 하지만 경찰은 그 문자 어느 구석에서 유진호라는 특정인을 유추할 수 있는지 알 수 없다면서 심증만으로는 그에게 제재를 가하기는 힘들 것이라 했다. 그가 메시지에 실수로 자기 이름이라도 남겼다면 얼마나 좋았을까. 소영이 강력하게 요청해 발신 번호 추적까지는 했지만 중학생 남자 아이의 것으로 확인되었다. 그 아이는 모르는 사람이 문자를 보내는 대신 돈을 좀 주었다고 증언했다. 모자와 마스크를 쓰고 있어 얼굴을 보지 못했다고 했다. 나는 우리 아이가 반나절 가량 납치당했을 때 그 얼굴을 보았을 거라며 유진호의 사진을 대조해보길 원했다. 그러나 막상 사진을 본 아이는 고개를 갸웃거리기만 했다. 아이는 그 아저씨가 나쁜 사람이었느냐며 천진하게 물어오기만 했다.

더 이상 연락이 오지는 않았지만 계속 불안에 떨어야 했다. 아이는 나가고 싶다고 울며 떼를 썼다. 그러나 나는 불안해서 아이를 밖으로 내보낼 수 없었다. 나 역시 집에만 붙어 있었다. 혹시라도 그가 바깥에서 집 안을 들여다보기라도 할까 봐 커튼을 전부 쳐두고 어둡게 지냈다. 그렇게 우리 모녀는 그늘 속에서 말라가는 식물처럼 되어갔다.

그런 나를 밖으로 끌어낸 사람은 소영이었다.
"수업 날이잖아. 거기라도 가. 제발 뭐라도 해."
소영은 아이의 얼굴에 핏기가 하나도 없다면서, 집 근처 놀이터라도 데리고 나가겠다고 했다. 나는 아이의 소매를 우악스럽게 그러쥐었다. 마치 소영이 아이를 납치라도 할 것처럼 노려보았다. 소영을 믿을 수 없는 것이 아니었다. 세상을 믿을 수 없게 된 것이었다. 어두운 그림자가 끈덕지게 아이를 지켜보는 상상을 끊어낼 수 없었다.

"너 이러다가 진짜 큰일 나."

소영은 아이의 소매를 잡아챈 내 손가락을 떼어냈다.

"일단 바깥바람 좀 쐬자. 수업 끝날 시간 맞춰서 데리러 갈게."

소영은 방에 아무렇게나 흩어져 있던 옷 무더기에서 입을 만한 것을 골라 나에게 던졌다. 나는 무력감에 휩싸여 손가락 하나 움직이지 않았다. 아이가 나를 빤히 보면서 엄마가 이상해, 하며 주춤 물러섰다. 아이에게는 이런 모습을 보여서는 안 된다는 생각이 들어 온 힘을 다해 옷을 쥔 손을 들었다.

소영이 말한 대로 밖으로 나오자 한결 나았다. 무기력을 다 떨쳐낼 수는 없어도 가슴에 상쾌한 바람이 들어오자 머릿속이 가벼워졌다. 수요일마다 참석하던 수업을 2주 동안 나가지 못한 일이 걱정이 되었지만, 소영이 구청에 전화를 걸어 몸이 아프다는 핑계를 만들어두었으니 편히 다녀오라 했다.

구청에 도착하자 수업까지 시간이 조금 남아 있었다. 강사는 아직 오지 않은 듯했다. 빈 교실에 앉아 있으니 지난 며칠 동안 일어난 일이 믿기지 않았다. 그저 나에게 친절히 대해준 영화 감독에게 어두운 인상을 남기며 작별하고 싶지 않다는 마음만 컸다. 나는 평소대로 그를 위해 믹스커피를 탔다. 테이블에 올려놓고 자리에 멍하니 앉아 있으니 곧이어 다른 수강생들이 들어왔다. 그 사이로 강사가 얼굴을 내비쳤다.
"괜찮으세요?"
그는 들어오자마자 내 안부를 물었다. 마지막 수업이라 신경을 썼는지 평소와 달리 격식을 차린 듯 파란색 셔츠에 깨끗한 정장 바지를 입고 있었다. 그 말쑥한 차림을 보고 있으니 마음이 개운했다. 오길 잘했다는 생각이 들었다. 나는 그에게 괜찮아졌다고, 걱정해줘서 고맙다고 인사했다.
"이야기를 짓는 게 버릇이어서 그런지 누가 소식이 끊기거나 못 보게 되면 괜히 걱정이 돼요. 말 못 할 사정이라도 생긴 게 아닌가 싶어서."
그는 가볍게 얘기했지만 나는 뒷덜미가 싸늘했다. 다행히도 그가 씩 웃어 보이며 돌아섰기에 그 의혹은 금방 시시한 농담으로 바뀌었다. 나는 가슴을 쓸어내렸다. 이야기를 짓는 사람이란 이토록 무섭구나, 생각하면서.
그날 수업은 짧았다. 시나리오까지는 아니더라도 영화 도입부에 해당할 만한 신을 쓰고 피드백을 받는 시간이었지만, 누구도 과제를 제출하지 않은 탓이었다. 사실 나는 욕심을 내어 써보려고 했다. 그러나 아무것도 쓸 수 없었다. 그런 것을 쓰고 있을 여유가 없었다. 아이를 잃어버리고, 아이를 찾고,

유진호를 추적하고, 그에게서 어떻게 벗어날지 연구해야 했다. 나는 시나리오 수업이 얼마나 낭만적이고 사치스러운 것인지 깨달았다. 이따위 영화 수업은 잠시의 기분 전환을 위한 일이었을 뿐 너무 많은 시간을 바칠 수는 없었다. 그것은 잠시 동안의 도피처로 존재했다. 오래 머무를 수는 없을 세계였다. 매 수업 강사가 만든 단편 영화를 보고 그 영화의 뒷일을 상상해보는 일이 즐겁긴 했다. 잠시나마 내 처지를 잊을 만큼 새로운 세상이기도 했다. 하지만 이제 끝내야 했다. 더 이상 나와 어울리지 않는 시간이었다. 다시 이런 수업을 찾아 듣는 일은 없을 터였다. 그때였다.

"어떠셨어요?"

속마음을 듣기라도 한 것처럼 강사는 날 향해 물었다. 나 혼자의 착각일 테지만 마치 질책하는 듯한 분위기에 말문이 막혔다. 진심을 들키지 않으려 아무렇게나 내뱉었다.

"행복한 시간이었습니다. 그런데 저랑 너무 먼 세계 같았어요."

"어떤 점에서요?"

그의 질문에 나는 얼굴이 벌게진 채 아무 말 하지 못했다. 방금 전 의식하지 못한 채로 행복이란 나 같은 인간과 멀리 떨어져 있다는 선언을 해버린 것 같았다. 강사는 답변을 재촉하지 않았다. 대신 그는 돌아올 수 없는 세계로 떠날 사람처럼 앞에 앉은 이들을 힘없이 둘러본 후 준비한 멘트로 마무리를 지었다.

"영화가 별것일까요? 우리 인생이 다 영화나 다름없죠. 어려워하지 말고 항상 가까이 있어주세요. 그럼, 언젠가 영화는 당신에게 보답할 것입니다. 우리가 생각지 못한 세계를 열어 보일 것입니다. 그때 당신은 예상치 못한 아름다운 것을 보게 되겠죠. 오래도록 사랑해주세요. 영화를 사랑하듯이 당신의 인생도 사랑해주세요."

그의 말은 그 교실에 있던 수강생 전부가 아니라 오직 날 위한 것처럼 들렸다. 강사가 멘트를 정리하자마자 진동음이 울렸다. 그가 단상에 놓아둔 휴대폰을 들여다보더니 급하게 작별 인사를 했다.

"그럼 다들 조심히 돌아가세요. 즐거웠습니다."

그러더니 밖으로 나갔다. 그렇게 모든 수업이 끝났다. 하지만 나에게는 아직이었다. 다른 수강생들이 하나둘 자리를 뜨는 동안에도 나는 혼이 쏙 빠진 사람처럼 강사의 마지막 말을 입으로 중얼거렸다. '언젠가 영화는 당신에게 보답할 것입니다…… 우리가 생각지 못한 세계를 열어 보일 것입니다…….' 기억에서 한 줄이라도 떠나버릴까 마음을 조급하게 만드는 말이었다. 그것을 어딘가에 적어두어 기억하고 싶었다. 하지만 소영에게 이끌려 나오면서 가방을 놓고 온 터라 메모할 수 있는 게 아무것도 없었다. 나는 강사의 자리에서 종이와 펜을 잠시 가져와 빌려 쓸 생각이었다. 강사가 수업을 하던 자리에 남아 있는 건 그의 가방뿐이었다. 어쩔 수 없이 가방을 열어 종이나 펜으로 보이는 것을 손에 잡히는 대로 꺼냈다. 두툼한 이면지 묶음에 그가 한 말을 연필로 적었다. '오래도록 사랑해주세요…… 영화를 사랑하듯이 당신의 인생도…….' 강사가 가방을 찾으러 돌아오기 전에 문장을 휘갈겨놓은 종이만 뜯어내고 얼른 교실을 빠져나갈 생각이었는데, 예상보다 그의 통화가 일찍 끝났는지 복도를 타고 발소리가 울려왔다. 나는 그대로 이면지 묶음을 가슴에 품은 채 그의 가방을 미처 닫지도 못하고 뒷문으로 교실을 빠져나왔다.

그것이 시나리오 원고라는 사실은 집에 돌아와 알아차렸다. 제목은 딱히 없는 듯했다. 이런저런 메모에 이어서 곧바로 신 번호가 매겨져 시작되는 원고였다. 첫 신은 살기 위해 고향을 떠나 바다를 건너온 한 여자와 그의 딸에 관한 이야기였다. 위험에 처한 모녀의 상황이 나를 곧바로 그 원고로 끌어당겼다. 나는 그날 밤을 꼬박 새워 그 시나리오를 일곱 번 반복해 읽었다.

다시 집 안에 틀어박혀 밖으로 나오지 않는 나를 소영이 찾아왔을 즈음에는 아마 쉰 번쯤은 읽은 듯했다. 소영은 다시 유진호에게 연락이 온 것은 아닌지 걱정했다. 나는 유진호를 잊고 있었다. 그 원고를 읽는 동안 다른 생각은 떠오르지 않았다. 어떻게 그럴 수 있는 걸까. 어떻게 그 여자는 자기 아이를 살리기 위해 대범하게 고향을 떠나고 모든 걸 다 버릴 각오까지 하고서 바다를 건넌 걸까. 나는 시나리오를 손에서 떼면 무슨 일이라도 벌어질 것처럼 항상 쥐고 있었다. 겨우 사흘 만에 시나리오 원고는 커피 얼룩과 종이에 베인 손가락에서 스며 나온 핏물로 더러워졌다.

나는 소영에게 그것을 보여주었다. 소영은 시나리오에 나오는 사람들이 우리 모녀를 떠올리게 한다고 했다. 그렇지만 시나리오 속 여자는 그 딸을 지키기 위해 목숨을 걸고 바다를 건넜다. 나처럼 방구석으로 파고드는 사람과 완전히 달랐다. 나는 그 허상의 인물 앞에서 부끄러움을 느꼈다. 하지만 그녀를 정말로 허구의 존재로만 여길 수 있던가. 너무 여러 번 읽어 이제 그 인물은 내가 알고 있는 실재의 인간으로 착각될 정도였다. 혹은 그렇게 되기를 바라서 그토록 여러 번 그 원고를 읽고 또 읽었는지 몰랐다.

아이가 배고프다고 보채지 않으면 나는 끼니를 거른 채 어두운 방에 틀어박혀 있었다. 그 옆에서 아이는 동화책을 쌓아놓고 읽었다. 나는 아이에게 초콜릿을 허락했다. 사탕도 먹고 싶은 만큼 먹게 했다. 아이는 사탕을 입에 물고 혼자 연극을 하면서 공주 역할과 왕자 역할을 번갈아 하곤 했다. 아이는 나보다 더 잘 견디는 것 같았다. 혼자서도 신나게 할 수 있는 것들을 찾아다녔다. 그렇지만 나는 내내 어두웠다. 날 한심하게 보는 엄마가 집으로 찾아와 어쩔 수 없단 듯 밥상을 차려주면 억지로 한술 뜨는 시늉을 할 뿐이었다.

소영은 내가 그 원고에 미쳐간다는 사실을 알아차린 듯했다. 소영은 베개 아래 넣어둔 그 원고를 찾아 태워버리려 했다. 그즈음에는 500번도 넘게 읽은 터였다. 찢든 태우든 상관없었다. 그 원고는 내 머릿속에 낱낱이 새겨져 있었다. 그 누구도 내게서 그 시나리오를 앗아갈 수 없었다. 그것은 나의 피와 살이 되어 나와 꼭 붙어 있었다. 소영은 창백해지는 우리 모녀를 보면서 갑갑한 숨만 내쉴 뿐이었다.

그 무렵 소영은 오전마다 아이를 어린이집에 보내놓고 나에게 왔다. 아이를 잃어버린 날, 자신이 나를 찾아오지 못한 일을 계속 미안하게 여겼다. '네가 오든 말든 딱히 상관은 없었어. 아무것도 바뀌지 않았을 거야.' 나는 그렇게 생각했지만 소영이 속상한 얼굴을 보일까 직접 말하지 않았다. 이대로 어둠 속에서 시간이 흘러가기만 바랐다.

"이러다가 너 죽어."

소영이 말했다. 차라리 그것도 나쁘지 않으리라 생각했다.

그런 나를 밑바닥까지 흔들어 정신을 깨워놓은 사람은 다름 아닌 유진호였다. 머리가 깨질 듯한 두통을 견디려 진통제를 두 시간마다 한 알씩 삼키던 나날이었다. 땀에 젖은 눅눅한 이불을 덮고 잠이 들었다가 혼곤한 정신으로 깨어나 물을 한 잔 마시고 다시 잠에 드는 일만 반복하던 시간이었다. 그 한밤에, 꼭 닫은 방 안의 공기가 내 숨으로 무겁게 내려앉아 더욱 몸이 가라앉던 그 순간, 전화가 울렸다. 나는 아무런 경계심 없이 손을 뻗어 난방을 올린 바닥 장판 위에서 미지근하게 데워진 폰을 집어 들었다.

"내가 그랬잖아. 내가 필요하다고."

처음에는 몽롱한 상태로 그 목소리를 가늠했다. 도대체 무슨 말을 하고 있는 걸까. 꿈인가 싶어 전화를 끊으려는 순간 그 목소리가 다시 울렸다.

"너한텐 내가 있어야 해."

나한테 그런 말을 할 사람이 누구일 수 있을까. 유진호라는 걸 깨달은 순간 귓가에 소름이 돋았다. 두 볼이 뜨거워지면서 입안이 바짝 말랐다. 나의 어두운 평화는 그 목소리 하나로 산산이 깨져버렸다.

"필요하지 않아. 제발 사라져."

"넌 너무 약해. 내가 옆에 있어줘야 해."

더 이상 그 목소리를 참을 수 없었다. 나는 팔을 들어 올려

휴대폰을 방구석으로 던져버렸다. 휴대폰은 벽에 튕겨 화장대로 날아갔다. 그 위에 놓인 화장품을 볼링핀처럼 쓰러뜨리고 바닥에서 잠시 빙글빙글 돌다가 멈췄다. 이것으로 끝인 걸까? 아니었다. 또 전화가 걸려 오겠지. 또 아이를 제멋대로 납치해 가겠지. 그럼 이제 어떻게 되는 걸까. 나는 생각을 멈출 수 없었다. 악마가 목을 조여오고 있었다. 그 차가운 손아귀에서 벗어나야 했다. 도대체 어떻게 해야 할까. 나는 베개 옆에 놓아둔 시나리오를 힘주어 붙들었다. 마치 성경 구절에서 위안을 얻으려는 사람처럼 그 시나리오를 빠르게 뒤적거렸다. 나는 왜 이 모양일까. 왜 이렇게 약한 걸까. 왜 이렇게 당하고만 있을까. 시나리오 속 여자와 자신을 비교하면서 내가 더욱 작아지는 듯했다. 만약 그 여자라면 어떻게 했을까. 그 여자라면 끝나지 않는 악몽을 어떻게 떨칠 수 있을까. 나는 손가락을 머리카락 사이로 집어넣고 거칠게 잡아 뜯었다. 머리가 터질 만큼 아팠다. 어떻게 해야 하는 걸까. 그 여자가 되고 싶어 참을 수 없었다. 지금 당장 그 누구보다 강해지고 싶었다. 나를 두렵게 하는 모든 것을 반대로 위협하는 사람이 되고 싶었다. 누구도 나를 경시하지 않고, 나의 아이를 함부로 대하지 못하도록 만들고 싶었다. 그 누구라도, 나를 본다면 절대 이 여자는 약하지 않다고, 두려움을 줄 수 없는 존재라고 여기도록 압박하고 싶었다.

정신을 차려보니 손 안에는 날카롭게 벼려진 부엌칼이 들려 있었다. 나는 왼손을 바닥에 올려놓았다. 그리고 모든 것을 끝내려는 사람처럼 칼을 높이 쳐들었다.

새벽녘 소영이 달려왔다. 소영은 비명을 질렀다. 나는 소영의 시선을 따라 내 손을 내려다보았다. 그토록 많은 피가 내 몸에서 빠져나올 수 있다는 사실을 믿을 수 없었다. 아이는 그 작은 눈에서 눈물을 방울방울 떨어뜨리며 두 손에 휴지 뭉치를 들고 내 손을 감싸고 있었다. 아이는 내가 생각한 것보다 훨씬 강하고 영리했다. 알고 보니 아이가 소영에게 전화를 건 것이었다. 미칠 듯한 불안이 봄날의 얼음처럼 녹아버린 듯 일순간 평온해졌다. 그제야 나는 소영의 얼굴을 보고 정신을 잃을 수 있었다.

병원에서 깨어났을 때, 의사는 감염이 심해 손가락을 다시 접합할 수 없었다고 했다. 소영은 고개를 깊이 떨궜다.
"어쩔 수 없었어."
처음에 소영은 내가 무슨 소리를 하는 줄 몰랐다. 그러다가 시나리오를 떠올렸다. 거기서 손가락이 잘린 여자의 이야기를 기억해냈다. 소영이 내 어깨를 두 손으로 꾹 잡았다. 얼마나 세게 눌렀는지 팔을 타고 내려온 그 힘에 마취된 자리까지 묵직함이 밀려왔다.

"정신 차려. 그건 현실이 아니야."

나는 어깨를 뒤틀며 소영의 손을 털어냈다.

"그게 앞으로 내 현실이 되어야 해. 난 그 여자가 되어야 해."

날 보던 소영의 얼굴은 점차 창백하게 변해갔다. 나는 소영의 눈을 피하지 않았다. 나에게는 이것이 현실이 되어간다는 것을 소영도 받아들여야 했다.

*

우리의 테이블에는 바닥을 드러낸 커피잔이 쌍둥이처럼 놓여 있었다. 포크 자국이 선명한 케이크 한 입이 패잔병처럼 남아 접시 위에 누워 있었다.

"아직도 약하다고 생각해?"

내 질문에 소영이 흠칫 놀란 듯 눈을 끔뻑이더니 들고 있던 포크를 접시에 내려놓았다.

"갑자기 무슨 말이야?"

"네가 그랬잖아. 내가 너무 약해서 옆에 있어줘야 한다고."

아마도 너무 많은 말을 해왔기에 소영은 자신이 무슨 말을 했는지 일일이 기억할 수는 없을 것이다. 그리고 인간은 모든 걸 기억할 수 없기에 실수를 하고 만다. 가령 '우리 애'라는 표현은 소영이 우리 둘의 아이를 지칭할 때 자주 쓰던 말이었다. 소영이 나에게 모든 비밀을 들키게 된 시작점은 무심코 쓰인 단어 하나였다. 나는 기억하고 소영은 기억하지 못한 말의 틈새에서 겨우 진실을 건져 올렸다.
"내가 그런 말도 했나?"
소영은 인간은 누구나 약해질 때가 있지 않느냐며 얼버무렸다. 그러더니 아까 하던 아이 얘기를 이어갔다. 앞으로 정규직이 되어 일을 하면 아이를 돌봐줄 사람이 필요한데 구하기가 어렵다는 것이었다. 도대체 무엇이 걱정인 걸까. 소영은 묘안을 눈앞에 두고도 잊은 듯했다.
"내가 있잖아."
"응?"
소영이 눈을 동그랗게 떴다.
"아이를 나한테 맡기는 거 어때?"
그런 생각은 조금도 해본 적 없다는 표정으로 소영이 나를 물끄러미 보았다. 그 얼굴에 마음이 비쳐 보이는 듯했다. 내가 너를 믿어도 되는 걸까, 하는 의구심이었을까. 그게 어떤 마음이든 나는 상관 않기로 했다. 소영도 그렇지 않았던가. 내가 어떤 마음이든 소영도 외면하고 밀어붙이지 않았던가. 그런 점에서 우리의 마음은 이제 닮아가고 있는 걸까. 나는 잃어버린 손가락의 자리를 아직도 무언가 남아 있는 것처럼 쓸어보았다. 소영은 눈을 떼지 못하고 내 손을 보았다.

"우리 시우도 그 학교에 다니게 될 거야."

"시우가?"

소영은 놀란 듯 나를 보았다.

"아무래도 네 옆에 있는 게 마음이 편할 것 같아서 시우를 전학시켰어."

"뭘 얼마나 더 다닌다고. 이제 곧 중학교에 갈 텐데."

"혹시 모르잖아. 시우가 네 딸이랑 친구가 될지도 모르고."

소영은 미간을 좁힌 채 나를 잠시 보았다.

"나한테 그런 말 안 했잖아?"

"너도 나한테 다 말하지는 않으니까."

그 말에 소영의 눈동자가 미묘하게 흔들렸다.

"나는 시간이 많고, 언제든 네 딸에게 갈 수 있어. 이보다 좋은 조건이 없지."

소영은 한참 날 보더니 무겁게 고개를 끄덕였다.

"괜찮겠지?"

그것은 나에게 묻는 게 아니라 소영이 그 스스로에게 묻는 말이었다. 잠시 무언가를 생각하더니 소영은 남은 케이크 조각을 입에 넣었다. 그러곤 다시 천진한 미소를 지어 보였다. 나도 그녀를 향해 웃어 보였다. 소영이 얼마나 많은 비밀을 품고 있든 이렇게 다시 자신의 역할로 돌아올 수 있다면 나도 그 옆에서 할 수 있는 만큼 최선을 다해볼 생각이었다.
"내가 그 애 옆에 있어줄게. 절대 혼자 내버려두지 않을 거야."
소영의 눈동자가 순간 반짝이며 커졌다. 이것으로 우리의 거래는 완성되었다. 나는 줄곧 테이블에 올려져 있던 돈봉투를 집어 가방에 넣었다.

3
23세 이나을
어릴 때 잠시 가져본 소망

얼마 후 다시 비방 글이 올라왔다. 그러나 미리 추적해둔 아이피 주소에 따라 그 지역에 있는 모든 PC방에 연락이 들어간 상황이었다. 그날 저녁, PC방 한 곳에서 메시지가 왔다. 베이지색 볼캡을 눌러쓴 여자가 자리에 앉았다가 얼마 되지 않아 나갔다는 내용이었다. 더불어 중요한 정보가 하나 들어왔다. 카메라에 찍힌 인상착의를 본 PC방 주인이 같은 동네에 사는 이웃 여자의 딸인 것 같다고 했다. 그 여자 딸이 교생 실습을 나간 참인데 마주칠 때마다 귀가 아프도록 자랑을 한다고 했다. 그 잘난 딸 얼굴 좀 보자 했을 때 이웃 여자가 보여준 사진에는 붉은 글자가 새겨진 베이지색 볼캡이 있었다. 그걸 주인은 기억했다. 이름은 당연히 앵두 같은 건 아니었다.

정소민이라 했다.

그다음은 일사천리였다. 윤 대표는 정소민이 실습 중인 학교를 찾아갔다. 그녀를 만나 피차 일을 키우고 싶지 않으니 조용히 처리하자 했다. 그렇게 하여 나와 윤 대표 그리고 정소민이 사무실에서 마주 앉았다. 정소민은 순하고 얌전했다. 내 기억이 틀렸던 걸까. 그 애한테서 어릴 적 앵두의 모습은 조금도 찾을 수 없었다. 날카롭던 눈빛은 사포로 문질러놓은 것처럼 닳아져 유순하고 흐렸다.

정소민은 교생 실습을 하다가 자신이 그 시절 당한 것이 생각나 홧김에 저지른 일이라 해명했다. 윤 대표는 일을 확실히 매듭짓기 위해 각서를 쓰게 했다. 정소민은 순순히 응했다. 엄지에 인주를 묻혀 지장을 찍었다.

"그런데 그쪽이 당했다니? 오히려 당한 건 나을 씨 아닌가요? 염치없단 생각 안 들어요?"

각서를 받아놓고도 화가 풀리지 않았는지 윤 대표가 따졌다. 정소민은 곧바로 머리를 숙였다.

"내가 아니라 나을 씨한테 사과해야죠."

"미안해."

그러면서 그 애는 나 선생님 해야 돼, 누구도 모르게 해줘, 제발 하고 간청했다. 그제야 우리 쪽 요구에 재빨리 수긍한 이유를 알 수 있었다. 선생님이 되고 싶다는 꿈이 그 애를 저항하지 못하게 만들었다. 나는 정소민을 빤히 보았다. 나에게도 그 애에게도 꿈이 현실로 넘어가던 시간이었다. 그리고 그것이 우리의 약점이 되는 시간이었다. 더 이상 나를 괴롭히지 않겠다고 서약한 그 얇은 종이에 무심히 올려진 그 애의 손가락, 그 끝에서 땀이 배어 나와 젖은 종이가 부풀었다. 정소민은 마른침을 삼켰다. 윤 대표는 정소민이 엄지에 묻은 붉은 인주를 닦지 않고 내버려둔 걸 눈살을 찌푸리며 흘겨보았다.

"그 머리에 앵두 방울 같은 걸 달고 나을 씨를 얼마나 괴롭힌 거죠? 들어보니 아무리 어려도 보통내기가 아니던데."

"네?"

정소민은 미간을 좁혔다. 그러더니 고개를 기울이며 방금 윤 대표가 한 말을 곱씹었다.

"기억 안 나요?"

윤 대표가 답답한 듯 팔짱을 꼈다.

"지금 당신들이 말하는 앵두는 내가 아니에요. 닉네임을 그렇게 쓴 것뿐이지."

정소민이 억울한 목소리로 내뱉었다. 그러더니 나를 돌아보았다. 나는 영문을 알 수 없었기에 고개를 갸웃거리며 윤 대표 쪽으로 고개를 돌렸다. 정소민이 침묵을 깨며 말했다.

"난 앵두가 아니야. 모르겠어?"

정소민은 앵두가 아니었다. 그럼 정소민은 누구인가? 세상에. 그 애는 단발머리였다. 앵두 옆에 붙어 있던 그 아이. 시우에게 깔려 옷이 뜯긴 그 아이. 어떻게 이런 착오가 생길 수 있을까? 정소민이 앵두가 아니라니. 나는 믿을 수 없었다. 솔직히 말해 이 사건을 일으킨 주범이 계산에도 넣지 않은 의외의 인물이란 걸 인정하고 싶지 않았다. 이럴 수는 없었다. 날 괴롭히고 증오한 사람은 앵두여야 했다. 우리가 악착같이 찾아내 용서를 빌게 할 사람은 앵두여야 했다. 내 기억에서 아무 비중도 차지하지 못한 채 옆으로 밀려난 행인 1 따위가 그 자리를 대신할 수는 없었다.

"그럼 앵두는?"

그 질문은 한참 맥락을 벗어나 있었다. 당연히 그때 내가 해야 할 일은 앵두의 소재 파악이 아니었다. 앵두든 단발머리든 학폭 이슈를 터트릴 수 있는 인물을 단속하는 것뿐이었다. 이 사건과 관계없는 사람을 끌어들일 필요는 없었다. 그렇지만 필요 없단 걸 알면서도 멈출 수 없었다. 나는 엄지를 안으로 집어넣고 주먹을 꼭 쥐었다. 단발머리의 멱살을 잡고 왜 이런 짓을 너 따위가 해버린 거냐며 따지지 않으려 입술을 깨물었다. 그런 나를 보더니 정소민은 주춤 물러서며 입을 뗐다.

"나 앵두 어디 있는지 알아."

윤 대표는 말없이 고개만 저었다. 정소민은 죄책감을 나눠 가질 존재가 있다는 사실에 한결 홀가분해졌는지 가볍게 숨을 내쉬었다. 그러곤 앵두가 다니는 대학 이름을 말했다. 멀지 않은 곳이었다. 지하철로 다섯 역만 지나면 되는 거리였다.

"한번 볼래?"

정소민이 꿈틀거리며 올라가는 입꼬리를 숨기지 못하고 제안했다. 마치 내 오해가 어디까지 잘못되어 있는지 확인해 보라는 듯한 표정이었다. 윤 대표가 눈을 꾹 감고 가볍게 고개를 저으며 말려들지 말라 눈치를 주었다. 그러나 나는 그러지 못했다. 차마 그 제안을 거절할 수 없었다.

일주일 후 나는 앵두가 다니는 대학 정문 앞에 서 있었다. 입구에 마주 선 채 여섯 번쯤 횡단보도 신호가 바뀌는 걸 지켜봤다. 나는 전화기를 붙들고 선 채 정소민에게 재차 물었다.

"쟤가 정말 앵두라고?"

정소민은 나랑 떨어진 곳에서 이쪽을 지켜보고 있었다. 정소민과 앵두는 고등학교 때까지도 얕게나마 교류를 이어가던 사이였고, 그 때문에 정소민은 앵두가 자기 얼굴을 알아볼까 걱정된다며 조금 떨어진 곳에 숨어 있었다.

"그렇다니까."

건너편을 보니 조그만 여자애가 보였다. 그게 앵두였다. 앵두는 어깨까지 닿는 중단발을 차분히 늘어뜨리고 있었다. 더 이상 앵두 참을 머리에 달지 않았다. 하얗게 달뜬 화장으로 얼굴은 창백했다. 어깨끈에 스펀지를 덧댄 학생용 가방을 메고 신호가 바뀌기를 기다리고 있었다. 눈매가 수평선을 그리듯 옆으로 뻗어 있었다. 어릴 땐 날렵한 느낌이었는데 이제는 좀 맹해 보였다.

"정말이야?"

정소민은 그렇다고 말했다. 나는 정소민을 믿지 못했다. 그럴 리가 없다고 생각했다. 정소민이 순진해 보이는 여학생을 아무나 가리켜놓고 앵두라 말하는 것 같았다. 하지만 앵두가 횡단보도를 건너 내 곁을 스쳐 지나가던 순간, 희미하게 코끝을 간질이는 새콤한 냄새가 흘렀다. 그것은 썩기 직전 진하게 익은 과일 향 같았고, 순간 내 목덜미를 싸늘하게 만들었다. 나는 어떤 논리적인 판단이 아니라 그저 직감에 따라 저 아이가 앵두가 아닐 수 없겠다는 묘한 확신이 들었다. 앵두는 나에게 눈길 한 번 주지 않고 스쳐 지나갔다. 나를 알아보지 못했다. 혹은 못 알아보는 척했을지도. 어느 편이든 나의 반응이 없으면 이대로 앵두는 스쳐 지나갈 인연으로 끝이었다. 나는 고개를 돌려 앵두의 뒷모습을 보았다. 앵두는 점점 멀어지고 있었고, 나는 어떻게 해야 할지 갈피를 잡지 못했다. 지금이라도 앵두를 뒤따라가 무슨 말이라도 해야 할까. '나한테 사과해. 그때 네가 한 짓 전부······.' 10년이 지나 이런 요구를 해도 되는 걸까. 당연한 요구였지만 시간이 흐르는 동안 나의 정당한 권리는 박탈당한 것 같았다. 내가 그 아이에게서 듣게 될 말이 벌써 들려왔다. '이제 와서?'

잠시 후 앵두가 시야에서 사라지자 정소민이 옆으로 왔다. 혹시라도 얼굴을 들킬까 베이지색 캡을 푹 눌러쓰고 있었다.

"왜 알은척 안 해?"

정소민이 물었다. 나는 친근하게 다가오는 정소민이 껄끄러웠지만, 앵두를 향한 이 복잡한 심경을 잠시나마 공유할 수 있는 사람이, 결코 주인공은 될 수 없는 존재, 즉 행인 1에 다름 없는 역할을 가진 정소민뿐이라는 사실을 금방 깨우쳤다. 앵두의 이야기에서 나 역시 그런 존재일지 몰랐다. 지나가는 행인에 불과한, 연약하고 비겁한 역할. 그래서 정소민의 물음에 답하지 않는 것이 일종의 기만처럼 여겨졌다. 정소민을 향한 기만이자 날 향한 기만으로.

"내 인생에서 앵두란 애가 그냥 지나가게 내버려두는 거야."

정소민은 의아한 얼굴로 나를 훑어보았다. 도대체 무슨 말을 하는 거냐는 불만 섞인 표정이었다.

"지금 이 순간부터 앵두 같은 애는 티끌만큼도 나를 해칠 수 없다고."

정소민이 고개를 기울이며 말했다.

"너 또라이구나."

나는 눈을 엷게 뜨고 정소민을 쏘아보았다.

"앵두도 너만큼 또라이야. 쟤는 수녀가 되고 싶어 해. 웃기지 않아? 그렇게 못된 짓은 다 해놓고 수녀가 되겠다는 꿈은 한 번도 바뀌지 않았어."

정소민은 혼자 쿡쿡 웃었다. 그러더니 내 팔짱을 끼고 살갑게 다가왔다.

"갑자기 친한 척하지 마."

나는 그 팔을 떨쳐내지 못했다. 앵두가 나를 눕히고 돌로 내려치려 한 순간이 떠올랐고, 그때 스치듯 마주친 정소민의 눈빛이 어렴풋이 기억났다. 나는 그 기억 때문에 뻣뻣하게 굳어버렸다. 정소민은 재밌다는 듯 낄낄거렸다.

"솔직히 말하면 난 너한테 그렇게 할 생각 없었어. 장난 좀 치려다 말았던 거야. 그렇게까지 대응할 줄은 몰랐어."

혼잣말을 하듯 중얼거리는 정소민의 얼굴이 뺨을 맞은 사람처럼 붉어져 있었다.

"진짜 내가 싫어한 건 이시우였어. 그 애는 괴물이었잖아. 만약 네 자리에 이시우가 있었다면 이 정도로 멈추지 않았을 거야."

그러더니 정소민은 주먹을 꼭 쥐었다.

"그 애 때문에 내 중학교 생활은 암흑이었어. 가난하고 불쌍한 애를 따돌려서 응징당했다는 소문이 따라다녔으니까. 그 소문 속에서 시우는 영웅이고 나는 악인이었어. 알지? 애들이 얼마나 그런 걸 필요로 하는지. 당연히 난 친구를 사귈 수 없었어. 내가 할 수 있는 건 책에 코를 박고 공부하는 것뿐이었지. 덕분에 성적은 좋았지만. 난 아직도 그 애가 나를 짓밟고 옷을 찢어버리는 악몽을 꾼다고. 중학교 때는 정신과에 다니면서 거의 매일 약을 먹어야 했어."

그 순간 나는 '미안해'라고 해야 할 것 같았지만 그러지 않았다. 그 말이 나오지 않았다. 그 어릴 적 소동에 관해 털끝만큼도 미안한 것은 없었다. 갑자기 너그럽게 깨달은 척하면서 모든 일에 쌍방의 잘못이 있다는 식으로 정리하고 싶지 않았다.

"네 이야기에서는 시우가 주인공이구나."

내가 그 애에게 할 수 있는 말은 그뿐이었다.

"만약 지금 내 자리에 시우가 있었다면 넌 아무것도 못 했을 거야."

"그게 무슨 말이야?"

정소민이 예민한 투로 물었다.

"그게 나라서 만만하다고 생각했겠지. 내가 너한테는 아무 의미도 아니었을 테니까. 그냥 지나가는 행인처럼."

정소민은 멍하니 날 봤다. 그러더니 경고하듯 말했다.

"왜 내가 못 할 거라고 생각하는데?"

"넌 절대 못 해."

정소민은 멈춰 서버렸다. 자연스럽게 그 애가 걸고 있던 오른팔이 떨어져 나갔다. 나는 갑자기 홀가분해진 팔을 쓸어내리며 잠시 뒤를 돌아보았다. 정소민의 눈동자에 물기가 차올랐다. 금방이라도 울 것 같았다. 하지만 그 애를 위로하지 않았다. 그 애의 눈물을 닦아줄 마음은 조금도 없었다.
"가볼게."
나는 그저 앞으로만 천천히 걸었다. 정소민이 우는 것 같았지만 다시 돌아보지 않았다. 뒤에 무언가 남겨두었다는 기분은 들지 않았다.

*

일주일 후 시우를 다시 만났다. 시우에게 앵두와 정소민을 만난 얘기는 꺼내지 않았다. 그러는 동안에도 시우는 여전히 시장에서 일하고 있었다.
"어쩌다가 이곳에서 일하게 된 거야?"
"원래는 엄마랑 자주 다니던 가게였어. 엄마가 사라진 후에도 계속 들락거리다 보니 어느 날 주인 아주머니가 일해보지 않겠느냐 권해서 시작했지. 엄마가 남겨놓은 저금도 언젠가 사라질 테니 일을 해야 했고."
시우는 그곳에서 일을 배우고 나중에 자기 가게를 차리고 싶어 했다. 다른 미래는 생각하지 않았다. 시우의 꿈에서 어떤 설렘도 느낄 수 없어서 나는 마음이 갑갑했다. 시우를 설득하고 싶었다.

"이 일이 나쁘다고 말하는 건 아니야. 그저 너랑 어울리는 일이 아닌 거지."

나는 시우에게 말했다.

"내가 너라면 이렇게 살지 않을 거야."

시우의 손을 잡았다. 전혀 힘을 주지 않는 순간에도 약간의 악력이 남아 있는 그 손은 시우가 무슨 일을 하고 있는지 알려주었다. 이대로 몇 년이 지나면 이 손은 더 억척스러워지겠지. 물에 붇고 불에 데고 핏줄이 붉어지고 피부는 거칠어지겠지. 그 손은 시우 자신을 먹여 살리고, 앞으로 시우가 사랑하게 될 사람들에게 행복을 주겠지만, 그러는 동안 시우는 가능한 모든 것을 잃어버리겠지. 나는 시우에게 말했다.

"너에게 더 좋은 인생이 있어."

"어느 쪽이 더 좋은 인생인지 함부로 말하지 마."

나는 시우를 뚫어져라 보았다. 시우가 한 말이 옳았기 때문에. 아니, 그보다는 시우가 옳은 말을 해야 하는 쪽에서 버티고 있었기 때문에.

"넌 배우가 되고 싶어 했잖아? 네가 하고 싶은 걸 해야지. 적어도 나는 그런 게 더 좋은 인생이라고 생각해."

"그건 어릴 때 잠시 가져본 소망일 뿐이야."

나는 시우 옆자리로 옮겨 앉았다. 손을 들어 시우의 눈꺼풀을 가렸다.

"잠깐이라도 상상해봐."

시우는 눈을 가린 손을 치워내려 했다. 나는 그대로 두라고 했다.

"뭘 상상하라는 거야?"

"네가 어릴 때 원하던 그런 사람으로 살아가는 모습 말이야."

시우는 고개를 저었다.

"그려지지 않아. 네가 어릴 때 뭘 원했는지 이제는 기억도 잘 안 나고."

"그래도 해보자. 상상일 뿐이잖아."

시우는 숨을 길게 내쉬었다.

"혹시 엄마처럼 다른 사람의 인생을 훔쳐도 되는 거라면, 그런 상상은 할 수도 있겠지. 이미 있는 것을 그저 마음으로 가져오는 거니까."

"그럼, 그렇게라도 시작해볼래?"

"그래도 되는 거야?"

시우가 허락을 구하듯 물었다. 과연 내가 허락할 일인가 싶었지만.

"물론이지."

나는 선심이라도 쓰듯 그렇게 말했다.

3-1
43세 이시우
유령 같은 우정에 기대어

어릴 적 둘도 없는 친구였던 나을과 다시 만나게 된 건 20여 년 전으로, 그때 나는 시장에서 긴 주걱을 들고 솥 안에 있는 무언가를 휘젓고 있었다. 반면 나을은 윤희재 감독의 영화에 출연이 예정되어 있던 촉망받는 배우였다. 그렇지만 우리의 인생은 뒤집혔다. 마치 나을이 자기 인생을 나에게 준 것처럼, 나는 그 애의 미래를 입었다. 어떻게 그럴 수 있었을까? 정말로 나을이 나에게 그것을 주었기 때문일까?

작은 창고에 들어가 머리 위로 검은 수녀복을 들어 올리고 원래 입고 온 하얀 원피스로 갈아입어야 하던 순간에, 얼마 전 나을이 영화 단역으로 현장에 갔다가 조연출과 핏대를 세

우며 싸웠고, 그 이후로 단역 지원조차 녹록지 않게 되었다는 소문을 들은 일이 떠올랐다. 내 앞에서 아무런 내색도 하지 않던 나을이었다. 나을은 여자 출연자에게 지나칠 정도로 밀착하는 스태프에게 경고를 날렸고, 그것은 옳은 일이었지만 언제나 옳은 일이 밝은 미래를 도모해주지는 않는다는 것을 그 애가 몰랐을 리 없었다. 그럼에도 불구하고 그렇게 했다. 나을은 비겁한 사람으로 남고 싶어 하지 않았다. 그래야만 스스로 떳떳하게 살아갈 수 있는 거라고 했다.

만약 내 자리에 나을이 있었다면 좋았을 것이다. 허리에 걸린 원피스를 잡아당겨 아래로 내리면서, 나는 어울리지 않은 옷을 입었다는 걸 이미 알면서도 이제 남은 옷이 이것밖에 없으므로 어쩔 수 없다고도 생각했다. 나는 작은 창고의 어두운 구석으로 숨어들었다. 빛이 들지 않아서 자세히 살펴보지 않으면 누구도 나를 찾을 수 없을 곳으로. 거기 아무도 없죠? 그 목소리가 들릴 때 입을 틀어막고 숨을 죽였다. 그러자 곧 문이 닫혔고, 어둠이 내렸다. 나는 검은 수녀복을 담요처럼 어깨에 두르고 잠이 들었다.

*

몇 해 전, 나는 캐나다 윈저에 다녀왔다. 유진호가 그곳에 있다는 소식 때문이었다. 나는 엄마를 찾는다는 핑계로 윤 감독의 도움을 받고 있었다. 그러나 엄마는 어디 있는지 알려질 때마다 묘연하게 종적을 다시 감추곤 했다. 그렇다 보니 윤 감독이 한때 엄마를 스토킹했던 유진호라면 그 행방을 알 수도 있지 않느냐는 식으로 생각을 달리해본 것이었다. 나는 윤 감독에게 유진호에 대해서 말한 걸 후회하고 있었다. 그가 엄마의 손가락이 왜 그렇게 되었는지 궁금해했기에 진실의 일부를 들려준 것이었다. 사실 나는 유진호라는 인간을 어떻게 기억해야 할지 알 수 없었다. 어릴 때 반나절 동안 납치를 당했을 때, 나와 놀이동산에서 놀아주던 그 남자가 굉장히 다정했기 때문이다. 만약 그 사람이 유진호라면 그는 위험하기보다는 초조한 사람으로 보였다. 나한테 자꾸 미안해하면서 아이스크림을 잔뜩 사주었으니까. 그때 집으로 돌아간 후 밤새 설사를 한 기억만 이제는 강렬하게 남아 있었다. 유진호는 도대체 어떤 사람이었던 걸까.

    사실대로 말하자면 나는 그를 찾고 싶지 않았다. 혹시라도 그가 죽었다는 소식을 들을까 두려웠기 때문이다. 엄마가 그를 죽였을까 걱정이 되었다. 엄마는 말도 안 되는 시나리오에 미쳐서 자기 손가락까지 잘라버린 인간이었다. 나는 엄마가 어떤 식으로든 더 미칠 수도 있다고 생각했다. 엄마 자신도 알고 있었다. 그렇기 때문에 내가 스무 살이 되자마자 엄마는 자신을 정신병동에 넣어달라고 요청했다. 법적으로 미성년에서 벗어난 나와 오랜 세월 엄마를 보며 속을 끓여온 할머니가 보호의무자로서 정신병동 입원에 동의했다. 그 후 엄마는 입퇴원을 반복하면서 나와 따로 지내게 되었다. 엄마의 친구라는 소영 이모가 엄마를 돌봐주면서 가끔 소식을 전해줄 뿐이었다. 그 사실을 아직 윤 감독은 알지 못했다. 그러니까 그가 아무리 애를 써도 이한주를 찾을 수 없는 까닭은, 사실 내가 시치미를 떼고서 엄마를 잃은 사람을 연기하고 있기 때문이었다. 내가 여전히 엄마 곁에 붙어 있는 한 윤 감독은 영원히 이한주를 찾을 수 없을 터였다. 내가 영원히 그에게서 엄마를 숨겨둘 것이니까. 가끔은 윤 감독이 왜 나를 위해서 그토록 많은 일을 무리하게 진행하는지 알고 싶기도 했다. 나을이 있어야 할 자리에 나를 앉혀 한동안 대중에게 지탄을 받은 일도, 함께 엄마를 찾아주겠다며 너무 많은 돈을 써버린 일도, 실은 그와 상관없는 사건에 관여해 손실만 남는 것이었다. 아무리 사람 관계를 손익으로 따져볼 수는 없다고 하더라도, 그가 나에게 베푸는 묵직한 호의는 내가 돌려줄 수 있는 것에 비하면 전혀 균형이 맞지 않았다. 그렇기에 그에게 아무것도 돌려줄 수 없다는 핑계로 전부 그만두라고 말하면 윤희재 감독은 이렇게 말할 뿐이었다.

'네가 영화를 만들게 하니까.'

그것이 다른 본심을 숨기기 위한 얕은수인지는 알 수 없었다. 하지만 윤 감독이 날 만난 이후 그 어느 때보다 왕성하게 영화를 만들고 있다는 건 사실이었고, 바로 그 창작의 원천을 지키려는 노력의 일환으로 엄마를 찾는 일에, 그리고 놓치는 일에 적극적이라는 생각마저 들었다. 그런 점에서 그는 나의 동조자였다. 나는 윤 감독이 그 자신을 위해서라도 엄마를 찾아내지 않길 바랐다. 자신의 시나리오를 훔쳐 살아낸 여자의 이야기를 영원히 공상 속에서 이어가길 바랐다.

유진호의 소식은 윈저에서 일어난 한인 피습 사건 때문에 알려졌다. 윈저 한인회는 정체불명의 괴한에게 당한 그 사건을 고국까지 대대적으로 알렸다. 치안이 좋지 않은 디트로이트와 강 하나를 마주해 있다고 해도 그동안 윈저는 범죄율이 낮은 태평한 동네였다. 한인 피습이 연달아 세 건이나 발생한 건 이례적인 일이었다. 복면을 쓴 용의자는 처음 두 번은 여성을 노렸고, 마지막은 중년 남성을 노렸다. 세 건이 동일인의 범행인지 알 수는 없었다. 마지막 피해자인 남자에 대해 묻자, 한인회장은 말수가 적긴 해도 어디 원한을 살 만한 사람으로 보이진 않는다고 설명했다. 그는 나를 붙들고 유독 아시아계 이민 비율이 적은 이런 곳에서 특정 인종에 대한 증오 범죄가 일어날 일이 무엇이겠냐며, 그 원인을 알 수 없기에 모두가 불안에 떨고 있다고 전했다. 나는 어떤 말도 해줄 수 없어서 그의 손을 잡고 힘을 내라는 말만 했다. 곧 그는 자기 말만 늘어놓은 게 미안했는지 내가 출연한 영화에 대한 호감을 억지스럽게 내비쳤다. 사실 윈저에 사는 한인들 소식이나 날 향한 밋밋한 찬양은 귀에 들어오지도 않았다. 병원 문을 닫으면서까지 나와 함께 윈저에 온 규현은, 예전에 그가 윤 감독과 현장을 다닐 때 종종 그랬던 것처럼, 회장의 재킷 주머니에 돈봉투를 쑤셔 넣었다. 한인회장은 사양하지 않았다. 그러고 보면 한때 배우를 지망하면서 연기를 배우던 규현이 ─당시에는 '큐'라는 애칭으로 불리고 있었다─ 갑자기 연출을 배우고 싶다면서 얼마간 더 방황을 하며 지냈던 것은 윤희재 감독의 영향이었다. 그즈음 규현은 자신이 결코 배우가 되지 못하리란 사실을 알아차렸다. 엉덩이를 의자에 붙이고 앉아 열 시간이 넘게 공부를 할 수 있던 시절에 비하면 배우를 향한 의욕은 그 절반도 미치지 못하다는 걸 깨달았기 때문이다. 그런 규현에게 윤희재 감독은 배울 의지만 있다면 나중에 같이 영화를 찍어보자고 권했다. 하지만 규현은 겨우 몇 달 동안 현장에서 입술이 다 터져 진물이 날 정도로 고생을 한 후 다시 대학으로 돌아갔다. 그렇더라도 그때 배웠던 것들, 능청스러움과 임기응변 따위를 병원 생활에서만이 아니라 이런 순간에도 적재적소로 활용할 줄 알게 되었다.

"혹시 그 사람 만나볼 수 있을까요?"
규현은 내가 불편하지 않게 먼저 나서주었다.
"그 남자 말이에요. 실은 저희 삼촌이거든요."
"류 말인가요?"
괴한과 몸싸움을 벌이다가 종국에는 허벅지에 칼을 맞고 요양 중인 남자는 그곳에서 '류'라는 이름으로 통하는 듯했다.
"미스터 류는 우리 아내가 만든 머핀을 좋아해요. 그걸 좀 가져가죠."
"따로 말은 안 하셨으면 좋겠어요. 놀라게 해드리고 싶거든요."
한인회장은 우리가 미스터 류의 친척이라는 말을 덥석 믿었다. 지나치게 많은 수고비 앞에서 의심은 마땅히 그래야 할 것처럼 지워져버린 것이었다.

미스터 류, 그러니까 유진호는 창가 옆에 놓인 침대에 왼쪽 다리를 길게 뻗고 누워 있었다. 머핀을 든 회장을 보며 반색을 하던 그는 한국에서 당신의 조카가 찾아왔다는 말을 듣자, 돌연 얼굴이 시뻘겋게 달아오르며 당황한 기색이 역력했다.
"좋겠어. 조카가 이렇게 유명한 배우랑 결혼했다니."
유진호는 열이 올라 묵묵부답인 채 회장을 노려봤다. 그는 당장이라도 회장의 손에 들린 종이가방을 빼앗아 던져버릴 것처럼 살기 어린 눈빛을 띄웠다가 금방 시무룩해졌다.

"저희끼리 얘기 좀 할게요.".

회장은 재미난 구경을 놓쳐 아쉬운 듯 머리를 긁적이며 돌아섰다.

"밖에 있을게요. 필요하면 불러요."

"얘기가 길어질 거예요."

회장은 눈치껏 주변을 둘러보더니 알았다며 고개를 끄덕였다. 그가 병원 복도 끝에서 엘리베이터를 타고 내려가는 걸 확인한 후 우리는 유진호에게 돌아왔다.

"유진호 씨 맞죠?"

그는 말없이 자신의 다리를 내려다보다가 엉덩이를 들어올려 자세를 옆으로 틀었다. 규현이 그의 어깨를 잡아주려 하자 손을 올려 막았다.

"맞습니다."

유진호는 부정하지 않았다. 숨겨도 소용없는 상황일 테니 순순히 인정하는 게 좋을 거라고 생각했거나 그 자신이 뭔가를 숨길 만큼 떳떳하지 못할 건 없다고 주장하는 것 같았다.

"우리 엄마 알죠?"

"내가 모르면 누가 알겠어요."

차마 그가 살아 있어 다행이란 말을 할 수는 없었다. 그의 안위를 걱정한 게 아니라 엄마가 돌이킬 수 없는 실수를 저지르지 않아 다행이라는 말을.
"어디 있는지도 알고 있어요?"
나는 마른침을 삼키며 물었다. 제발 그가 대답하지 않길 바라면서.
"그걸 내가 알 거라고 생각합니까?"
그는 고개를 살짝 뒤로 젖힌 채 허공을 올려다보았다. 그런 후 낮고 허탈한 웃음을 흘렸다.
"서른 살이 넘어 한 번 본 후로 만난 적 없어요."
나는 숨을 길게 내쉬었다. 제발 그의 말이 사실이길 바랐다. 그가 엄마의 행적을 모르길.
"정말이에요?"
그의 대답을 기다리는 동안 입술에서 피 맛이 올라왔다. 나도 모르게 입을 깨물고 있었다. 온몸에 잔뜩 힘이 들어가 손끝이 떨렸다.
"그 후 연락을 주고받은 적은 한 번 있습니다. 오래전에 말이죠. 자기 딸이 상을 받았다면서 대신 축하해달라더군요."
예상조차 못 한 말이 그 입에서 흘러나왔다. 몸이 부들부들 떨려왔다. 규현이 내 손을 잡았다. 유진호는 눈을 흘기듯 나를 봤다. 꼼꼼히 살피는 눈빛이었고, 어쩌면 나를 통해 엄마의 모습을 보려는 것 같기도 했다. 그는 답답한 듯 길게 한숨을 내쉬었다. 나는 블라우스 앞섶을 쥔 채 오래전부터 참아왔던 의심을 내뱉었다.

"그날 당신이었죠? 날 죽이려고 했잖아요?"

그 말에 유진호는 말문이 막힌 듯 입을 다물었다. 그의 이마에서 굵은 땀이 한 줄기 흘러내렸다.

"무슨 말인지 모르겠군요."

유진호의 볼이 덴 듯 붉게 타올랐다. 소매로 닦아내기에는 부족할 정도로 땀이 주르륵 흘러내렸다. 그 초조한 얼굴에 드러난 감정이 무엇인지 알고 싶었다.

"그때 거기 있었잖아요?"

유진호의 눈시울이 붉어졌다. 금방이라도 눈물이 솟구칠 것처럼 눈동자가 반들거렸다.

20여 년 전, 나는 윤 감독의 영화에 출연한 후 여러 곳에서 신인상을 받는 행운을 누리고 있었다. 그날은 규모가 있는 영화제에서 세 번째 신인상을 받은 날이었다. 꽃다발과 트로피를 든 손이 꽤나 묵직했다. 당시 나는 윤 감독이 사는 곳에서 그리 멀지 않은 동네에 작은 주택을 얻어 지내고 있었다. 주변이 조용해 마음에 들었지만, 밤이 되면 혼자 들어서기 무서울 정도로 어두운 골목에 위치하고 있어 언제고 무슨 일인가 일어날 것만 같은 곳이었다. 그날은 집 앞에서 로드 매니저를 돌려보내고 짐을 전부 바닥에 내려놓은 후 침침한 가로등 불빛에 마음이 급해져 허둥거렸다. 열쇠가 보이지 않았다. 불안한 기운이 사라지지 않았다. 그러다가 갑자기 눈앞이 번쩍였고 얼얼한 통증이 머리 뒤에서 퍼져나갔다. 아마도 나는 서서히 정신을 잃은 듯했다.

몇 시간 후, 내가 깨어난 곳은 규현이 전공의 과정을 밟던 대학 병원이었다. 윤 대표는 내가 괴한에게 신인상 트로피로 머리를 맞고 기절한 것이라 했다. 마침 윤 감독과 윤 대표가 우리 집으로 걸어오다가 나를 발견했고, 덕분에 저체온증이 오거나 더 위험해지기 전에 병원으로 이송되었다. 그날 얼굴이 붉게 달아오른 윤 감독은 주먹으로 벽을 쳐대며 분을 삭이지 못했다. CCTV가 설치되지 않은 현장에서 일어난 일이라 범인을 추정할 수도 없었다. 그 후 집 주위 보안을 강화하고 몇 달 동안 경호원을 대동해 다녔다. 그러나 끝내 범인이 누구인지는 밝히지 못했다. 그렇게 사건은 마무리되는 듯 보였다.

당시에는 나 자신이 짧게나마 기억을 잃었다는 사실을 알지 못했다. 그러다가 3~4년이 지나서야 트로피에 맞아 쓰러지기 직전 눈에 들어왔던 흐릿한 형체가 불현듯 떠올랐다. 깜깜한 골목에 은밀히 숨어 있던 사람은 마치 그림자가 그대로 지상에 발을 딛고 서 있는 듯 어둡게 보였고, 몇 년 만에 떠오른 그 잔상은 모자를 눌러쓰고 비스듬히 이쪽을 훔쳐보는 사람의 모습으로 점차 선명해졌다. 그가 유진호라고 확신할 증거는 없었다. 게다가 나는 유진호를 한 번도 본 적이 없었다. 그럼에도 불구하고 내 머리는 바로 그가 범인이라 외쳐댔다. 유진호가 나를 내려친 것이라고. 그러나 그건 모순이었다. 그토록 멀리 떨어져 있는 사람이 나를 그 정도 거리에서 트로피로 공격할 수는 없었다. 그렇다면 유진호의 사주를 받은 다른 사람이 있고, 유진호는 모든 상황을 지켜보고 있던 게 아니었을까?

"솔직하게 말해줘요."

나는 두 손을 힘주어 맞잡았다. 손톱이 손가락 살을 파고들었다.

"그래요. 그날 거기 있었죠. 하지만 난 아무 짓도 안 했어. 적어도 그쪽한테는."

그의 말을 곧바로 이해하기는 힘들었다.

"그날 거기 갔던 건 당신 엄마가 나한테 부탁했기 때문이지, 다른 의도가 있던 건 아니었어요. 하지만 그런 장면을 목격하고 나니 그때까지는 없던 의도가 생겨났던 건지도 모르죠."

나는 눈을 끔뻑였다. 도대체 무슨 소리를 하는 건가.

"자기 딸이 상을 받았다고 하더군요. 그래서 나한테 찾아가달라고 했어요. 꽃다발을 전해달라고. 그걸 집 앞에 내려놓고 오기만 하면 되는 거였어요. 그런데 그런 일이 벌어진 거예요. 난 다 봤어요. 여자였고. 귓가에서 짧은 머리카락이 흔들렸죠. 정말 순식간에. 미처 내가 달려가 막기도 전에 그 일이 일어나버렸어요."

그는 베드 옆에 놓여 있던 두툼한 타월을 손에 들더니 이마에서 귀를 타고 목까지 흐르는 땀을 닦아냈다. 그는 입안이 바싹 말라 침조차 삼키지 못한 나를 흘긋 보더니 눈을 내리깔고 계속 말했다.

"곧바로 119에 신고를 했어요. 그런 후 나도 모르게 당신의 머리를 내리친 그 사람을 따라가고 있었죠. 사실 겁에 질렸던 것 같아요. 당신이 죽을지도 모른다는 생각을 했으니까. 만약 정말로 당신이 죽게 된다면 당신 엄마가 날 의심할 것 같았죠. 그런 미래를 상상하는 게 무엇보다 견디기 힘들었어요. 그래서 필사적으로 달렸어요. 결국 당신을 공격한 그 인간의 머리채를 붙잡았죠."

그는 떨리는 목소리를 가라앉히기 위해 잠시 멈춰야 했다. 얼마간의 침묵이 이어지고 그가 다시 입을 열었다.

"그 인간을 붙들고 보니 앳된 여자였어요."

나는 눈살을 찌푸렸다. 그때 가장 먼저 범인으로 지목받은 사람은 나을이었다. 사람들은 자기 역할을 뺏긴 배우가 격분해서 그런 짓을 저질렀다는 시나리오를 멋대로 지어냈다. 그러나 그 시각에 나을은 다른 영화 촬영 현장에서 귀신 분장을 한 채 산속을 뛰고 다니고 있었다. 공포 영화의 단역이라고 했다. 현장 스태프들의 증언으로 알리바이는 확실했다. 그런데도 얼마간 나을은 그런 거짓 뉴스에 시달렸다. 윤 대표가 사건과 관련한 일체의 유언비어에 법적 대응하겠다고 강경하게 나서지 않았다면 잠깐의 해프닝이 심각한 이슈로 퍼져 나갈 상황이었다. 그 이후 인근 감시카메라를 여러 차례 봤지만 트로피를 내리친 범인이 누구인지는 찾지 못했다. 그런데 유진호는 그 범인의 얼굴을 본 것이라 말하고 있었다.

"초등학교 동창이라 하더군요."

그렇다면 정말 나을이었던 건가? 나는 다리에 힘이 쭉 빠져 베드 앞에 놓인 간이 의자에 주저앉았다. 규현이 나를 부축했다.

"혹시 그 이름이 기억나요? 이나을이었나요?"

유진호는 고개를 툭 떨군 채 고개를 저었다.

"나도 그 뉴스를 봤어요. 그 여자는 아니었어요. 이름 따위 기억나지 않아요. 그런 걸 물어본 것 같지도 않고. 확실한 건 그 여자는 아주 오랫동안 당신을 미워한 것 같았어요. 그걸 어쩌지 못한 거겠죠. 당신이 갑자기 세상에 나타나 많은 사람들에게 찬양을 받으니까 그걸 견디지 못하겠다고 하더군요. 내 앞에서 무릎을 꿇고 두 손을 들어 비는데, 그 모습이 비굴

하면서도 불쌍했어요."

그는 고개를 돌리고 병실 창밖을 내다보았다.

"그때는 눈앞이 하얘졌다는 기억밖에 없어요. 내가 정신을 차렸을 때 그 여자는 길바닥에 쓰러진 채 피를 흘리고 있었죠. 그 어두운 바닥에서 하얗게 빛나는 돌 같은 게 보였는데, 허리를 숙이고 자세히 들여다보니 이가 부러진 것이더군요. 그 여자가 거친 시멘트 바닥에 얼굴이 쓸려 피를 흘리면서 나한테 죄송하다는 거예요. 살려만 달라고. 다시는 이런 짓을 하지 않겠다고. 나는 멍하니 그 말을 듣고 있었죠. 한참이 지나서야 난 그 여자의 팔을 붙잡고 일으켜 세웠어요. 바닥에 떨어져 있던 치아 두 개를 집어서 그 손에 쥐여주고, 한 번 더 당신을 위협하면 그땐 정말로 죽여버릴 거라고 협박했죠. 그때는 진심으로 그 말을 했던 것 같아요. 더 이상 오해받고 싶지 않았거든요. 그 여자는 알아들은 것 같았어요. 천천히 돌아서더니 비척거리면서 그 골목을 빠져나갔죠."

그 말을 마친 후 유진호는 날카로운 눈빛으로 날 보았다.

"믿건 말건 상관없어요. 하지만 확실한 건 하나예요. 난 아무도 죽이려 하지 않았어요. 정말로 그랬어요. 그게 내 유일한 진실이죠."

이야기를 마치고 체념한 얼굴로 자신의 펼친 손을 내려다보는 그에게 '방금 들은 이야기를 믿을 수 없다'고 말할 수는 없었다. 그가 거짓말을 한다는 생각이 들지 않았던 것이다. 그렇지만 진실이라고 믿기에는 근거가 없었다. 순전히 내 믿음의 방향을 어느 쪽으로 두느냐 결정하는 것만으로, 이 이야기는 참이 되거나 거짓이 되는 것이었다.

"엄마가 왜 당신한테 꽃다발을 부탁했던 거예요?"

유진호는 바닥을 내려다본 채 생각에 잠겼다. 그러더니

"그런 부탁을 할 사람이 나밖에 없었을 테니까요."

말하고서는 굳게 입을 다물었다.

"그럴 리가 없어요. 엄마한테는……."

나는 소영 이모의 이름을 꺼내려다가 멈칫했다. 옆에 규현이 있었기 때문에 아무 말도 꺼낼 수 없었다. 우리 사이에는 한동안 어색한 침묵이 감돌았다. 그 침묵을 뚫고 유진호가 말했다.

"당신이 알아야 할 건 하나뿐이에요. 당신 엄마가 당신을 끔찍하게 생각하고 있다는 거요."

그러더니 목발을 짚고 일어섰다.

"바깥 공기 좀 쐐야겠군요."

그는 목발을 짚고 힘겹게 일어나 병원 밖을 빠져나가더니 정문의 분수대를 한 바퀴 돌았다. 나와 규현은 그를 뒤따랐다. 그는 잠시 우리 쪽을 돌아보더니 휠체어를 타는 게 더 나을 것 같다며 다시 병원 안으로 돌아간 후 정말로 휠체어를 타고 나타났다. 그러더니 우리에게 손을 휘적거리며 그만 따라오라 했다.

"그만 돌아가요. 우리는 서로 안 보는 게 좋을 사람들입니다."

그 자리에 멈춰서 휠체어를 타고 점점 멀어지는 그의 뒷모습을 보았다. 잠시 동안 그가 나를 돌아보았다. 제대로 본 것인지 모르겠으나 그의 입꼬리가 희미하게 올라간 듯했다. 눈살을 찌푸리고 바라보니 슬퍼 보이는 눈빛과 달리 날카롭게 입가를 가르는 미소였다. 그제야 그가 나에 대해서 알고 있을지 모른다는 생각이 들었다. 그는 내가 엄마를 숨겨놓고 있다는 사실을 아는 것 같았다. 그렇기 때문에 엄마를 찾으려는 주변의 노력을 수포로 만들 수 있다는 사실까지도 알 것 같았다. 만약 그가 내 비밀을 알고 있다면 어떻게 해야 할까. 나는 이런 추정이 지나치다는 걸 알면서도 멈출 수 없었다. 아빠가 약물중독으로 돌아가신 것과 엄마가 정신병원에 입퇴원을 반복해온 것을 누구에게도 들키지 않으려고 부모를 차라리 없는 사람인 것처럼 만들어온 사실을 그가 전부 알고 있다면? 그의 폭로 몇 마디에 순진한 척 쌓아놓은 이미지가 무너진다면? 그렇게 된다면, 나는 그때 그 시장 한구석에서 팔목이 저릴 때까지 솥을 휘젓던 시절로 돌아가는 게 아닐까? 나을이 찾아오기 전으로? 내 인생에서 한 치의 거짓도 없던 유일한 시절로? 혹시 나는 줄곧 그렇게 되기를 바라고 있던 게 아니었을까? 나는 석상처럼 굳어버린 채 유진호가 떠난 자리를 노려보았다. 그가 나를 돌아볼까 두려웠다. 한편으로는 이 두려움을 끝내기 위해서는 바로 그런 일이, 그가 나를 돌아보고 원망하는 그런 장면이 필요하다는 것을 알고 있었다.

*

윈저에서 돌아오자마자 나을을 만났다. 나을은 귀에 물이 들어갔는지 아침부터 귓속이 울린다고 했다. 어제 촬영이 물속에서 진행되었고, 감독이 꼭 물에 들어갈 필요는 없다고 했지만, 하다 보니 그렇게 된 것이었다. 나을은 '꼭 그럴 필요가 없다'는 말은 '그럴 필요가 없는 것까지 해주면 좋다'는 뜻으로 받아들여야 한다고 말했다.
"물론 넌 그런 말을 들을 처지는 아니지."
가끔은 나을이 나를 원망하는 것 같았다. 그럴 때마다 숨이 조였다. 나을이 가졌어야 할 모든 것을 내가 훔친 게 아닐까 싶었다. 그럴지도 몰랐다. 훔친 것의 한계는 명확했다. 나에게 따라붙는 꼬리표인 '윤희재 감독의 페르소나', 이것은 명예이자 낙인이었다. 윤 감독이 아닌 다른 감독을 만나 작업을 하면 처참한 결과만 남았다. 벌써부터 윤희재 감독이 영화를 못 찍게 되는 날 이시우의 배우 생활도 끝장이라는 말이 돌았다. 그렇지만 나을이었다면 어땠을까. 나을은 누군가의 페르소나일 필요가 없었다. 나을은 홀로 서겠지. 나을은 그 스스로 어떤 배역이든 소화하겠지. 그것이 나을이 가졌어야 할 운명이니까. 그렇다면 그 운명의 길로 들어서는 문턱을 내가 가로막은 건 아니었을까.

가끔은 모든 걸 나을의 탓으로 돌리기도 했다. 그 애가 날 찾아오지 않았다면 나는 시장에서 부지런히 일하며 돈을 모아 작은 가게를 마련해 나 자신인 모습으로 살고 있을지 몰랐다. 내 인생에 다른 기대를 걸지 않고, 부모의 존재가 세상에 알려지길 꺼려 하지도 않고, 모든 걸 숨길 필요 없이.

지금 나을은 아버지에게 돈을 빌려 작은 카페를 차려 운영하고 있었다. 과거에 일어난 실패를 천천히 받아들였고, 여전히 연기 연습을 하고 단역 촬영을 나가면서 꿈을 놓지 않았다. 나는 그런 나을에게 질투가 났다. 누군가를 원망하느라 인생을 망치지 않아서. 좌절로 인생을 물들이지 않아서. 여전히 하고 싶은 것을 포기하지 않아서. 욕심껏 살아가고 있어서. 나라면 그렇게 하지 못할 일을 아무렇지도 않은 듯 하고 있어서.

"원저에 갔다 왔어. 엄마가 거기 있다고 들어서."

"한주 선생님? 혹시 만난 거야?"

"못 봤어. 이제 많이 기대하지는 않아."

"찾게 될 거야."

이런 식으로 나을에게 많은 것을 숨겼다. 유진호를 만났다는 얘기는 꺼내지 않았다. 나는 어떤 것도 먼저 말하는 법이 없었다. 나을이 맡기로 한 배역이 내 차지가 되었을 때도, 규현이 나을과 헤어진 후 나와 사귀고 결혼하게 되었을 때도 다른 사람을 통해 듣게 만들었다. 그때마다 나를 외면하고 떠날 수도 있었을 텐데 나을은 그렇게 하지 않았다. 나을은 그게 나에게 주어진 행운들이라 말했다. 자신이 탐을 내어 가질 수 있는 게 아니라고 했다. 내 것이라면 반드시 내 곁으로 오게 되어 있다고, 자신은 그런 믿음으로 살고 있다고 했다. 만약 우리가 살아가는 시간이 낙담으로만 이루어진다면 그것은 낙담하기만을 선택한 우리의 문제라고, 그러니까 다른 선택을 해볼 용기가 필요하다고 했다. 적어도 우리가 할 수 있는 가장 반짝이는 것을, 아름다운 것을 놓지 말자고 했다. 나을은 오히려 나를 위로했다. 그러면서 자신이 이런 생각을 가진 어른이 될 수 있던 것은 우리가 열세 살에 두어 달을 나눈 그 짧은 우정의 영향이라고 했다. 그때 자신은 처음으로 용기를 배웠다고 했다. 그리고 이제는 원하는 것보다 훨씬 더 늦되게 꿈을 이뤄가는 시간을 사랑하게 되었다고 했다. 그 어린 시절의 순수한 호의가 여태껏 자신을 지탱해주는 힘이 되었다고 말했다. 그 우정이 모두 거짓에 토대를 둔 유령 같은 것이었는데도 나을은 그런 우정이라도 영원히 추억하고 싶을 만큼 아름다웠으면 충분히 좋은 것이 아니냐고 했다. 나는 그 따뜻한 말을 수없이 돌이켜보면서 그런 말들이 정말로 내가 들은 것인가, 아니면 내가 바란 것을 그저 마음으로 그려낸 것인가 혼란스러워질 때가 있었다. 그럴 때마다 주먹을 꼭 쥐고서 그것을, 나에게 온 행운을, 내 곁에 남아 있을 운명으로 믿어보고 싶었다. 어떤 순간에는 아주 간절해져서 모두가 날 버린다 해도 오직 나을만은 날 떠나지 않게 해달라고 빌기도 했다. 그렇게 나의 간절한 소망으로 나을은 내 옆에 남아 있는 것 같았다. 그러나 이런 생각을 나을에게 전할 수는 없겠지. 그러려면 내가 오랫동안 그녀를 기만하고 있다는 사실을 밝혀야 할 테니까. 하지만 언젠가 그런 시간이 오게 되지 않을까. 어쩔 수 없이 모든 걸 털어놓게 되는 날이. 유령 같은 우정에 나 역시 기대면서 살아왔고, 여전히 그 유령을 놓지 않았다고 말할 수 있는 날이. 나는 가끔 불안에 떨며 생각했다. 나을이 없었다면, 나는 지금 어떤 모습이었을까. 나을이 아니었다면, 나는 어떤 미래를 상상할 수 있었을까.

"왜 이렇게 심각해?"

나을은 내 미간에 잡힌 주름을 손가락으로 꾹 누르며 말했다.

"밀크티 마실래? 네가 오기 전에 끓여놓은 건데 맛있을 거야."

나을은 피식 웃더니 자리에서 일어났다. 나는 멀어지는 나을을 붙잡으려는 듯 다급하게 물었다.
"귀에 물 들어간 건 어때? 괜찮아졌어?"
나을은 허공을 잠시 보더니 말했다. 이제 다 괜찮아졌다고.

*

오랜만에 사무실에서 재회한 윤 감독이 새로 쓴 시나리오를 내밀었을 때 나는 읽지 않으려 했다.
"정말 그만두려는 거예요?"
그 옆에서 윤소이 대표가 침울한 얼굴로 물었다.
"이건 진짜 시우 배우가 아니면 안 돼요. 분명히 끌릴 거야. 읽어봐요."
나는 두 사람의 눈치를 보다가 시나리오를 손에 들었다. 윤 감독의 문장은 건조할 정도로 담백해서 읽는 데 전혀 힘이 들지 않았지만, 그만큼 마음을 건드리는 지점을 발견하기도 어려웠다. 이런 시나리오는 더 예민한 배우가 들어가야 했다. 그러니까 절실한 배우가 필요할 것이었다. 나는 더 이상 그런 사람일 수 없었다. 절실함도 능력인 걸 윤 감독은 잊은 듯했다.
"어때요?"

적당한 타이밍이라 생각했는지 윤 대표가 끼어들었다. 내 마음은 이미 정해져 있었다.

"이제 카메라 앞에 안 설 거예요."

윤 감독이 긴 숨을 내쉬었다.

"윈저에 보내는 게 아니었어. 괜히 이상한 사건에 휘말려서 커리어에 흠집만 나고."

그 말이 틀린 건 아니었지만 내 마음의 변화가 된 계기를 정확히 짚어낸 것도 아니었다. 유진호를 만난 후 귀국하자마자 한인회장을 통해 그의 부고 소식을 들었다. 윈저와 디트로이트를 잇는 다리에서 그가 추락했다는 뉴스였다. 처음에 경찰은 연쇄 피습과 관련된 사건으로 생각했다. 그때만 해도 범인이 잡히지 않았으니 정확한 진실은 알 수 없었다. 나는 그가 병원에서 한참 떨어진 그곳까지 왜 목발을 짚고 갔는지 이해할 수 없었다. 그 스스로 어떤 결심을 하지 않았다면 그런 곳까지 불편한 몸을 이끌고 가야 할 까닭이 없었기 때문이다. 그러나 얼마 후 세간의 요란한 추측을 잠재우듯 범인이 자백을 해왔다. 범인은 유진호를 다리에서 밀었다고 진술했다. 그는 유진호와 오래전부터 돈 문제로 지독하게 얽혀 있던 사촌형이었다. 그러니까 유진호에게 일어난 일은 앞선 윈저의 연쇄 피습과 무관한 것이었다. 그렇게 일단락되어 가는 듯 보이던 사건이 쉽게 사그라지지 않았던 건 그 자극적인 뉴스가 다른 곳으로 불똥이 튀겼기 때문이다. 바로 유진호가 죽기 얼마 전 만난 사람이 신비로운 이미지를 가진 한 여자 배우라는 사실이 밝혀지면서 원저뿐 아니라 한국에도 소문이 빠르게 퍼져나갔다. 그 이후 죽은 남자와 나의 관계는 어둡게 얽히기 시작했다. 그 남자는 한동안은 행방불명된 나의 아버지였고, 남편 몰래 만나온 내연남이었고, 오랫동안 나를 괴롭혀온 협박범이 되었다. 그런 소문만으로도 배우 이미지가 오염되는 건 시간문제였다. 나는 촬영을 앞두고 있던 모든 영화와 드라마에서 하차했다. 재계약이 불발되어 광고도 전부 끊겼다. 모든 일이 휘몰아치듯 일어났다. 한편으로 동정론이 일어 지나친 여론전을 반성하는 분위기도 있었지만, 나는 그런 것에 힘입어 다시 일을 시작할 여력이 없었다. 오히려 아무것도 하지 않게 된 나날이 평온하고 좋았다. 이렇게 조용한 자리에 있기를 원해서 그 말도 안 되는 소문을 다 겪었던 것이 아닌가 생각될 정도였다.

"그동안 고마웠어요. 모두 저한테 과분한 일들이었잖아요."

윤 감독은 쓸쓸한 미소를 지었다.

"그냥 함께 영화를 만든 거지. 과분한 건 없었어."

윤 감독이 가만히 일어나 창을 향했다. 내가 방을 나설 때까지 그는 돌아보지 않았다. 뒤따라 나온 건 윤 대표였다.

"정말로 돌아오지 않을 거예요?"

윤 대표는 할 말이 많은 듯한 표정이었다가 알겠다는 듯 고개를 끄덕였다. 나는 윤 대표의 축 늘어진 손을 힘주어 잡았다.

"그럴 주제는 아니지만, 누구 좀 추천해도 돼요?"

"추천? 누구요?"

윤 대표는 내 입술을 뚫어져라 보았다. 금방 말할 수 있을 줄 알았는데 입이 떨어지지 않았다. 나는 뜸을 들이다가 떨리는 목소리로 내뱉었다.

"이나을. 기억하세요?"

윤 대표는 처음 듣는 이름인 양 고개를 갸웃거렸다. 한참 그런 자세로 멈춰 있더니 드디어 기억이 난 듯 손가락을 튕겼다.

"아, 이나을 씨. 그 배우 아직 연기해요?"

"네. 포기하지 않았어요."

내 말을 듣더니 윤 대표의 얼굴에 돌연 미소가 피어올랐다. 그러더니 그 사람이 있죠, 그 사람이 있어요, 하고 몇 번이나 혼잣말인 듯 중얼거렸다.

*

모든 일이 잠잠해진 후 나는 반나절 동안 창고에 갇혔던 그 작은 성당을 찾았다. 이상하게도 그곳에 가면 마음이 평화로웠다. 그래서 머리가 복잡할 때마다 그곳에 갔다. 그날은 내 옆자리에 한 수녀가 앉았다. 내 프로필을 찾아보았다면서, 자신과 내가 나이가 같다고 말했다. 또래의 수녀는 날 보며 다정하게 웃고 있었다.

"그때는 정말 미안했어요."

우리는 한동안 서로 바라보았다.

"거기에 아무도 없는 줄 알았거든요."

알고 보니 그녀는 내가 촬영 후 옷을 갈아입다가 창고에 갇혔을 때 그곳에 아무도 없다고 말해 반나절 동안 모두를 헤매게 만든 이였다. 나는 면사포를 쓴 채 그녀를 골똘히 보면서 어딘가 내 기억 속에 잔잔히 남아 있는 누군가의 얼굴을 닮았다고 생각했다. 그러나 나는 그 얼굴이 누구의 것인지 끝내 알 수 없었다. 수녀는 조만간 다른 성당으로 옮기게 될 거라고 말했다. 창고 사건이 계기가 되었던 걸까. 그런 건 묻지 못했다.

"오랫동안 팬이었어요. 사인해주실래요?"

그녀는 성당 의자에 쌓여 있던 성경책 하나를 가져와 뒤표지를 펼쳤다. 성경에 사인을 해보는 일은 처음이었다. 신성모독이 아닌가 싶었다.

"어서요."

수녀는 내가 얼른 죄를 짓길 바라는 것처럼 재촉했다. 나는 성경에 사인을 했다.

그녀가 성당을 떠난 후에도 나는 종종 혼자 그곳을 찾았다. 만약 우리가 다시 만나게 된다면, 그때는 그녀에게 사실을 말하게 될지 몰랐다. 실은 그날 내가 창고 구석에 일부러 몸을 숨기고 있던 거라고. 최대한 웅크려 보이지 않게 숨죽였던 거라고. 내가 누구인지 도통 알 수 없어서 깊은 어둠이 필요했던 거라고. 그러니까 나를 발견하지 못한 건 당신 잘못이 아니다. 당신은 아무것도 알지 못한 것뿐이다. 하지만 문득 이런 생각이 들기도 했다.

당신은 정말 나를 못 본 걸까?

혹 당신은 나를 속속들이 보았던 걸까?

4
23세 이나을
운명을 뛰어넘는 배우

큐와 헤어진 일이 믿기지 않았다. 먼저 헤어지자는 말을 꺼낸 쪽이 나라는 것도. 우리는 둘 다 연애 경험이 많은 편이 아니었고, 학창 시절 얄팍한 설렘을 나누는 관계를 제외하면 거의 서로가 제대로 된 첫 연애 상대인 셈이었다. 우리의 연애가 영원할 거라고 믿은 것은 아니지만, 영원할 거라는 믿음 없이 어떻게 시작할 수 있었을까. 난 아직도 큐가 처음으로 지어 보인 싱그러운 미소를 기억했다. 진짜 풀 향이 날 것같이 풋풋했고, 그것만큼은 누구에게도 뺏기고 싶지 않았다. 내 눈에 새겨넣고 싶을 만큼 갖고 싶었고, 정말로 자주, 내 눈동자에 그 미소가 찍혀버릴 만큼 질리도록 봤었는데, 이제 우리는 헤어져야 하는 시점에 도달해 있었다.

"우리 그만 만나자."

스물셋은 첫 연애 상대와 헤어지기에 적절한 나이인 걸까. 큐는 잠시 침묵하더니,

"그래."

하고 말했다.

"미안해."

그렇게도 덧붙였다. 그는 침묵했지만 '그래'와 '미안해' 사이 무수한 말을 들어버린 것 같았다. '이제 내가 더 이상 널 좋아하지 않아. 내가 좋아하는 건 다른 사람이야. 너도 알고 있는 거 알아.' 그의 마음에서 나오게 될 말들이 곧 나의 마음에서도 나오게 될 말이었기에 나는 그 말을 들을 수 있었다.

이별의 여운이 남은 오후에 나는 큐와 헤어지고 집으로 돌아와 이온 음료를 마시고 대본을 읽었다. 곧바로 이별이 실감 나진 않았다. 그저 대본에 집중이 잘됐다. 장면마다 한참을 머무르며 머릿속으로 그리고 또 그렸다. 인물의 행동과 말이 몸속으로 흘러들어올 때까지 읽고 읽었다. 그렇게 하다 보면 나는 방금 전 애인과 헤어진 사람이 아니라 혼자 바다를 건너와 생존을 위해 무슨 일이든 해야 하는 여자였다. 온갖 노동으로 몸이 혹사당하고 타국에서 겨우 자리를 잡은 시점에 자신의 운명을 다시 만들어가야 하는 처지였다. 그것이 실제로

내 운명이라면 견딜 수 없을 테지만 영화 속 인물의 운명이기에 감당할 수 있었다. 내 몸은 잠시 동안 그 운명을 담는 그릇일 뿐이었다.

윤 감독은 내가 큐와 헤어진 걸 알고 있었다.
"나을 씨 운명의 짝은 다른 데 있을 거예요."
그때 나를 압도하는 건 이별 따위가 아니었다. 나는 매일 저녁 중학교 운동장을 돌았다. 땀을 흠뻑 흘리고 잘 비워낸 몸으로 나에게 주어진 역할을, 아모라는 여자의 삶을 잠시 살아내는 일을 잘 해내고 싶었다. 아모는 살기 위해 바다를 건너왔고, 그 어떤 일을 겪어도 좌절할 줄 몰라서, 때때로 미친 것처럼 보이는 인물이었다. 누구나 한 번쯤은 그런 사람이 되어보고 싶은 게 아닐까. 좌절감을 삭제당한 사람으로, 그저 앞으로 나아가며 생존하는 사람으로. 윤 감독은 오래전 써둔 시나리오 속 인물에게 원래와 다른 운명을 부여하고 싶어 아모라는 인물을 만들어낸 것이라 했다. 이전에는 연기처럼 사라져버리던 모호하고 나약하던 인물을 다시 세상으로 데려와 더 분명하고 강한 인물로 만들어보고 싶었던 것이라 했다. 나는 그가 다시 쓰고 싶었던 시나리오 속 인물이 누구인지 알 것 같았다. 나는 그런 아모에게 강하게 이끌렸다. 아모처럼 되어보고 싶었다. 그래서 윤 감독이 윤 대표와 함께 사전 답사를 한다며 로케이션 장소에 가보는 일정을 잡으면 일부러 따라갔다. 나는 그 여정을 캐릭터를 만드는 데 이용했다. 인적이 드문 해변에서 윤 대표가 차 안에서 의자를 뒤로 젖힌 채 짧은 낮잠을 자는 동안 윤 감독은 커다란 의전 우산을 들고 시종일관 고개를 숙인 채 해안을 따라 걸었고, 나는 자외선 차단제도 바르지 않은 상태로 민소매와 짧은 반바지만 입고서 땡볕에 누웠다. 태닝 기계에 들어가 매끈하게 살을 태우는 방법도 있지만 그것으론 부족했다. 바다 수영을 해서 육지로 들어온 사람의 피부는 볕에 익어 타고 찢어지고 발갛게 부어올라야 했다. 며칠 후 팔다리가 붉게 익어버린 걸 보고 윤 대표는 나를 더 이상 답사에 동행시키지 않았고, 윤 감독은 나를 앉혀놓더니 내가 자신이 생각하는 것보다 더 괜찮은 배우가 될 거라고 말했다.

"나을 씨, 그거 알아요? 배우의 운명은 전부 그 얼굴에 담겨 있어요. 신인일 때만 해도 어딘가 겉도는 얼굴이 어느 순간 단단하게 자리를 잡죠. 그때부터 진짜 배우가 되는 거에요. 풋풋한 외모로 어느 정도 올라갈 수 있지만 그다음 단계를 뛰어넘는 배우들은 얼마 되지 않아요. 그렇게 배우의 얼굴이 한계를 넘어서는 걸 나는 카메라 앞에서 목격하곤 하죠. 그건 굉장히 짜릿한 경험입니다. 그 의지가 운명을 바꾸었단 걸 알게 되는 순간이니까."

나는 그런 배우가 되고 싶었다. 운명을 뛰어넘는 배우. 그것을 위해 더 많은 걸 포기할 각오마저 되어 있었다. 상처 난 피부로 소금기 가득한 바닷물에 들어가는 촬영 따위 아무것도 아니었다. 오직 그날만을 기다렸다. 누군가 카메라를 통해 내 얼굴에 담긴 의지를 확인해주기만 바랐다.

나는 소망이 예상치 못한 방식으로 부서진다는 걸 몰랐다. 얼마 후 연예 신문을 비롯해 온갖 인터넷 플랫폼이 윤 감독의 신작 영화 스캔들로 얼룩졌다. 기사를 클릭하자 차 안에서 키스를 나누는 듯 가까이 마주한 두 사람의 사진이 떴다. 흐릿한 화질이지만 누가 찍혔는지 알 수 있게 동그랗게 표기를 하고 그 아래 인물의 프로필까지 따로 올려놓은 정성이 엿보이는 기사였다.

그 기사들은 아침부터 윤 대표를 쓰러지게 만들었다. 오전만 해도 들것에 실려 갔다가 오후에 창백한 안색으로 돌아온 윤 대표는 기어들어가는 목소리로 오겸을 불렀고, 이미 대기 중이던 오겸은 대표실에 들어가자마자 무릎을 꿇었다. 불투명한 유리 벽 너머 그들의 실루엣이 번졌다. 사람들이 오가며 쳐다보는 걸 알았는지 윤 대표는 거칠게 블라인드를 내렸다. 그렇지만 윤 대표가 소리를 질러대는 통에 그 내용을 듣지 않을 수 없었다.

"도대체 어떻게 하면 그렇게 멍청해요?"

얼마 동안 고성이 이어지다가 무언가 날아가 벽에 부딪혀 떨어지는 소리가 들렸다. 깨질 만한 물건을 던진 것 같지는 않았지만 오겸이 겁에 질려 아무 말도 못 하는 상황이 머릿속에 그려졌다. 나는 땀이 솟아나는 손바닥을 연신 바지에 문지르면서 적어도 윤 대표가 그를 죽이지는 않을 거라고 생각해야 했다. 그러니까 윤 대표의 방에 칼이나 유리 재떨이 따위는 없을 거라고 믿어야 했다.

오겸이 그 방에서 나오길 숨죽여 기다리는 사이 연 작가가 나타났다. 챙이 넓은 그 모자는 얼굴을 가릴 용도로 선택한, 집에 남아 있는 유일한 위장 도구인 것 같았다. 아무리 그렇더라도 전혀 상황에 맞지 않는 패션이라고 속으로 생각했다.

"안녕하세요."

내 인사를 듣는 둥 마는 둥 지나친 연 작가는 곧바로 윤 대표 방으로 들어갔다. 이제 윤 대표의 목소리만 아니라 연 작가의 목소리도 함께 울렸다.

"우리가 얼마나 큰 잘못을 했다고 그래?"

나는 손톱으로 손가락 살을 눌러댔다. 정말로 연 작가랑 오겸이 연인 사이라도 되는 걸까. 그 순간에는 나의 궁금증을 누구도 풀어줄 수 없었다. 나는 그저 들어야 했다. 그들이 싸우면서 서로 멀어져가는 것을.

"지금 엎어지면 손실이 얼만 줄 알아요?"

윤 대표가 신랄하게 현실을 깨우쳤다. 오겸은 둘 사이에서 어느 편도 들 수 없어 돌이 된 모양이었다. 나는 윤 대표 방이 마주 보이는 소파에 무릎을 끌어안고 앉아 뚫어져라 앞만 보았다. 내가 볼 수 있는 것은 그뿐이었다. 오겸의 얼굴을 보고 싶었지만 그렇게 되지는 않았다. 그 방문은 한동안 열리지 않았다.

*

솔직히 말하자면, 그때까지 나는 상황이 어떻게 굴러가는지 제대로 알지 못했다. 설마 촬영이 전부 중단될 거라곤 상상도 못 했다. 그다음 날 공지가 내려왔다. 올 스톱이었다. 나는 당장 윤 대표를 찾아갔다. 사무실에 윤 대표는 없었다. 직원 중 하나가 윤 대표가 이번 일을 수습하느라 투자사를 비롯해 정신없이 여러 업체를 돌고 있다고 알려줬다.

"당분간은 대표님 그냥 둬요. 이러다가 진짜 큰일 날 것 같으니까."

큰일? 지금 영화가 엎어진 것보다 더 큰일이 있단 말인가? 하마터면 그 직원의 멱살을 잡을 뻔했다.

"당장 대표님 만나야 해요. 진짜 저한테 중요해요."

하지만 직원은 도와주지 않았다. 그가 알 만하다는 얼굴로 나를 훑어보며 지나쳤다. 윤 대표는 계속 전화를 받지 않았다. 결국 윤 감독에게 전화를 걸었다.

"저 나을이에요. 지금 어디세요?"

그의 목소리도 한참 가라앉은 상태였다.

"집으로 와요."

나는 당장 윤 감독 집으로 향했다.

그의 집을 찾아가보니 생각보다 윤 감독은 태연해 보였다. 곧이어 테이블에 깔려 있는 빈 술병들이 눈에 들어왔다. 나는 그의 태연함이 어디서 기인한 것인지 금방 알아차렸다. 집에 있는 술이란 술은 종류별로 다 깔아놓은 판이었다.

"감독님?"

윤 감독은 나를 보더니 무릎에 힘이 풀린 듯 앞으로 고꾸라졌다. 나는 그를 부축해 거실 소파에 눕혔다. 세어보니 그가 혼자 마신 술이 여섯 병쯤 되는 것 같았다. 맥주와 위스키와 사케와 와인이 골고루 섞여 있었다. 윤 감독은 그대로 코를 골기 시작했다. 나는 그 집에 낯선 침입자처럼 들어와 자신도 모르게 잠든 주인을 지키는 꼴이었다.

"저 할 말 있어요."

옆에서 아무리 흔들어도 그는 일어날 기미가 없었다. 어차피 집에서 기다리면 윤 대표를 만날 수 있을 거라고 생각했다. 그렇게 나도 까무룩 잠이 들었는지 어느새 밖은 캄캄했다. 부엌 등을 켜놓고 냉장고에서 생수를 꺼내 마시는데 갑자기 초인종이 울렸다. 도어벨 카메라에 비친 사람은 검은 모자를 눌러써 얼굴을 가렸지만 금방 오겸인 걸 알 수 있었다. 나는 문을 열어주었다. 중문을 열어젖히자 오겸이 날 보더니 흠칫 놀라며 한 손을 등 뒤로 재빠르게 숨겼다.

"왜 여기 있어요?"

"그러는 오겸 씨는 이 시간에 왜 여길 왔어요?"

"난 그냥 감독님 뵈러."

"뒤에 숨긴 거 뭐예요? 설마 칼이라도 들었어요?"

오겸이 등 뒤에 숨긴 손을 천천히 앞으로 내밀었다. 그건 칼이 아니라 봉투였다. 무언가 두툼하게 들어 있는 하얀 봉투였다. 얼마나 꼭 쥐고 있었는지 우글우글한 자국이 얼핏 봐도 눈에 띌 정도였다.

"할 수 있는 게 이것밖에 없어서요. 제가 가진 전부예요."

나는 그가 내민 봉투를 손에 받아들었다. 그리 묵직하지는 않았다.

"이걸로는 아무것도 해결 못 해요."

"없는 것보단 낫겠죠."

오겸의 손이 떨렸다.

"난 이제 끝났어요. 그래도 나을 씨는 아니잖아요. 나 때문에 이런 일 겪으면 안 돼요."

난 얼굴을 일그러뜨린 채 그를 보았다.

"설마 그 부탁을 하러 여기 왔어요?"

자동 등이 불쑥 꺼져버린 중문 앞에서, 그 어둠 속에서 희미하게 반짝이는 그의 눈동자를 보았다. 오겸이 두 손을 앞으로 맞잡아 꿈틀거리자 자동 등이 반응해 다시 흰빛이 들어왔다. 환하게 드러난 빛 속에서 그 얼굴은 방금 몇 단계의 운명을 건너뛰어 도저히 내가 외면할 수 없는 어떤 것이 되어 있었다. 그제야 진짜 망해버렸다는 생각이 들었다. 그 앞에서 나도 모르게 눈물이 터져 나왔다.

"왜 그래요?"

겁이 난 목소리로 그가 물었다.

"작가님이랑 왜 그랬어요?"

"작가님이 많이 취했고, 나도 취했어요. 그런데 나을 씨가 오해하는 그런 일 절대 아니에요. 사진은 그렇게 찍혔지만."

오겸은 횡설수설했다.

"작가님 좋아해요?"

나는 그를 노골적으로 쏘아보며 물었다.

"그런 거 아니에요."

왜 눈물이 나는지 알 수 없었다. 다만 내 운명이 알 수 없는 곳으로 휩쓸려 가고 있다는 것만 어렴풋이 알아차렸다.
"사람들한테 다 말해요. 작가가 강압적으로 그런 거라고. 안 들어도 알 것 같아. 연 작가 입김을 무시 못 하니까 그걸로 흔든 거 아니에요? 말 안 들으면 무슨 불이익을 준다고 했던 거죠? 그렇죠?"

그는 아무 욕심도 내비치지 않는 순연한 표정으로 나를 골똘히 보았다. 나는 봉투를 바닥에 떨어뜨렸다. 오겸이 허리를 굽혀 줍더니 내 손에 그 봉투를 다시 쥐여주었다.

"나을 씨랑 그 이상한 연기 연습이라도 계속 하고 싶어요."

그는 그저 날 보기만 했다. 마치 그런 장면을 소화해야 하는 배우처럼. 나는 그를 마주 보았다. 이게 우리가 찍기로 한 그 영화였다면 나는 이 순간 그와 사랑에 빠지고 이토록 이상한 사람을 평생 떠맡게 될 것이었다. 이것이 영화이기만 해서 얼마나 다행인가 생각하면서. 하지만 지금 영화는 우리한테서 너무 멀어져 있었고 바짝 다가와 있는 건 무거운 현실뿐이었다.

*

우리는 술 취한 윤 감독을 침대로 옮겨놓은 후, 윤 대표가 돌아오기 전에 그 집을 나와 정처 없이 걸었다. 검은 마스크를 쓰고 모자를 눌러쓴 오겸을 사람들은 힐긋거리며 쳐다보았지만 아무도 그가 누구인지 알아차리지 못했다. 나는 그게 좀 억울했다. 누구에게도 그의 존재가 제대로 알려지지 않았는데 그의 미래가 벌써 오염되었다는 사실에 속상했다. 나는 아까부터 말없이 내 손을 잡고 걷는 오겸을 넌지시 돌아보았다.

"이렇게 걷고 있으니까 아무 일도 없었던 것 같네요."

"그러게요."

오겸이 나를 데려준다고 해서 일단은 집을 향해 걸었다. 두 시간이나 걸어서 발바닥이 욱신거렸다. 집 앞에 도착하자 이제 더 이상 걸어갈 곳이 없었다. 맞잡은 손을 놓아야 할 순간이었다. 오겸이 아직 놓지 않은 손을 한참 내려다보았다.

"어떻게 할 거예요?"

"모르겠어요."

"기회가 다시 오지 않을 수 있잖아요. 잘 생각해봐요. 작가님을 보호할 필요가 있는 건지. 일단 빠져나와야죠. 어떻게든."

"그렇게 할 수는 없어요."

"그럼, 어떻게 하려고요?"

"기다릴 거예요. 기회가 올 때까지."

나는 고개를 젖히고 길게 숨을 토해냈다. 갑갑한 마음이 조금도 풀리지 않았다.

"그러다가 한 30년쯤 기다리면 어쩌려고요."

오겸이 내 손등 위로 다른 손을 포갰다.

"그럼 우리가 쉰 살이 넘잖아요?"

오겸은 그 말이 무슨 뜻인지 이해할 수 없다는 듯 눈을 동그랗게 떴다.

"그때까지 기다릴 수 있어요?"

내 말에 오겸은 잠시 말이 없더니 무겁게 입을 열었다.

"그때도 내가 맡을 수 있는 역할이 있다면요."

나는 힘을 주어 그 손을 뿌리쳤다. 그가 얼른 현실을 깨닫기를 바라면서.

"그러다가 평생 기다리게 될 거예요. 다른 사람 사정 다 봐주다가."

"내 잘못도 있잖아요. 분명하지 않게 행동했어요."

나는 원한이라도 있는 사람처럼 오겸을 노려보았다. 오겸은 미안한 듯 고개를 떨구면서도 마음을 바꾸지 않았다.

"나을아!"

그때 나를 부르는 목소리에 돌아보니 큐가 서 있었다. 나는 범죄 현장을 들킨 범인처럼 굳어버렸다. 큐가 당황한 채 나와 오겸을 보고 있어서가 아니었다. 큐 옆에 환한 실루엣을 드러내며 나타난 한 사람 때문이었다. 시우가 날 보며 멈춰서 있었다. 나는 그들을 영화의 한 장면처럼 감상했다. 나란히 서 있는 큐와 시우는 벌써 오랜 연인처럼 보였다.

4-1

53세 유진호
그런 날은 오지 않아도

유월의 불꽃놀이가 끝나고 하늘을 수놓던 난폭하고 성대한 기운이 사라진 자리에 습한 공기만 남았다. 창가에 앉아 밖을 내다보고 있으면, 내가 두 번의 경유를 거쳐 열여섯 시간 만에 도착한 이 장소가 때로는 꿈결처럼 느껴졌다. 물을 머금은 공기가 열기를 흡수해 금방 연무로 변해 세상을 뒤덮곤 했다. 모든 풍경이 지워진 듯한 게 마음에 들었다. 내가 이곳에 와 있는 것도 갑자기 좋아졌다. 이 모든 것이 꿈인 듯 여겨지는 한편으로 정신은 맑게 깨어 언제나 돌이켜 생각하게 했다. 내가 누구인지. 혹은 내가 누구여야 했는지. 그러다 보면 당신을 생각했고, 왜 당신의 옆자리를 차지한 이는 내가 아니라 다른 사람들이어야 했는지, 왜 당신은 나이를 먹어가고, 허물이라도 벗어던지듯 순수하던 시절을 내팽개치고, 상상조차 할 수 없던 사람이 되어야 했는지. 그럼에도 나는 왜 당신을 그리워하는지. 그런 것을 반복해 떠올렸다. 혹시라도 이대로 기다리면 나에게도 어떤 기회가 찾아올까 싶었다. 그러나 이제 그런 날은 오지 않아도 좋았다.

*

과거 당신이 운동장 돌계단에 앉아 생각에 빠져들 때마다 무심코 턱 끝에 대어보던 그 얇은 새끼손가락은 아직 세월의 흔적이 깃들지 않아 팽팽했고, 그 작은 동작 때문에 나는 자석의 반대 극에 끌리듯 눈길을 거두지 못했다.

"뭐야? 왜 이렇게 넋을 놓고 있어."

그날 학교에 갔던 건 전날 옷장에서 체육복을 찾지 못한 현수가 나에게 옷을 구해달라 부탁한 일 때문이었다. 언제나 현수의 부탁이라면 들어주는 편이었고 나에겐 딱히 할 일도 없었으니 그런 게 소일거리가 되었다. 그때 나는 또래 아이들과 달리 학교를 다니지 않았다. 큰 싸움에 휘말려 학교를 떠난 후였다. 그렇지만 집에서 빈둥거리며 시간을 보내느니 조금이라도 몸을 움직일 만한 일을 하고 싶었다. 학교 앞에서 지각한 애들을 따로 불러내고, 그들 중에서도 현수랑 체격이 비슷하면서 체육복을 가진 애를 찾느라 약간은 힘들었다. 그런 일을 현수는 쉽게 생각했다. 그럴지도 몰랐다. 온종일 학교에 앉아 수업을 듣는 일보다 선량한 학생 하나를 붙잡아 체육복을 빼앗는 일은 어렵지 않을지도 몰랐다. 그렇다고는 해도 이런 인생이 더 쉬운 것이라 말할 수는 없었다. 굳이 말하자면 덜 어려운 것이지 어렵지 않다고는 할 수 없었다. 나는 무의미한 시간을 견디면서 학교가 끝나고 현수가 나에게 하루 동안 일어난 일을 차분히 들려주기를 기다렸다. 주먹으로 두드리면 금방이라도 부서질 듯한 현수의 차가운 방에서, 우리는 버너에 라면을 두 개씩 끓여 허기를 달래고 마음에 쌓아놓은 것을 무엇이든 얘기했다. 그렇지 않고서는 버틸 수 없었다. 학교에서 소위 일진 패인 녀석과 싸우고 세 바늘을 꿰맨 후 학교를 자퇴한 나는 더 이상 미래를 꿈꾸지 않았고, 정신 나간 부모에게 방치당한 현수는 집을 그리워하지 않았다. 그래도 둘이 함께 있으면 조금이라도 좋은 것을 생각할 수 있었다.

"아까 너희 학교 갔을 때 엄청 예쁜 애가 있던데? 좀 이상해 보일 정도로 하얗던 여자애. 머리도 약간 금발인 것 같고."

현수는 그 애를 안다고 했다. 같은 반이라고 했다. 하영이라는 이름이었다. 처음에는 그 애가 왜 그렇게 하얀지 궁금했던 것뿐이다. 나는 현수의 학교 주변을 서성였고, 언제나 들려오는 말소리에 귀를 기울였다. 하교하던 몇몇 학생을 불러 하영에 대해 캐묻기도 했다. 그러면서 그 애가 백색증이 심했고, 자라오면서 조금씩 나아지긴 했지만 겨울에도 선크림을 두껍게 바르고 다닐 정도로 햇볕에 약하고, 안경이나 콘택트렌즈 없이는 밖을 돌아다닐 수 없다는 것을 알게 되었다.

"백색증이라던데. 나 그런 거 처음 들어 봐. 그게 병인 건가?"

나는 하루 종일 현수에게 그 애 이야기를 들었다. 반에서 그다지 인기가 많지도 않고, 공부도 적당히 못하지 않는 정도이고, 착한 애들과 나쁜 애들 사이를 두루두루 오가는 성격이라고 했다. 어딜 가나 귀공자 같은 반듯한 얼굴로 주변의 환심을 사는 현수에 비하면 하영은 그냥 평범한 학생처럼 보일 외모이긴 했다. 그러나 화려하지 않지만 소소하게 반짝이는 아름다움이 시선을 끄는 사람이었다. 그런 하영을 처음에 현수는 알아보지 못했다. 현수는 하영을 그냥 그런 애, 졸업하고 한두 달만 지나도 잊힐 만한 애라고 말했다. 그런가, 하고 넘어갔지만 언젠가 현수가 하영의 아름다움을 알아차리게 되리라 예상했다. 현수와 나는 항상 같은 것에 끌렸으니까.

그 이후 해가 쨍쨍한 날이면 그 애가 걱정되었다. 나는 현수에게 우산을 챙겨주었다. 해도 밝은데 무슨 우산이냐며 핀잔을 줄 때마다, 우산이 필요한 순간이 있을 거라고만 어물거리며 넘어갔다. 현수는 알면서도 모르는 척을 했다. 절대 그 입으로 하영의 이름을 다시 꺼내지 않았다. 그때 이미 눈치채고 있었다. 현수도 하영을 좋아하게 된 것이었다. 우리는 닮은 사람들이었다. 처음부터 알아봤다. 중학교에 들어가자마자 현수와 친해진 건 당시 담임이 경제적 사정이 어려운 학생들을 따로 불러 방과 후 활동비를 면제해주는 서류에 서명을 하게 한 일 덕분이었다. 담임의 배려 없는 처신으로 우리는 얼마나 서로가 비슷한 상황에 놓여 있는지 단번에 알게 되었다. 집으로 돌아가는 길에 자연스럽게 얘기를 나누면서 공교롭게도 둘 다 부모가 이혼을 했다는 걸 알게 되었다. 늦잠을 자도 학교에 가라고 깨우는 이가 없고 집에서 제대로 된 식사 한 끼 챙길 수 없다는 처지도 같았다. 늦은 귀가를 혼내는 부모가 없었고 집 안은 늘 어질러져 있었다. 우리의 생활은 닮은꼴이었고, 머리카락으로 이마와 눈을 다 덮어 하관만 보이는 우리의 외양도 비슷했다. 담임마저 우리를 헷갈려 했다. 게다가 우리는 일부러 그렇게 맞추기라도 한 듯 서로가 원하는 걸 원했다. 현수가 원하는 걸 내가 원했고, 내가 원하는 걸 현수도 원했다. 그것이 무엇인지 내놓고 말하기 전에 서로 동시에 원하고 있을 때도 많았다. 똑같은 여자애를 좋아하는 일은 몇 번이나 있었다. 그러다가 금방 식어버리곤 했으니 이번에도 비슷한 결말에 이를 것이라 생각했다. 이 마음도 사라질 것이다. 우리의 우정은 계속될 것이다. 그러니까 현수가 비 한 방울 내리지 않던 오후에 하영의 머리 위로 커다란 우산을 펼쳐 들어 보이던 순간, 나는 심장이 덜컥 내려앉았으면서도 아무것도 바뀌는 건 없으리라 믿었다.

현수의 입에서 하영의 이름이 자주 들려오기 시작하더니, 여름방학이 지나고 한참 날이 쌀쌀해진 시기부터 두 사람은 사귀게 되었다. 현수에게서 그 소식을 듣게 되었을 때, 심장 한구석이 뾰족한 것에 찔린 듯 아팠다. 마음이 아프다는 것이 그토록 생생한 감정이라는 걸 깨달았지만 나는 견뎠다. 아무런 미래도 꿈꾸지 않는 자퇴생보다는 적어도 학교에 붙어 있는 현수가, 귀공자 같은 외모를 가진 그가 더 하영에게 어울린다고 생각했다. 나는 물러섰다. 조용히 지켜볼 생각이었다. 그럼에도 현수가 하영을 사랑하는 방식에는 탐탁지 않은 요소들이 있었다. 제대로 피임을 하지 않으면 준비되지 않은 상태로 아이를 갖게 될 거라고 경고했지만, 현수는 사랑이 벅차오르는 순간에는 그런 걸 신경 쓸 겨를이 없다고 하면서 그가 얼마나 진심으로 그 애를 사랑하는지 주장했다. 그럴 때마다 나는 현수가 입으로 내뱉는 '사랑'이라는 단어를 의심했다. 현수가 말하는 그 사랑이란 어디서 시작된 걸까. 돌이켜 생각해보면 분명히 현수는 그 애를 좋아하지 않았다. 애초에 관심도 없었다. 그러다가 나를 통해 그 애에 대해서 듣게 되었고, 그때부터 그 애를 눈에 담았고 점차 원하게 된 것이었다. 그렇다면 현수를 사랑에 빠지게 한 책임은 나에게 있었다. 만약 그 사랑으로 무슨 일이 일어난다면 그 책임은 누구에게 있는 걸까. 나는 더 이상 현수의 차가운 방을 찾아가지 않았다. 갈 수 없었다. 그 차가운 방으로 현수는 하영을 불렀다. 그 어린 연인들은 늘 붙어 다녔고, 내가 낄 자리는 없었다. 그럼에도 나는 두 사람 근처를 서성이며 몰래 지켜봤다. 그러면서 알게 되었다. 현수는 하영에게 내 존재를 알리지 않았다. 마치 정체를 드러내면 안 될 괴물처럼 현수는 나를 철저히 숨겼다. 그때 나는 돌아서야 했다. 현수에게 실망하고 하영을 잊어야 했다.

현수가 나를 찾은 건 몇 달 지난 후였다. 그는 아기가 생길 줄은 몰랐다며 깊이 고개를 숙였다. 당연하게도 아기를 낳는 일은 둘만의 책임으로 끝나지 않았다. 현수의 부모에게 기댈 수 없었으므로, 그들은 하영의 집으로 들어가야 했다. 현수는 당연한 것들이 자신을 짓누른다고 털어놓았다. 하영의 부모의 다정함은 말이 되지 않는다고 했다. 어린 딸이 임신을 했고, 변변치 못한 남자애를 데려왔는데도 그들은 왜 받아주는 것인가. 겨우 베개로 내려치는 매질 한 번으로 모든 걸 수용할 수 있는 건가. 왜 어른이라는 이유로 많은 것을 책임지는 것인가. 그런 것을 부모에게서 경험한 적이 없는 현수는, 내가 보기에 하영을 질투하는 것 같았다. 감히 하영과 그 부모를 욕했다. 나는 참을 수 없었지만 크게 상관할 일이 아니라고 생각했다. 그때 현수는 누군가를 욕하고 미워해야만 견딜 수 있는 상태 같았다. 나는 필요하다면 그를 돕겠다고 했을 뿐이다. 그는 나에게 고마워했다. 그러면서 혹시 갖고 싶은 게 있으면 말해달라 했다. 앞으로 나에게 빚질 일이 많아질 거라면서. 나는 잠시 고민하다가 그에게 졸업 사진첩을 달라 했다. 남들처럼 고등학교를 다니지 못한 안타까움을 그 사진첩으로 달래볼 수도 있지 않느냐는 말은 거짓된 핑계였고, 실은 그 사진첩에 담겨 있는 하영의 사진을 갖고 싶었다. 현수는 조금도 의심하지 않았다. 흔쾌히 그것을 나에게 주었다.

얼마 후 두 사람은 약식으로 친척들만 불러 결혼식을 올렸다. 그 후로 밤마다 현수는 나를 불러냈다. 그 차가운 방 근처에 있던 작은 슈퍼의 뒷골목에서 담배를 피웠고, 매캐한 냄새가 몸에서 떨어질 때까지 운동장을 달렸다. 아기가 태어나는 순간에도 현수는 나랑 담배를 피우고 있었다. 도저히 무서워서 아기를 보러 갈 수가 없다고 말했지만, 그를 찾으러 달려온 하영의 아빠에게 붙들려 병원으로 끌려갔다.

성년이 되자마자 아빠가 된 현수는 단순 아르바이트를 전

전했다. 고등학교 졸업장만으로 현수가 원서를 낼 수 있는 곳은 많지 않았다. 그러다가 장인의 소개로 간호조무사 자격증에 대해서 알게 되었는데, 지푸라기라도 잡아야 할 처지였던 현수는 장인의 지인이 운영하던 학원에 다니기 시작했다. 1년 과정을 이수하고 자격증을 따면 응급실 같은 곳에 자리를 얻을 가능성이 있었다.

현수는 새벽에 일어나 학원에 갔고 자정까지 독서실에 앉아 있었다. 융통성 없이 버티면서 공부했다. 하지만 두어 시간 집중해 공부하면 책상에 고꾸라져 잠들어버렸다. 제대로 공부를 해본 적 없는 현수는 방법을 모르겠다며 불안에 휩싸였다. 현수는 나에게 어떻게 좀 해달라고 칭얼거렸다. 그즈음 나도 친척 형이 시작한 유통업을 도우면서 사회생활을 시작한 터라 여유가 없었다. 그 대신 공부를 해줄 수도 없는 노릇이었다. 네 일은 알아서 하라며 무시하려 해도 그럴 수 없었다. 운동장 돌계단에 앉아 있던 소녀가 때때로 눈앞을 스쳐 지나갔던 것이다. 시간을 되돌릴 수 있다면 그때로 돌아가 그 애한테 말하고 싶었다. 아무나 함부로 사랑하지 말라고. 나나 현수 같은 인간을 동정하지 말라고. 그럴 것 같으면 도망가야 한다고.

현수는 나를 붙들고 어리광을 부리듯 툴툴거렸다.

"어떻게 좀 해줘. 네가 아니었으면 이런 일은 일어나지도 않았을 거잖아."

 나는 이상한 죄책감을 느꼈다. 정말로 내가 없었다면 아무일도 일어나지 않았을까. 현수가 모든 인연의 시작으로 돌아가 나에게 책임을 전가하려는 것을 어느샌가 납득해버리고 말았다. 나 때문에 망가진 것이 있다면 회복시켜 놓아야 한다는 생각이 들었다.

 나는 현수에게 약통을 하나 건넸다. 하얀 약통에 영어로 표기된 스티커에는 조악한 손글씨로 대문자 A가 쓰여 있었다. 그것은 형이 노출되지 않은 경로를 통해 소량만 들여오던 약이었다. 거래하는 이들끼리는 영양제라고 불렀지만 사실 불법 거래되는 신경과 약이었다. 처방이 필요하고 중독될 확률이 높은 위험한 약이었다. 하지만 피로를 지우고 몸을 각성시켜 집중력을 높여주는 명약으로 통하면서 암암리에 수험생 사이에서 거래되고 있었다. 아주 가끔 필요할 때 소량만 복용한다면 중독될 가능성이 낮을 거라는 형의 말을 믿었다. 현수는 반색했다. 그에게 그 약은 한 줄기 빛이었다. 현수는 더 이상 책상 앞에서 잠들지 않았다. 그 약을 조금만 더 일찍 알았더라면 좋았을 거라며 안타까워했다. 그로부터 1년 후 현수는 간호조무사 자격증을 취득했다. 그 어느 때보다 자신감에 넘쳤다. 그는 응급실에 자리를 얻지는 못했지만 규모가 있는 한 가정의원의 간호조무사로 들어갔다.

나는 아침마다 조깅을 한다는 핑계로 거리를 배회하다가 현수의 근무 시간에 맞춰 그를 집 앞에서 배웅하러 나오는 하영을 훔쳐보곤 했다. 근심이 씻긴 말간 얼굴로 현수에게 손을 흔드는 그 애를 보고 있으면 심장이 터질 듯했다. 어린 아기를 품에 안은 하영은 운동장 돌계단에 앉아 있던 순간보다 환하고 아름다웠다. 그 순간 나는 행복이란 별것 아닌 장면에 깃들어 있다는 걸 알게 되었다. 아주 평범하게 누군가를 이른 아침 배웅하는 순간에. 하영이 행복하다면 된 것이 아닌가. 나는 이것으로 모두 해결된 것이라고 생각했다. 하지만 그것은 해결처럼 보이는 착시였을 뿐이다. 그때부터가 문제의 시작이란 건 알지 못했다.

현수가 일하게 된 가정의원은 언제나 사람들로 북적였다. 그곳을 찾은 환자들은 대체로 수액을 맞거나 물리치료를 받았다. 현수는 주로 물리치료 베드 옆에 앉아 있다가 환자가 오면 온열 수포를 허리에 대주거나 처방받는 수액을 놓았다. 석 달쯤 지났을 때 환자 하나가 접수대에 머리를 찧으며 악을 질러대는 사건이 일어났다. 의사가 원하는 약을 처방해주지 않는 것에 대한 분풀이였다. 허리 통증을 호소하면서 마약성 진통제 처방을 원하다가 여러 병원에서 퇴짜를 맞은 진상이었다. 여자 간호사들이 힘에 부쳐 쩔쩔맸다. 현수는 그 환자와 실랑이를 벌이며 문밖까지 끌고 갔다. 그러다가 그 진상 환자의 손톱에 얼굴이 긁혔다. 그동안 환자와 실랑이를 벌이는 일이 꽤 있었지만 상처가 난 것은 처음이었다. 귀가한 현수의 상처를 본 하영은 그의 몸을 여기저기 살폈다. 얼굴에 상처만이 아니었다. 몸 곳곳에 엷은 멍 자국이 보였다.

그래서 하영이 많이 울었다고, 현수가 말했다. 해 질 무렵 잠깐 나를 보러 온 현수는 안색이 어두웠고, 자신이 다시 약해진 것만 같아서 불안하다고 했다. 나는 그런 현수를 데리고 문 닫기 직전인 백화점을 황급히 찾았다. 눈길이 닿는 대로 여성복 매장으로 향했다. 마네킹이 입고 있던 검은 코트를 달라고 했다. 점원은 캐시미어와 알파카가 섞여 따뜻할 거라고 설명했다. 나는 그걸 샀다. 반으로 곱게 접힌 코트와 두꺼운 옷걸이가 함께 담긴 종이 가방을 현수에게 들려주었다. 나는 그걸 하영에게 선물하라 했다. 그러면서 그에게 옮길 만한 병원을 알아본다고 약속했다. 그제야 현수의 얼굴이 조금 밝아졌다.

다음 날 아침, 나는 하영이 그 검은 코트를 입고 현수를 배웅하는 모습을 볼 수 있었다. 코트를 살 때는 자세히 살펴보지 못했는데 목깃 부분에 부드러운 털이 달려 우아해 보였다.

하얗고, 선녀 같고, 마음이 저렸다. 내가 산 코트를 입은 하영을 보는 순간 잠시나마 하영이 내 아내가 된 것 같았다. 얼마간은 현실로 돌아오고 싶지 않아서 눈을 뜬 채 꿈을 꿨다.

나는 몇 가지 약물을 비밀리에 유통해주던 내과에 현수의 자리를 마련했다. 경증보다 중증 환자 위주로 돌아가는 곳이었다. 현수가 할 일은 다르지 않았다. 환자들은 대체로 허리나 어깨 통증을 호소하면서 진료를 받았고, 주사실에 누워 진통제나 수액을 맞았다. 현수는 전에 일하던 곳에 비하면 유난히 진통제 처방이 많다고 느꼈지만 큰 문제라고 여기진 않았다. 그곳에서 또래의 다른 동료들을 만났고, 남자 간호사가 두 명이나 더 있어 혼자서 완력을 써서 환자를 들거나 끌어내야 할 일도 적었다.

"다 네 덕분이야. 너한테 어떻게 갚아야 할지 모르겠어."

나는 현수가 평범한 가정에서 특별할 것 없는 행복을 매일 누리는 삶을 지켜보는 일로 이미 보답을 받았다고 말했지만, 한편으로는 그가 더 약해지기를 바랐다. 자신의 의지만으로는 되지 않는 일을 자꾸 겪고, 살아가는 일에 버거워져서 계속 나를 찾고, 나에게 매달리고, 결국에는 자신의 인생을 나에게 맡겨 하영을 부탁한다고 말하는 날이 오기를 은밀하게 소망하면서도 그런 기대가 결코 이루어지지 않기를 바랐다.

*

 현수가 이직을 하고 반년이 지났을 무렵, 형에게 현수가 의식을 잃었다는 소식을 들었다. 현수가 일하던 병원 원장이 다급하게 연락을 한 것이었다. 나는 현수보다 하영을 먼저 떠올렸다. 경찰에서 전화를 받았을 때 그 작은 몸이 얼마나 놀랐을까. 그녀가 손바닥에 난 땀을 허벅지에 문지르면서 손에서 미끄러져 내리는 전화기를 다시 집어 드는 모습이 내 눈앞에 그려졌다. 경찰서에 고개 숙인 채 죄인처럼 앉아 있는 현수의 동료가 눈물범벅이 되어 하영에게 무릎을 꿇었다고 형이 전해주었다. 그가 경찰에게 미친 사람처럼 말을 쏟아내며 치사량일 줄 몰랐고, 이상 반응을 보이면 곧바로 날론손을 주사하면 되니까 방심했다고, 길항제가 바뀌어 있을 줄은 자신도 몰랐다며 횡설수설하던 것을 하영이 다 보았다는 것까지도 알게 되었다.

 장례는 급하게 치러졌다. 현수가 동료 간호사와 장난삼아 마약성 진통제에 손을 대고 결국 급성 약물중독으로 죽은 사실을 쉬쉬하는 분위기였다. 조문객이 한차례 빠져나간 이후 나는 장례식장을 찾았다. 번갈아 장례식장을 지키는 것인지 내가 찾아갔을 때는 운명처럼 하영만 그곳에 앉아 있었다.

"처음 뵙겠습니다. 유진호입니다."

나는 어디를 봐야 할지 알 수 없었다. 이 공간에 우리 둘만 있다는 사실을 믿을 수 없었다. 무슨 말을 해야 할지도 알 수 없었다.

"와주셔서 감사합니다."

나는 현수의 영정 앞에 절을 했다. 그리고 하영을 마주 보았다. 하영의 손을 잠시 동안 내려다보았다.

"저는 현수와 둘도 없는 사이였습니다. 한 형제 같았고, 한 몸 같았죠."

그런 후에는 홀린 듯이 하영의 눈을 보았다. 그러다가 그 손을 잡았다. 하영은 나를 뿌리치지 않았다. 그 손은 상상해온 것보다 훨씬 차가웠다. 나는 그 손이 뜨거워지길 바라며 정신없이 말을 쏟아냈다. 현수와 내가 어떻게 만났는지, 우리가 얼마나 각별한 친구였는지, 우리가 얼마나 많은 일을 함께했는지. 당연하다는 듯이 그런 말들은 갈피를 잃었고, 내 마음에 담겨 있던, 절대 밖으로 꺼내서는 안 될 말들이 흘러나오기 시작했다. 현수가 당신에게 반했다면 나도 당신에게 반할 수 있다고, 그 반대도 가능하고, 순서 따위는 상관없다고. 그래서 이제 뭘 어떻게 하겠는가? 나는 이것으로 내가 숨죽여온 사랑이 엉망이 된 결말을 맞이한 걸 알아차렸다.

나는 하영에게 등을 돌려 장례식장을 빠져나왔다. 눈물이 나오려는 걸 참으려 입술을 계속 씹어댔고, 그게 마치 웃음을 못 참아 볼 근육을 씰룩거리는 것으로 보일까 싶어 재빨리 두 손으로 얼굴을 가렸다.

그 얼마 후 하영의 친구라는 사람이 전화를 걸어왔다. 내가 의심을 하자 자신이 누구인지 확실히 하고 싶으면 하영의 졸업 사진을 찾아보라고 했다. 나에게는 현수가 준 졸업생 사진첩이 있었고, 약간 배가 부풀어 있는 하영의 모습이 남아 있었다. 그 옆에 꼭 붙어 있는 여자가 바로 이소영, 자신이라고 그 여자는 말했다. 그녀는 처음에는 순진한 척 부탁을 했다. 하영을 슬픔에서 꺼내줄 필요가 있다는 말을 했다. 처음에는 그게 무슨 뜻인지 알 수 없었다. 당연히 슬퍼야 했다. 남편을 잃었지 않은가. 충분히 슬퍼하게 내버려두자고 했지만 그 여자는 말을 듣지 않았다.

"이대로 내버려두면 하영이 무슨 짓을 하게 될지 몰라요."

여자는 하영이 위태로운 시간을 보내고 있다고 말했다. 자신은 하영을 잘 안다고 했다. 하영은 자기 기분에 따라 한순간 잘못된 결정을 하는 사람이라고 했다.

"걔는 마음이 모질지 못해요. 그러니까 그런 애랑 순진하게 결혼을 한 거잖아요. 이 시기를 놓치면 안 돼요. 이러다가 하영이 정말 위험해질 수 있어요."

하영의 친구가 나에게 무엇을 요구하는 것인지 잘 알 수 없었지만, 그녀가 현수에 대해서 제법 알고 있다는 생각이 들었다. 무엇보다 나도 하영이 잘못된 생각에 빠지는 걸 바라지는 않았다. 그렇다고 내가 할 수 있는 것이 딱히 떠오르지도 않았다. 여자는 하영에게 전화를 한번 해달라고 했다. 그저 하영이 정신을 차릴 수 있도록 조금만 도와주면 된다고 했다. 내가 어떻게 하면 되느냐 묻자, 여자는 어려울 것은 없다고 하면서, 앞으로 하영의 죽은 남편을 대신해 내가 도와줄 거라는 말을 남겨달라고 했다. 나는 망설였다. 현수를 대신해 내가…… 그럴 수도 있는 걸까, 생각을 하자 얼굴이 뜨거워졌다. 사실 현수를 죽음으로 몰아넣은 시작점에는 내가 권한 그 각성제가 있다고 생각했다. 그 약이 나중에 그가 다른 약물에 접근하는 통로를 열어준 것일지 몰랐다. 현수가 병원을 옮기는 일을 도와준 것 역시 마찬가지였다. 그곳에서 일하지 않았다면 현수는 지금 살아 있었을까. 나는 수없이 돌이켜 과거를 수정해보고 싶었다. 만약 방법이 있다면 아주 작은 것이라도 시도해보고 싶었다. 그것이 악마의 유혹처럼 들려온다고 해도 거부하고 싶지 않았다.

"혹시나 하영이 당신을 허락하게 될 수도 있잖아요? 그 애 친구로서 말하자면, 하영이 아기와 둘만 남아 있는 것보다는 누군가 옆에 있어주었으면 싶기도 해요."

그 여자는 내가 무엇을 원하는지 알고 있는 듯 자신감에 넘쳐 말했다. 내가 하영의 목소리를 직접 듣고 싶어서 전화를 걸 명분을 만들고 싶어 한다는 사실을 알고 있는 듯했다. 결국 나는 그 계획에 동참했다. 내 마음을 다시 전할 수 있는 기회라고 여기면서.

"좋아요. 이 거래는 하영에게는 영원히 비밀로 할게요. 정말 고마워요. 큰 힘이 될 거예요."

당연하게도 그 일은 소망한 대로 풀리지 않았다. 엉망이 된 매듭은 더욱 꼬여버렸다. 나의 사과가 닿기도 전에 하영은 소스라치며 겁에 질려 전화를 끊어버렸다. 그래서 당신이 힘들어지면 꼭 나한테 연락을 달라는 간절한 요청은 닿을 수가 없었다.

*

그것으로 우리의 인연은 완전히 끊어져야 했다. 서른셋이 된 해, 하영은 손가락 하나를 잃은 모습으로 나를 찾아왔다. 몇 번의 메시지를 주고받은 후였다. 어떻게 알았는지 하영이 나에게 먼저 연락을 해 온 것이었다.

그날 하영은 아이보리색 코트를 입고 있었다. 내가 그 코트를 사준 건 10년 전이었지만, 얼마나 아껴 입었는지 아직도 새것 같기만 했다.

하영은 털어놓았다. 나를 맹렬히 증오했다고, 죽여버리고 싶다는 생각밖에 하지 않았다고. 그리고 아주 강한 감정은, 그게 무엇이든, 사람을 앞으로 밀어붙이고 때로는 살아가게 한다는 걸 알게 되었다고.

"누군가를 미워하지 않고서는 지나올 수 없는 시간이 있잖아요."

그러더니 하영은 말이 없었다. 하영은 어깨를 떨었다. 겨우 10년이 지나는 동안 무슨 일을 겪어온 것인지 하영은 싱그럽던 청춘을 다 잃은 듯했다. 다른 또래 여자들과 얼핏 비교를 해도 훨씬 더 나이가 들어 보였다. 아무리 안타까워도 이제 되돌릴 수 있는 건 없었다.

"누구라도 더 미워할 수 있었으면 좋았을까요?"

나는 그녀가 조금 더 생생하게 살아 있기를 바랐다. 어떤 식으로든 지금보다는 더 좋은 얼굴을 하고 있기를 원했다.

"전 아직도 미워하고 있어요."

하영이 말했다.

"그쪽을 미워한다는 게 아니라…… 이제 나는 나를 미워해요. 모두 내가 바보 같아서 일어난 일이니까요."

나는 오래전 장례식장에서 그런 것처럼 그녀의 손을 덥석 잡고 싶었지만 참아야 했다.

"확인하고 싶었어요. 그때 왜 나를 스토킹했는지."

나는 그녀가 왜 그런 오해를 하는지 짐작조차 가지 않았다. 내가 그녀 앞에 나선 건 장례식에서 딱 한 번이었다. 그 후 그 친구의 부탁으로 전화를 한 통 했을 뿐이다.

하영은 그다음에 일어난 일들을 말해주었다. 한동안 내가 그녀에게 지독한 메시지를 수도 없이 보내고, 심지어 하영이 번호를 바꿀 때마다 끈질기게 추적해 연락을 하지 않았느냐는 것이었다. 나는 전혀 모르는 일이라 했다. 하영은 의심쩍은 눈빛으로 나를 훑었다. 내 말을 믿을 수도 믿지 않을 수도 없는 모양이었다.

"오해한 거라면 정말 미안합니다."

하영은 어두운 얼굴로 사과했다.

"제가 물어도 되는지 모르겠지만, 혹시 그동안 무슨 일이 있었나요?"

내가 묻자 그녀는 연신 이마를 손으로 짚으면서 고개를 젓다가 나에게 다 듣고 잊어달라 부탁했다.

"얼마 전에 누가 저를 찾아왔어요. 우리 아이가 어릴 때 다니던 어린이집 교사였죠. 그분이 예전에 어린이집에서 근무할 때 손이 모자라면 때때로 자기 동생을 보조 교사로 불렀다고 해요. 그날도 그런 일이 있었던 거죠. 우리 아이가 반나절 동안 유괴되었다가 돌아온 적이 있거든요. 아무래도 그게 자기 동생과 관련이 있던 것 같다고 그 교사가 얘기해주었어요.

그 동생이라는 사람과 오래 사귀던 사람이 무슨 이유에서인지 앙심을 품고 그때 그 일을 나한테 다 말해버린다며 협박을 한 모양이에요. 그래서 자신까지 그 일을 알게 되었고, 아무리 생각해도 용서를 구할 일이라는 생각이 들어서 나를 일부러 찾아온 거라고 하더군요. 어쩌면 일이 터지기 전에 진실을 알려서 선처를 바라는 것인지도 모르지만요."

"그게 저랑 무슨 관련이 있나요?"

"여태껏 저는 그때 우리 아이를 납치한 게 당신인 줄 알았어요. 납치한 아이를 되찾고 나서 당신이 보낸 듯한 문자를 받았으니까요."

하영은 아직도 생생히 기억한다고 했다.

"거기에는 당신 이름도 없었고, 그 번호가 당신이 쓰던 것도 아니었죠. 단지 우리 아이가 어른 남자와 함께 있었다는 이유만으로 난 당신을 의심했어요."

그녀가 내 앞에서 무릎이라도 꿇을까 걱정되었다.

"사실 저는 아직도 당신을 의심하고 있어요. 따질 만한 증거도 없지만요. 제발 솔직히 말해주세요. 그때 우리 아이를 납치하지 않았어요? 정말 그런 일 없었어요?"

그녀가 어떤 대답을 듣고 싶어 하는지 어렴풋이 짐작했다. 그녀는 차라리 나를 의심함으로써 누군가에 대한 믿음을 지키려는 것 같았다. 나는 그녀가 원하는 답을 해주고 싶었다.

하지만 그것이 정말로 그녀를 위한 길인지 알 수 없었다.

"저는 하지 않았습니다."

나는 사실을 말했다. 그녀가 상처를 받더라도 진실을 아는 것이 더 낫다고 생각했다. 그녀는 마른침을 삼키며 나를 보았다. 그녀의 손가락 네 개가 부들부들 떨렸다. 나는 뚫어져라 보면서도 왜 손가락이 그렇게 되었느냐 묻지 않았다. 눈을 질끈 감아버렸다. 나는 하영의 친구를 생각했다. 아마도 그 여자가 그 모든 일을 꾸민 주범 같았다. 나는 하영이 자기 손을 꼭 쥐느라 그 손등으로 툭 불거져 나온 핏줄을 내려다보았다. 오래전 그 엷고 창백한 피부를 아름답다고 생각하던 시간은 이미 지나버렸다. 하영은 미안하다고 했다. 나는 하영의 친구인 소영이라는 여자가 딱 한 번 나에게 부탁해온 일을 떠올렸다. 그러나 그 사실을 하영에게 털어놓는 것은 옳지 않은 일이라 생각해 입을 다물었다. 그 여자는 내가 그 한 통의 전화가 불러온 지독한 부끄러움을 잊으려 발버둥 치는 동안 상상도 못 한 방식으로 하영을 괴롭힌 듯했다. 하영은 쓸쓸한 표정으로 손을 내려다보다가 내 눈길을 의식했는지 스스로 손가락을 잘라버린 것이라고 털어놓았다. 왜 그렇게 했느냐고 물을 수 없었다. 그런 질문을 할 만한 자격이 없는 것 같았다. 나는 그저 점차 떨림이 잦아드는 그녀의 손을 내려다보면서 입을 열었다.

"그 코트, 지금 입기에는 춥지 않을까요?"

앞으로 10년쯤은 거뜬히 입을 수 있도록 따뜻한 겨울 외투를 열 벌 정도는 사주고 싶었다. 하지만 그럴 수는 없을 것이다. 단 한 벌도 사줄 수 없을 것이다. 그녀가 내 호의를 받지 않을 테니까.

"별로 춥지 않아요."

그러더니 그녀가 힘없이 미소 지었다. 추울 텐데…… 아무리 새것처럼 보여도 시간이 흐르는 동안 옷감이 닳았을 테니까……. 나는 그렇게 생각만 했다. 말로 전하지는 않았다. 그렇게 숨겨두기만 하면 아무런 파장도 일으키지 않고 조용히 지나갈 마음이었다. 앞으로도 그렇게 하리라. 절대 말하지 않으리라. 그 코트를 사준 게 나라는 걸 밝히지 않으리라. 그녀가 그것을 현수의 선물로 오해하도록 내버려두리라.

*

나는 창을 열어 밖을 내다보았다. 안개에 휩싸인 풍경은 더욱 흐릿해지고, 술을 마신 정신도 마찬가지로 혼곤해졌다. 이럴 때마다 똑같은 기억은 매번 다른 방향으로 해석되었다. 기쁘다가도 외로웠고, 슬프다가도 행복했다.

그날, 나는 그녀에게 의례적인 태도로 도와줄 일이 없는지 물었다. 그러자 그녀는 한참을 고민하더니 딱 한 번만 내 번호로 문자를 보내달라고 했다. 날 향해 남아 있는 어두운 감정을 지울 수 있도록 다정한 메시지를 하나 남겨달라고 했다. 언제라도 좋으니 보내달라고 했다. 그러나 나는 이후로도 그녀에게 메시지를 보내지 않았다. 어쩌면 현수가 그렇게 되어버린 것에는 내 잘못이 있었으니, 다정한 사람으로 그녀에게 남는 건 비겁한 일이 될 것이었다. 대신 나는 지금으로부터 10여 년 전 몰래 그녀의 딸에게 꽃다발을 보내려 했다. 한때 납치되었다가 그녀 곁으로 돌아왔다는 그 애가 현수와 그녀를 꼭 닮은 얼굴로 스크린을 가득 채웠을 때 어떻게든 내 마음을 전해보고 싶었다. 그러나 그 꽃다발은 제대로 전하지 못했다. 나는 그 꽃을 길에 버리고 어딘가로 달려가야 했다. 마치 그 기회로부터 도망가듯이. 그럴 생각은 없었지만 그렇게 되고 말았다. 신은 내가 용서받길 원치 않았던 것이다. 끝내 나는 그럴 운명이었던 것이다.

5
23세 이나을
시간을 다하는 것

선명한 화질로 뽑아낸 기사 속 시우의 사진은 벌써부터 이목을 끌었다. 처음에 사람들은 화장기 없는 얼굴로 밤 산책을 나선 젊은 여자가 누구인지 몰랐다. 그러나 곧 그 이름이 밝혀지고, 그 아름다움이 드러나고, 그녀에게 있지도 않은 치부가 들러붙으면서 온갖 비난이 그 사진 속 천진한 여자를 향해 쏟아졌다.

'유부녀랑 바람피워도 용서가 되는 거야?'
'과거사 털면 뭐가 나와도 나올 상이네'
'예쁘긴 한데 쎄한데?'
'역시 관상은 과학인가'

어느새 소문 속에서 시우는 오겸의 애인이 되어 있었다. 소문은 계속 들끓었다. 윤소이 대표가 나를 불러 앉혀놓고 상황을 설명했다. 좋은 상황이기도 나쁜 상황이기도 했다. 이 일로 어떤 영향을 받을지 선택을 해야 했고, 윤 대표는 한 사람을 희생하는 시나리오를 제안했다. 그러니까 그날, 우리 넷이 멀뚱히 서 있던 그 순간 찍혀버린 파파라치 사진에서, 기막힌 구도로 인해 오겸과 시우의 얼굴만 정면으로 드러났다. 어설픈 모자이크 처리로 그 정체가 알려진 후 지나치게 아름다운 미모로 주목을 받으며 대중의 관심을 돌려세운 사람이라면 이 난장에서 유일하게 피를 흘릴 적임자로 충분하다는 윤 대표의 판단이었다.

윤 대표는 정소민이 우리를 도와줄 수 있을 거라면서, 지난번처럼 학폭 고발 글을 다시 올려달라 부탁하려 했다. 이번에는 시우를 저격하는 글을 올린 후 비상의 홍보팀이 분주하게 움직일 계획이었다. 그리하여 현재 촬영이 중단된 영화의 주연은 시우가 되고, 그녀는 어린 시절 학폭 논란으로 영화에 참여할 수 없게 되는 것이다. 한편 이미 관계가 틀어진 연 작가의 과거 행실을 문제 삼는 기사를 내보내고, 동시에 오겸의 미담을 긁어모아 퍼트리면 될 터였다. 마지막으로 배우를 교체하는 방식으로 사건을 수습하면서, 이시우가 미끄러진 배역에 내가 들어가는 것이다. 그런 일이 정말 가능한가 싶었지만 방향을 정하고 강하게 밀어붙이면 어떻게든 여론이 움직일 거라고 윤 대표가 말했다. 예방하지 못한 스캔들은 터지기 마련이고, 그런 것은 결국 더 큰 이슈로 덮어야 한다고 했다. 시우에게는 충분히 보상할 거라 덧붙였다.

*

다음 날 나는 처음으로 시우가 사는 곳에 가봤다. 겨우 한 뼘 거리로 옆 건물의 창문과 마주하고 있는 2층의 다섯 평짜리 방은 무척이나 추웠다. 시우는 지난겨울에 난방시설이 고장 났을 때 작은 전기난로와 전기장판으로 버텼다고 했다. 시우는 이렇게 춥고 작은 방을 닮은 곳에서 사랑에 빠진 연인들이 있었고, 그 결실이 바로 자신이라고 말하며 웃었다.
"추워서 그랬을까?"
시우는 장난기를 섞어 말했다. 나에게는 그것이 사랑 이야기가 아니라 차가운 이야기로만 들렸고, 농담을 가장해 그 이야기를 가볍게 만드는 시우에게 대꾸하고 싶지 않았다. 어쩐지 시우의 미소가 쓸쓸하게 보였고, 그제야 나는 한주 선생님이 그 어린 시절 나에게만 든든한 어른이었을 뿐이고, 정작 시우에게는 애물단지나 다름없는 엄마가 아니었을까, 처음으로 그런 의문이 들었다. 시우는 어릴 적 엄마를 도와주던 이모가 없었다면 자기는 지금쯤 이가 다 뽑혀 틀니를 끼고 다녔을 거라고 우스갯소리처럼 말했다. 엄마가 밥을 주지 않아서 찬장에 있던 사탕 한 봉지로 며칠을 연명한 적도 있다면서.

"그런 엄마가 널 만나러 갈 때면 제대로 된 어른 같아 보여서 좋았어."

나는 아무 말도 할 수 없었다. 한주 선생님을 찾는다고 해도 그녀가 예전에 내가 이상적으로 그리던 어른의 모습으로 남아 있지 않을 거란 사실을 어렴풋이 알아차렸다. 한주 선생님을 찾자는 약속을 할 때 시우가 별다른 대꾸 없이 울기만 했던 일이 떠올랐다. 혹시 시우는 엄마를 찾고 싶지 않은 게 아니었을까.

"나을아."

나는 시우의 목소리에 정신을 차렸다.

"너무 신경 쓰지 마. 잘될 거야."

이미 윤 대표에게 연락을 받은 시우는 그 시나리오를 전부 알고 있었다. 문서 한 장에 담겨 정리된 타임라인을 수없이 읽은 터였다. 시우는 시장에서 하던 일을 그만두고 몇 달간 은신 생활을 할 참이었다. 필요한 모든 비용은 윤 대표가 지원하기로 했다. 원한다면 은신 생활은 외국에서 할 수도 있었다. 시우는 비교적 생활비가 저렴한 동남아 국가를 알아보면 된다고 했다. 대중의 관심이 수그러들 즈음이면 윤 대표가 시우에게 괜찮은 거처와 일자리를 알아봐줄 것이었다. 윤 대표가 시우에게 제안한 조건이 허황된 건 아니었지만 조급하게 마련되었다는 인상을 지울 수 없었다. 공증된 각서를 쓴 것도 아니라서 시우가 모든 비난을 떠안은 채 버려지게 될 거라는 걱정도 들었다. 물론 윤 대표가 안면 몰수하고 시우를 모른 척할 사람은 아니었다. 적어도 자기 입으로 뱉은 말은 지킬 것이었다. 하지만 애초에 그럴 사람이라면, 이 일과 아무 상관 없는 시우를 처형대에 세울 수가 있는 걸까. 나는 촬영이 무산되었을 때 윤 대표가 짊어져야 할 책임의 무게가 얼마나 되는지 잘 몰랐다. 하지만 이런 작전을 설계한다는 것부터가 어떤 압박감을 견디고 있는지 보여주는 증거라고 생각했다. 겨우 한 장짜리 페이퍼에 담긴 약식의 문구들이 어떻게 작동할 수 있을까. 그것은 너무나 허술해 보였다. 진실이 아니었기 때문에 계속 헐거워 보이기만 했다.

"정말 그렇게 할 거야?"

"응."

시우가 윤 대표의 제안을 받아들이려는 걸 납득할 수 없었다. 나는 시우의 차가운 몸을 끌어안았다. 방 안을 가득 채운 한기보다 더 싸늘한 몸이었다. 힘껏 안고 있으면 따뜻해져야 하지 않나. 그런데도 계속 시우의 몸은 차갑기만 했다. 나는 시우를 더 끌어당겼다. 시우는 숨이 막힌다면서 내 팔을 툭 치더니 캑캑거렸다.

"나한테 이런 건 아무 일도 아니야."

"하지 마."

"이번 일이 마무리되면 나중에 가게 차릴 돈도 좀 모을 수 있을 테고."

"이런 식으로 돈 모으지 마."

시우는 아무 말이 없었다. 시우에게서 떨어져서 그 애의 얼굴을 마주 보니 머리를 한 대 맞은 듯한 표정이었다.

"이런 식으로 모은 돈이 뭔데?"

"날 미워하면서 모으는 돈이 될 거잖아."

시우의 눈이 멈춰 있었다. 너무 차가워 돌이 되었을까. 나는 시우의 어깨를 잡고 흔들었다. 시우는 힘없이 흔들리기만 했다.

"시우야, 정신 차려."

"그만 흔들어. 머리 울려."

나는 시우의 어깨에서 손을 뗐다.

"너한테 미안해서 뭐라도 하고 싶은 거야."

아마도 시우는 큐와 가까이 지내게 되면서 나에게 죄책감을 갖는 듯했다.

"뭐가 미안해?"

시우는 손 닿는 곳에 있던 휴지를 끌어오더니 꼭 쥐었다.

"정말 모르겠어. 어떻게 해야 해?"

나는 시우의 어깨를 두 손으로 붙들었다.

"누굴 대신해서 그 자리에 있지 마."

시우는 한참 동안 머리를 숙인 채 멈춰 있었다.

"그때도 그랬잖아."

시우는 여전히 고개를 들지 않았다. 아마도 10년 전 앵두 앞에서 무릎을 꿇고 한 마디도 못 한 채 억울하게 울던 일을 떠올리는 것 같았다. 그렇다. 그때 시우는 그 자리에 있어서는 안 되었다. 그건 시우의 자리가 아니었으니까. 잠시 후 시우는 간신히 고개를 끄덕였다. 그러더니 희미하게 응, 하고 대답했다.

*

"후회하지 않아요? 나을 씨가 마음을 돌리면 시우 씨는 그렇게 하자고 할 거예요."

"윤 대표님이야말로 후회하지 않으시겠어요?"

윤 대표는 씁쓸한 미소를 지었다. 시우가 윤 대표의 시나리오에 따르지 못하겠다는 의견을 전하자마자 정소민의 학폭 고발 글이 캡처된 채 인터넷에 떠돌기 시작했다. 윤 대표가 기획한 일이 아니었다. 예상하지 못한 변수였다. 내가 보기에는 일어날 일이 일어난 것뿐이었다. 결국 데뷔 전인 신인 배우의 학폭에 대중의 관심이 쏟아졌고, 그 배우가 얼마 전 유부녀와 스캔들을 일으킨 남자의 상대역이라는 소식이 일파만파 퍼져갔다. 윤 대표는 역시나 시우를 방패막이로 삼아야 했다고 말하며 한숨을 푹푹 내쉬었다. 정소민은 캡처 글을 퍼트린 건 자신이 아니라면서 윤 대표를 찾아와 애초에 글을 올린 것도 단순한 장난이라고 공개적으로 해명하겠다고 했다. 하지만 만약 그럴 경우 정소민의 교사 발령에 문제가 생길 것이 분명했다. 내심 나는 정소민이 좋은 교사가 될지 알 수 없다는 생각을 하고 있었지만, 그게 누구든 꿈 앞에서 좌절하게 방치해두고 싶지 않았다. 내가 할 수 있는 일이 있다면 하고 싶었다. 나는 정소민에게 아무런 조치도 취하지 말고 그냥 두라 했다. 내가 앵두의 팔을 물어 피가 났던 것은 사실이지 않은가. 그때 그 벌을 나 대신 시우가 받았다면, 이제는 내가 받을 차례인 게 분명했다. 정소민은 냉담하게 말했다. 그때 어린애가 짊어져야 할 죄의 무게에 비하면 지금 받아야 할 벌은 비교조차 되지 않을 만큼 무거운 게 아니냐면서. 나는 시간이 지났으니 이자가 붙은 것이라 생각한다고 말했다. 정소민은 혀를 찼다. 내가 이런 사람인 줄 몰랐다고 했다. 나도 몰랐다. 이런 일을 겪기 전까지는 알 수가 없었다.

"뭘 지키려고 그러는 거야?"

정소민이 재차 물었다. 글쎄. 나는 무엇을 지키려는 걸까. 시우를 지키려는 걸까. 꼭 그런 것 같지는 않았다. 그저 나는 내 자리에 다른 사람을 세우고 싶지 않았을 뿐이다. 정소민은 이해할 수 없다는 듯 고개를 저었다.

"이시우가 너까지 망치게 되는 거야."

그녀는 살짝 목이 멘 채 분노를 누르듯 말했다.

"시우가 왜 나를 망쳐?"

나는 정소민을 똑바로 보며 말했다.

"내가 그렇게 안 되게 할 거야. 누구든 나를 망치게 내버려두지 않을 거니까."

정소민은 고개를 내저었다.

"내가 그랬지? 너 또라이라고. 진짜 상상도 못 한 또라이."

난 정소민에게 다시 볼 일은 없을 거라 말했다. 이제 내 인생에는 곁에 두고 싶은 사람들만 남겨놓을 테니까. 정소민이 날 향해 보내오는 은근한 호의도 더 이상 받고 싶지 않았다.

정소민이 돌아간 후 윤 대표는 정소민도 이시우도 따지지 말고 오직 내 입장만 생각하라 했다. 이러다가 지금까지 기다리던 모든 게 물거품이 될 거라고 했다. 나는 그 말을 들으면서, 분명히 그런 일이 일어나리라 예상하면서도 이상하게 그것을 진지하게 믿지 않았다. 그저 어떤 기회들이 날아가버릴 뿐이지 나 자신이 흩어지는 건 아니라고 생각했다.

나는 결정을 번복하지 않았다. 다음 날 비상에서는 보도 기사를 냈다. 모든 의혹을 파악 중에 있다고 선을 그었다. 그런 후 오디션으로 발탁한 배우를 전원 교체한다고 알렸다. 잡음을 일으킨 당사자들은 전부 물러날 터였다. 더불어 연 작가가 참여한 시나리오의 일부 장면은 폐기될 예정이었다. 사람들은 윤희재 감독의 편을 들어주었다. 캐스팅에 마가 꼈다는 얘기를 늘어놓으면서 세계적인 관심을 받는 감독이 이런 불상사를 겪게 된 것을 안타깝게 여겼다. 그것이 윤 대표가 피해를 최소화하기 위해 짜놓은 시나리오인 줄도 모르고서 사람들은 각색된 진실에 속아 넘어갔다.

*

"감독님이 다시 부를 거예요. 언제든요."

윤 대표가 힘없이 무릎에 놓인 내 두 손을 꼭 잡았다. 그 말은 진심이라고 생각했다.

"기다릴게요."

그러나 윤 대표가 내 두 손을 뜨겁게 붙잡고 건넨 그 말들보다 나의 밋밋한 마지막 말이 더 진심이었을 테다.

"정말로 기다릴 거예요. 저한테 주어진 시간을 다해서."

윤 대표가 다정한 눈빛으로 나를 보며 말했다.
"그 말 좋네요. 주어진 시간을 다한다는 말이요."
"그것 말고는 제가 할 수 있는 게 없잖아요."
윤 대표가 악수하던 손을 놓고 나를 안아주었다. 언제까지 이 사람이 나를 기억하고 있을까. 그런 걸 의심할 수밖에 없었지만, 그것을 밖으로 꺼내놓고 징징거리면서 나를 잊지 말아달라고 요청하고 싶지는 않았다. 내가 할 수 있는 건 정말로 주어진 시간을 다하는 것밖에 없었다.

밖으로 나오자 시우가 날 기다리고 있었다. 내가 팔을 활짝 벌려 다가가자 시우는 민망한 듯 옆으로 슬그머니 비켜 팔짱을 꼈다. 집으로 돌아가는 동안 나는 시우에게 액터스 헤븐에 대해 말해주었다. 어떤 역할이든 자신이 원하는 역할로 살아갈 수 있는 세계에 대하여. 시우는 흥미를 내보이면서 정말로 그런 곳이 있다면 자신은 이나을로 살아보고 싶다고 말했다.
"어릴 때부터 그렇게 생각했어. 하루만이라도 너로 살아보고 싶다고."
"왜?"
"누군가를 믿어주는 거 나한테 너무 어려웠거든. 그런데 너는 그걸 아무렇지도 않게 해내잖아. 조금도 의심하지 않잖아. 나도 그렇게 누군가를 믿어보고 싶었어."

그게 굉장한 능력이었던가? 내가 의아해하자 시우가 빙긋 웃더니 되물었다.

"너는 어떤 역할로 살아보고 싶어?"

나는 시우 네 얼굴로 살아보고 싶다고 장난스레 말하려다가 고개를 저어 그 답을 털어버렸다. 정말로 나는 어떤 역할로 살아보고 싶은 것일까. 이상하게도 그 순간 딱 한 사람만이 떠올랐다. 다른 누구도 대신할 수 없이 강렬하고 생생하게 살아가는 한 사람.

"나는 그냥 나로 살고 싶어."

시우가 고개를 기울여 의문스럽다는 표정을 지었다.

"다른 누구일 필요가 없는 나. 그게 내가 원하는 역할이야."

시우는 다정한 미소를 지으며 말했다.

"그럴 줄 알았어. 네가 나보다 멋진 역할을 가지게 될걸."

"너도 널 맡으면 되잖아?"

시우는 그렇게는 할 수 없다는 듯 고개를 저었다.

"그래서 이나을이 되고 싶은 거라니까."

나는 시우를 끌고 가듯 팔을 당겨 더 가까이 붙었다.

"나는 네가 누구든 상관없어."

우리는 나란히 걸었다. 오래전부터 항상 이렇게 걸어온 것처럼. 우리의 과거에 우정의 공백이 없던 것처럼. 나는 시우의 팔에 나의 팔을 걸었다. 맞닿은 두 팔이 약속의 고리처럼 단단히 얽혔다. 이대로 우리는 얼마나 걸어가게 될까. 어디로 걸어가게 될까. 정해진 방향은 없었다. 그렇지만 멈추지 않고 가다 보면 어디든 닿게 될 것이었다. 그렇게 시간이 흘러 아주 나이 든 여자들이 되었을 때, 우리는 어떻게 걷고 있을까. 어디로 향하고 있을까. 여전히 꿈이 남아 있을까. 그런 것 따위 상관없게 된 시간을 살아가고 있을까. 나는 멀리 생각하지 않기로 했다. 그저 한 번 꿈을 잃은 자리에서 단단히 결심할 뿐이었다. 나에게 주어질 수 있는 미래가 있다면 그곳으로 나아가겠다고. 앞으로는 지금 이 순간이 어떤 과거로 남을지 연연하지 않겠다고. 대신 어떤 미래를 향해 나아갈지만 정하겠다고. 시우가 나를 제 쪽으로 더 끌어당겼다. 나는 그 팔에서 올라오는 살아 있는 체온을 더 없이 느낄 수 있었다. 이상하게도 홀가분한 기분이었다. 늘 다른 사람이 되고 싶다 갈망하던 자리에 가벼운 새 마음이 들어왔다. 나도 모르게 오래 기다려온 그 마음을 나는 비로소 붙들었다.

5-1

73세 이소영

시간은 비밀스럽게 흐른다

우리는 동네에 있는 작은 극장을 좋아했다. 부흥기가 지난 구도심에 금방이라도 사라질 듯 위태롭게 명맥을 유지하고 있는 오래된 단관극장, 잿빛 콘크리트를 그대로 드러낸 외관에 여전히 간판쟁이가 그린 익살스러운 간판을 걸어둔 낡은 극장이었다. 입구는 좁지만 그 안은 널찍해서 문을 밀고 들어가면 마치 다른 세계로 인도하는 듯한 곳이었다. 그곳에서는 시간이 거꾸로 흘러 수십 년쯤은 과거로 돌아간 듯했다. 그런 분위기도 한몫했지만, 무엇보다 지폐 몇 장을 건네면 표를 받을 수 있고, 영화를 보러 왔다는 목적만 분명하다면 신원 확인을 하지 않는다는 점이 가장 마음에 들었다. 굳이 우리가 어떤 사람인지 드러내지 않아도 되었고, 추측당할 필요도 없었다. 그저 어두운 극장에 앉아 영화를 보고 집으로 돌아가는 일만 잘하면 되었다.

*

언제부터인가 우리의 생활은 단조로워졌다. 아침에 일어나면 얇게 버터를 바른 빵을 먹고 긴 산책을 나서는 일과였다. 특별한 일이 없다면 점심이 될 때까지 걸었다. 우리 또래 여자들이 무릎이 안 좋다는 이유로 틈틈이 앉아 쉬어야 하는 것과 달리 우리는 거의 초인처럼 발을 쉬지 않고 걸었다. 그러면서 아주 긴 대화를 나눴는데, 그럴 때마다 하영은 우리가 어릴 적 잠시 꿈꿔본 미래를 자꾸 상기시켰다.
"그때 소영이 네가 영화 공부를 했다면 감독이 되었을까?"
하영은 그 시절 내가 참 보기 좋았다고 했다. 내가 만든 영화라면, 그게 무엇이든 즐겁게 보았을 거라고 했다. 그 어린 날 나는 잠시나마 내가 감독이 되고 하영이 배우가 되어 함께 영화를 찍는 나날을 상상해보곤 했다. 하굣길에 하영의 팔짱을 끼고 독서실로 갈 때마다 우리의 미래가 내 상상의 방향으로 조금씩 나아갈 수 있다고 믿었다. 그런데 어디에서 꼬여버린 걸까? 복잡하게 얽혀버린 이 시간의 매듭을 나는 오랫동안 풀지 못했다. 이 매듭을 풀려면 먼저 하영에게 나의 과오를 털어놓아야 했지만 알면서도 오랫동안 그렇게 하지 못했다. 그러는 동안 시간은 비밀스럽게 흘러갔다. 해야 할 일을 영영 미루기만 하는 사람에게 원하는 미래는 오지 않는다는 걸 알면서도, 나는 이 갑갑한 비밀을 품 안에 간직하기만 했다.

"지금이라도 늦지 않았어. 다시 해보는 게 어때? 앞으로 10년이면 충분할까?"

하영은 아무것도 포기하지 않은 사람 같았다. 만약 그때까지 살아 있다면, 단 한 편이라도 영화를 만들어낸다면 그것으로 이 삶은 충분히 가치 있지 않느냐며 나를 설득하려 했다. 매일 같이 하영의 기나긴 설득을 들으며, 나는 뜨거운 메밀국수를 먹곤 했다. 하영은 계절에 상관없이 언제나 마른 메밀국수를 찾았다. 하영이 손사래를 쳐도, 늘 절반 남길 것을 예상하면서도, 나는 유부초밥 한 접시를 주문했다. 하영이 달콤하게 혀에 감기는 유부를 좋아하기 때문이었다. 이렇게라도 하영에게 속죄하는 것이다. 하영이 좋아하는 음식을 매일 식탁에 올리면서.

우리는 천천히 식사를 마친 후 여전히 다방이라는 상호를 걸고 영업하는 2층 가게에 들렀다. 목구멍에 독을 풀어놓는 것 같은 쓰디쓴 커피를 마셨다. 찰랑거리는 롱스커트를 입은 다방 직원이 설탕 세 스푼, 프림 두 스푼을 넣어 잔 속을 휘저으며 우리 둘을 미심쩍은 듯 보다가 잠은 잘 주무세요? 물으면 우리는 수줍은 듯 예예, 말하고 더 이상 아무 관심도 받고 싶지 않다는 듯 창가로 고개를 돌렸다. 커피가 혈관에 흡수되어 각성이 일어나면 우리는 농담을 주고받으며 일어나 극장으로 향했다. 아무 때나 도착해서 가장 가까운 시간에 상영하는 영화를 봤다. 무엇을 보든 상관없었다. 특별한 무언가를 보려고 극장에 가는 게 아니었으니까. 그저 우리는 껌껌하다가 불이 들어오는 짧은 순간을, 다른 이의 인생을 말없이 관망하는 두어 시간을, 한 사람이 세상에서 사라지듯 영화가 끝이 나 허망해지는 찰나를 만끽했다.

해가 다 진 후 집으로 돌아오면 1층에 사는 집주인은 불편한 눈빛을 내보이면서 둘이서 어디를 그렇게 쏘다니느냐 묻고, 몇 번이나 확인을 해야만 직성이 풀릴 듯이 자기들 자매야? 친구야? 부부야? 물어보았다. 그때마다 우리는 자매도 되었다가 친구도 되었다가 부부도 되었다. 여든이 넘은 집주인은 혀를 끌끌 차다가 등을 돌린 후 실없다며 고개를 돌린 채 폭이 좁은 시멘트 마당에 내놓은 작은 화분에 지나치게 물을 뿌렸다. 우리는 천천히 2층으로 올라가면서 저러다가 꽃들이 과습으로 죽을 거라며 작은 소리로 수근거렸다. 우리는 저 화분들을 다른 곳으로 숨겨놓아야 할 것이라 말하면서도 차마 집주인의 소유물에 손을 댈 용기는 없어서 벌써 몇 년째 죽어가는 꽃나무를 수없이 목도하기만 했고, 나는 그것이 우리의 인생을 어둡고 습한 비밀 속에 방치해둔 것과 비슷하다고 느끼곤 했다.

*

 단조로운 일상의 한가운데 극장에서 윤희재 감독의 회고전을 한다는 소식이 들려왔다. 그것은 우리 마음을 크게 흔들었다. 첫 데뷔작을 비롯해 그가 지난해 영면에 들어가기 전까지 내놓은 작품은 장편과 단편을 모두 합해 편수로만 73편이었으니, 마치 우리의 나이를 기념하는 듯 여겨지기도 했다. 아침 산책 후 배부른 점심을 먹고 진한 커피를 마신 뒤 극장에 들러 윤희재 감독의 영화를 며칠에 걸쳐 보았다. 집주인의 손자가 어릴 때 쓰다가 남기고 간 작은 노트북을 이용해 보던 영화가 커다란 화면과 소리를 울리며 눈 앞에 펼쳐지자 똑같은 영화인데도 완전히 다른 존재감을 내뿜었다.
 우리는 그 영화 안에서 커져버린 아이들을 보았다. 화면을 가득 채운 얼굴은 화면 밖에서 멀뚱히 그들을 올려다보는 우리의 것보다 수배는 컸고, 목소리도 그랬다. 마치 다른 세계에서 온 거인족을 마주한 것 같았다. 우리가 저 아이들을 낳았다는 사실을 믿을 수 없었다. 우리의 품에 쏙 들어오던 아이들이 너무 커버려 영원히 돌려받을 수 없는 세계로 건너가 버린 것 같았다. 실제로도 그랬다. 나을과 시우는 다른 세계로 떠나버렸다. 그리고 우리 역시 그들에게 닿지 않는 세계로 떠나왔다.

*

돌이켜 생각해보면 왜 그렇게까지 해야 했을까 싶지만, 그렇게 하지 않고서 어떤 시간들은 버틸 수 없었다는 것이 우리가 내린 결론이었다. 하영의 충동과 나의 악독한 방식은 잘 맞물렸다. 하영은 한 번도 내 앞에서 자신의 충동을 고백한 적이 없었지만 나는 언제나 그 마음을 읽을 수 있었다. 벌써 얼마나 시간이 흘렀던가. 우리가 스무 살도 되지 않은 그 시절, 하영이 임신을 했다고 털어놓았을 때, 당시에는 그토록 두려웠을 일을 가족이 아닌 나에게 제일 먼저 말한다고 했을 때, 나는 몸을 움츠린 그녀를 보고서 알아차렸다. 아기를 갖는 일은 두 사람이 이루어낸 결과지만 아기를 몸에 품고 자라게 하는 건 오직 자신의 일이기만 하다는 걸 깨달은 그녀가 나에게 구조 요청을 보내고 있다는 사실을. 아직 고등학교도 졸업하지 않았고, 보장된 미래도 변변한 계획도 없는 남자가 하영을 온전히 책임질 리 없다는 걸 나는 직감적으로 알았다.

그것은 내 부모가 거쳐온 과정을 닮아 있었기에 알 수밖에 없었다. 나의 아버지는 열아홉 살에 어머니를 임신시켰고, 그때 어머니는 열일곱 살이었다. 두 사람은 겨우 3년을 살고 헤어졌다. 평범한 소녀에게 찾아온 풋풋한 첫사랑은 영원히 함께하자는 맹세와 결속으로 행복하게 맺어지는 듯했지만 아버지가 또 다른 여자를 임신시키면서 끝이 나버렸다. 외할아버지가 돌아가신 후 외가의 유산으로 물려받은 삼천 평짜리 땅을 잘 간수하다가 신도시 부지로 팔아넘겨 꽤 많은 몫을 챙긴 외할머니가 없었다면, 아버지가 소리 소문도 없이 사라진 후에 우리 모녀는 빈곤의 굴레를 벗어나지 못했을 것이다. 겨우 행방을 찾은 아버지는 다른 여자와 아이를 책임지기 위해 어머니에게 양육비를 한 푼도 줄 수 없다고 우겼다. 너는 부유한 어머니가 있지 않느냐면서 한때는 자신의 아내였고 엄연히 제 핏줄을 이어받은 딸을 무시했다. 아버지의 주장은 사실이었으나 그가 책임져야 할 최소의 양육 의무를 포기할 근거는 되지 않았다. 그러나 어머니는 싸우지 않았다. 외할머니가 말렸기 때문이다. 외할머니는 자신의 부덕한 사위가 얼마나 약한 인간인지 잘 알고 있었다. 외할머니는 약한 인간은 달콤한 유혹에 취해 뒷일은 생각하지 않고 즐길 뿐이고 책임질 궁리는 하지 않는다고 했다. 더 나아가 자기 자신도 보살

피지 않으면서 언젠가 주변에 큰 피해를 끼칠 뿐이므로 한시 빨리 인생에서 밀어내야 한다고 했다. 외할머니는 어떻게 그런 걸 다 알까. 외할머니는 잘못된 결혼은 인간에게 아주 많은 교훈을 남겨준다고 했다. 나는 항상 말끔한 정장 차림으로 수시로 다방을 들락거리던 외할아버지를 잠시 떠올렸다. 그런 후 무엇이 잘못된 결혼인지 물었다. 외할머니는 지나친 장밋빛 미래를 기대하는 모든 결혼은 잘못된 것이라고 했다. 어둡고 춥고 흐릿한 미래를 함께 대비할 줄 아는 사람을 만나야 한다고, 미래를 두려워하기에 최선을 다해 살아온 사람을 만나야만 제대로 된 결혼을 하는 것이라고 했다. 그러면서 외할머니는 덧붙여 말했다. 빛 속에 함께 있을 만한 사람이 아니라 어둠 속에 함께 있을 만한 사람을 찾으면 꽉 쥐고 놓지 말아야 한다. 외할머니의 그 말은 너무도 강렬하게 내 머릿속에 새겨져 그 이후 나의 교우관계를 엉망진창으로 만들어버렸다. 나는 끊임없이 되물었다. 내 옆에 함께 걷고 있는 이 사람은 어둠 속에 함께 있을 만한 사람인가? 그런 내적 질문을 통과할 수 있는 사람은 거의 없어서, 대부분의 시간을 외톨이로 지내야 했다. 중학교에 들어간 이후 어두운 눈초리로 사람을 빤히 바라보는 나를 기분 나빠하는 무리가 생기면서 나는 노골적으로 욕을 먹기 시작했다. 고등학교에 들어가서도 다르지 않았다. 괜히 기분 나쁜 애라는 소문이 퍼지면서 어딜 가

나 홀대받았고, 어느 날부터인가 단순한 조롱을 넘어 미묘한 폭행이 섞인 물리적인 괴롭힘이 시작되었다. 그제야 나는 어릴 적 외할머니의 말이 날 위한 충고가 아니라 저주였다는 걸 깨달았다. 아주 가끔 외할머니는 지나가는 농담으로, 내가 외할아버지를 빼닮아서 엄마에게 자기 재산을 넘겨주기가 싫을 정도라고 말하곤 했다. 그럴 때마다 엄마는 한 박자 늦게 내 귀를 막았고, 나는 외할머니가 다정하지는 않지만 굉장히 재밌는 사람이라고 여겼다. 외할머니는 그런 내 머리를 머리카락이 밀려날 정도로 벅벅 쓰다듬으면서 그래도 성격은 자기를 닮아 다행이라고 했다. 나는 외할머니가 매섭게 노려볼 때마다 눈을 부릅뜨고 피하지 않았다. 그 눈을 바라보는 동안 외할머니가 어떤 사람일지 짐작했다. 원하는 것이 명확한 사람. 원하지 않는 것은 매정하게 버릴 줄 아는 사람. 그래서 다방 주인과 바람이 난 외할아버지를 외할머니가 죽여버렸다고 오래 생각해왔다. 외할머니가 돌아가신 후 누구에게도 손대지 못하게 하던 장롱에서 비소가 담긴 작은 함이 나왔을 때, 엄마는 많이 놀랐지만 어쩐지 나는 그 사실을 편안하게 받아들였다. 외할머니의 눈은 항상 이렇게 말하고 있는 듯했으니까. '약해지지 마라. 널 주저앉히는 상황을 강하게 뚫고 나가라. 그게 어떤 방식이든 개의치 말고.' 그런 할머니였으니 나에게 저주를 남길 법도 했다.

그 저주가 나의 신념으로 변한 것은 학교 옥상에서 하영을 만난 이후였다. 그즈음 외할머니가 돌아가셨고, 엄마는 영악하지 못한 탓에 다른 친척들에게서 외할머니의 유산을 제대로 지키지 못했다. 외할머니가 살아 계실 적에 엄마를 향해 마음이 독하지 못해 언제나 일을 망쳐버린다고 혀를 차며 말하던 일이 떠올랐다. 나는 외할머니가 틀리지 않다고 생각했다. 엄마는 자기도 설명할 수 없는 그 연약한 마음을 배반하지 못해서 자기 인생의 몫을 여기저기 빼앗겼다. 그런 상황이었으니 학교에서 돌아온 내 얼굴이 손톱에 할퀴고 등허리에 붉은 멍이 들어도 뭘 어떻게 해야 할지 몰랐다. 그저 엄마는 나를 끌어안고 바라보기만 했다. 나는 날카롭게 되쏘아 보던 외할머니의 눈과 달리 누구라도 금방 호감을 내보일 만큼 부드럽고 다정하기만 한 엄마의 눈이 싫었다. 적어도 외할머니는 무서운 눈을 하고선 날 그렇게 만든 애들을 불러다가 매질이라도 했을 것이었다. 그러나 외할머니는 죽었다. 외할머니의 눈은 영원히 감겼다. 이 세상에 내가 믿을 수 있는 사람이 하나도 남아 있지 않은 것이었다. 앞으로 남은 인생이 그리 행복하지 않으리란 생각만 들었다. 그래서 학교 건물 옥상 난간을 짚고 올라섰다. 두어 발만 내디디면 끝이었다. 나는 눈을 질끈 감았다. 바람이 머리를 흩날리며 불어왔다. 이제 한 발이다, 생각한 순간 누군가 우악스러운 손길로 나를 뒤로 끌어당겼다. 그 애가 바로 하영이었다. 나를 괴롭힌 아이들 중 하나였던 그 애는 내가 죽기를 바라지 않는다고 말했다. 미친 듯이 그 애를 향해 내리치던 내 주먹에 맞아 입술이 터지고 부풀었는데도 나를 원망하기는커녕 자기가 미안하다며 사과했다. 그 순간 내 안에 응어리진 미움과 원망이 봄날의 햇볕을 받은 듯 녹아내렸다. 나는 하영의 입가에 흐르는 피를 빤히 보았다. 피가 흐르는 얼굴은 아름다웠다. 눈물이 흐르는 얼굴보다 훨씬 인간적이었다. 나는 첫눈에 알아봤다. 내 어둠 속에 함께 있어줄 사람이 누구인지. 할머니의 말을 다시금 떠올렸다. 빛 속에 함께 있을 만한 사람이 아니라 어둠 속에 함께 있을 만한 사람을 찾으면, 꽉 쥐고 놓지 말아야 해. 그 순간 나는 결심했다. 앞으로는 죽을힘으로 이 아이를 붙들고 놓지 않으리라. 오랜 시간이 지나 돌이켜보았을 때, 그런 결심은 치기 어린 시절의 단순하고 광폭한 각오일 뿐이고 그러므로 한때 아버지가 어머니에게 약속한 푸릇푸릇한 행복처럼 언제든 흩어져버릴 약속일 수 있었지만, 나는 외할머니의 저주를 이어받은 사람이었다. 그 저주를 포기하지 않는 사람이었다. 결코 약해지지 않으리라. 그 저주를 인생의 행복으로 뒤바꾸리라 마음먹었다.

하영의 남편 될 남자애를 보자마자 알았다. 그는 내 아버지를 무척이나 닮아 있었다. 오랫동안 외로웠던 사람이 어떻게 터럭만큼의 진심 없이 보석처럼 다정한 사람을 제 편으로 만드는지 나는 얼마나 잘 알고 있었던가. 내가 보기에 하영의 옆자리를 차지한 그는 너무도 약한 사람이었다. 앞으로도 약할 것이었다. 모든 다정한 유혹에 쉽게 넘어갈 테고, 하영에게 비참한 미래를 남길 게 뻔했다. 무엇보다 그는 하영과 어두운 곳에 함께 있지 못하리라. 애초에 그 자리는 내 것이었으므로 누구에게도 넘겨줄 수 없었다.

하영이 임신한 지 석 달이 지났을 때 나도 임신 사실을 밝혔다. 하영은 경악했다. 당연한 반응이었다. 나는 받아들였다. 당연히 나를 미친 사람 취급할 줄 알았다. 예상하고 있었으므로 견딜 수 있었다. 그렇지만 하영이 내가 해야 할 말을 듣지 않고 돌아선 바람에 우리가 앞으로 이어갈 공동의 계획을 공유하지 못한 것이 시종일관 안타까웠다. 그러나 그렇게 우리 사이에 벌어진 시간의 틈새 덕분에 나는 더 깊이 생각할 수 있었다. 이 계획을 하영에게 밝힌다면 하영의 남편인 현수에게 새어나갈지 몰랐다. 그 어느 때보다 둘 사이가 끈끈했으므로 어떤 이야기라도 오갈 수 있는 상황이었기 때문이다. 그대로 나는 입을 다물었다. 차차 시간이 흐르면 모든 일이 계획대로 돌아갈 것이므로 조급할 필요는 없었다.

나의 계획은 중간중간 수정을 거치긴 했어도 커다란 틀에서는 별다른 이탈 없이 진행되었다. 시간을 돌이켜 이 계획을 짚어보자면, 엄마에게 의대생 과외 교사를 붙여달라고 요청한 것이 본격적인 시작이었다. 수능을 두 달 앞둔 시점이었다. 당연히 대학 진학이 목표가 아니었다. 나는 임신해야 했다. 적당히 양지에서 자란 건실한 사람, 미래가 촉망받는 남자여야 했다. 그래야만 정성스러운 내조를 받아 반질반질 피부에 윤기가 돌 즈음 모든 게 당연해져버린 탓에 쳇바퀴 굴러가는 생활에 환멸을 느끼고 거침없이 다가오는 유혹에 굴복해버릴 것이었다. 물론 자신이 가진 재산을 쪼개어 두 집 살림을 한다 해도 양쪽에 큰 지장이 없을 만큼 경제적 능력이 있는 사람이어야 했다. 그가 개원한 병원에 상대가 재혼이더라도 의사 남편을 바라는 사람을 찾아 직원으로 들이는 건 그리 어려운 일이 아니었다. 나중에 남편은 그동안 나랑 살면서 한시도 마음이 편한 적이 없었다 말하면서, 깔끔하게 아파트 한 채와 아이 양육비를 약속받고 이혼을 해준 일을 오히려 고맙게 여겼다. 내 목표는 그즈음 하영도 현수와 이혼을 한 후 우리가 같은 경험을 공유하게 되고 그 누구보다 절친한 사이로 돌아가 서로 점점 의지하게 되는 것이었다.

그러나 그보다 몇 년 앞서 내 시나리오가 틀어졌다. 현수가 죽어버렸기 때문이다. 더군다나 현수는 내가 예상한 것보다 더 나쁜 방향으로 흘러갔다. 약물중독이었다. 간호조무사 자격증을 준비하면서 한 알씩 집어먹던 각성제를 시작으로 조금씩 약물에 익숙해진 모양이었다. 더군다나 병원에서 일하게 되었으니 그를 유혹하는 일들이 많았을 터였다. 하영은 현수에게 일어난 일을 믿지 못했다. 경찰은 현수와 그 직장 동료의 부주의로 일어난 약물 사고로 결론지었다. 나는 하영이 의욕을 잃고 죽기만을 바라는 것 같아서 화가 났다. 왜 그따위 인간의 죽음으로 슬퍼하는가. 도대체 무엇으로 하영이 다시 삶의 활기를 돌려받을 수 있을까. 내가 뭘 어떻게 할 수 있는지 나는 치열하게 고민했다. 그리고 애초에 계획에 없던 인물을 이 시나리오에 끌어들였다.

몰래 현수의 장례식을 찾아간 날, 멀찍이 떨어져 유진호라는 남자를 처음 보았다. 하영의 손을 붙들고 붉게 달아오른 얼굴로 두서없이 말을 퍼붓는 모습을 보자니 제정신이 아니거나 말 못 할 사연이 있는 사람인 게 분명했다. 나는 그가 어떤 사람인지 수소문했다. 하영 앞에서 내보이는 동작이 거칠면서도 아직 어리숙한 티를 벗지 못한 걸 보면 일찍 사회생활을 시작한 우리 또래의 인물 같았고, 하영의 친구일 리는 없으니, 현수 쪽 사람이거나 하영 쪽이라면 멀리 떨어져 살던 친척일 듯했다. 하지만 하영과 닮은 점이 조금도 보이지 않았다. 현수의 지인이라는 추측에 비중을 두고, 일단 현수의 주 변을 조사했다. 뜻밖에도 일은 어렵지 않게 풀렸다. 나는 현 수의 중학교를 찾아가 이름도 남기지 않고 부의금을 남긴 현 수의 동문을 찾는다는 핑계로 졸업 앨범을 꺼내보는 일을 쉬 이 허락받았고, 현수의 옆에 굳은 얼굴로 사진 찍혀 있는 한 남학생을 발견했다. 현수의 중학교 시절을 어렴풋이 기억하 고 있던 교사가 그 남자애가 현수와 쌍둥이처럼 붙어 지내던 사이라 알려주었고, 나는 유진호라는 이름을 기억한 채 그의 족적을 뒤따랐다. 곧 그가 어린 나이에도 불구하고 친척 형이 차린 작은 규모의 무역상사에서 팀장을 맡은 걸 알게 되었고, 회사에 전화를 걸어 모월 모일 약속을 했는데 그가 나오지 않 아 상당히 불쾌했다는 클레임을 거짓으로 지어내, 열이 뻗친 그의 친척 형이 그날은 그런 약속도 없었고 유진호는 장례식 이 있어서 그곳에 가야 했다는 말을 털어놓게 만들었다. 그렇 게 하여 그 남자가 유진호라는 걸 확신할 수 있었다. 일이 너 무도 술술 풀려서, 마치 유진호라는 꼭두각시가 내 손아귀에 들어오는 일을 오히려 기다리고 있던 게 아닌가 싶을 정도였 다. 만약 그런 것이라면 내 시나리오 안으로 그를 기꺼이 초 대하여 그에게도 이루어야 할 목표를 쥐여주고, 적어도 내가 짜놓은 판에서는 성공을 잠시라도 맛보게 해주고 싶기도 했 다. 물론 그것은 그가 그렇게 하겠다고 적극적으로 나서줄 때

가능한 일이었지만, 놀랍게도 유진호는 나의 요청을 단번에 수락했다. 하영이 신경 쇠약으로 죽어가고 있으니 당신이 도와달라, 딱 한 번만 전화를 걸어 당신이 정말 하고 싶은 그 말을 하영에게 전하라 했을 뿐이다. 당연히 나는 그가 무슨 말을 할지 알았다. 그는 하영을 지켜준다고 맹세할 것이었다. 사실 그건 내가 해야 할 말이었지만, 그런 말을 들은 하영이 질겁하여 달아날 것이므로 오히려 나는 아무 말 하지 않고 기다리는 편을 택한 상황이었다. 유진호는 하영이 얼마나 나약한 상태인지 짐작도 못 하는 듯했다. 심리적으로 무너진 상태에서는 누군가의 호의조차 두려운 것이었다. 그러므로 그 호의는 하영을 자극할 것이고, 공포를 느낀 하영은 누구에게라도 도움을 청해야 할 테니 그 상대는 내가 될 확률이 높았다. 만약 그런 식으로 일이 흘러가지 않으면 그 시나리오는 폐기되어야 했다. 그러나 시간이 필요할 뿐 어려운 것은 아니었다. 어떻게든 하영이 먼저 나에게 연락을 하게끔 만들 시나리오로 변경하면 되는 일이었다. 물론 그 일은 틀어지지 않았다. 하영은 3년 만에 나에게 전화를 걸어 유진호가 누구인지 알아봐달라 했다.

그다음은 예상대로 흘러갔다. 유진호는 더 이상 연락하지 않았지만 내가 꾸며놓은 스토커 유진호는 계속 움직였다. 나는 여러 사람의 전화번호를 임대해 하영에게 부재중 통화를 남기고 유진호인 척 메시지를 남겼다. 어차피 하영이 그 전화를 받거나 답장을 할 리 없으므로 상관없었다. 세 번이나 연락처를 바꾸는 동안에도 계속하여 그 스토킹 메시지가 전달될 수 있던 까닭을 하영은 짐작하지 못했다. 그러면서 더욱 나를 의지하게 되었다. 하영은 내가 하라는 대로 움직였다. 내가 알아봐준 어린이집에 아이를 입소시키고, 내가 들으라고 권한 영화 수업을 들었다. 하영은 경제적인 부분에서도 나에게 의지했다. 단지 친구라는 이유로 자기 인생을 책임져 줄 필요는 없다면서 내 봉투를 거절할 때마다 너와 네 아이가 죽지 않으려면 이 돈이 필요하다고 말해서 어쩔 수 없이 내 말을 듣게 했고, 그런 식으로 나는 하영의 마음을 사로잡았다. 조금만 더 시간을 들이면 하영이 나 없이는 아무것도 할 수 없게 될 듯했다. 그때 내가 원하는 건 단 하나뿐이었다. 내가 하영을 바라는 만큼 하영도 나를 바라기를 원했다. 그렇게 하여 우리의 마음이 동일한 질량으로 서로를 원하게 되기를, 어둠 속에서도 서로 함께 있기를 바랐다.

 어쨌거나 그즈음 내 시나리오는 거의 완성되어가고 있었다. 하영이 나를 완전히 의지하게 되는 결말에 가까워지고 있던 것이다. 그러나 늘 예상치 못한 변수가 존재했다. 물론 그때까지 이현수와 유진호 같은 걸림돌은 적절히 이용해 잘 처리해오고 있었지만, 이번에는 상대가 조금 달랐다. 바로 그놈의 영화 수업을 하는 강사였다. 어느 날부터 하영은 그 강사 얘기를 가끔 입에 올렸다. 내가 하영을 그 수업에 보낸 건 그녀가 조금이라도 활기찬 생활을 하길 바랐고, 한편으로는 먼 훗날 그녀가 우리의 일을 되돌아보았을 때 이 우정의 경과가 그 어떤 시나리오보다 완벽했다는 걸 진심으로 이해하길 바랐기 때문이다. 그걸 가르치는 강사에게 호감을 품으라는 뜻은 절대 아니었다.

유괴를 하려던 건 아니었지만, 따져보니 그 단어가 아닌 다른 표현이 없는 듯했다. 조금 충동적인 결정이었으나 철저히 준비했다. 하영의 아이가 다니던 어린이집은 격주 수요일마다 야외 수업을 했다. 아이들 인원에 비해 교사 수가 부족해서 외부 일정을 진행할 때마다 일일 교사를 두곤 했는데, 그중 한 사람을 매수하는 건 어렵지 않은 일이었다. 그날 하영의 아이는 짝을 지어 두 줄씩 산책로를 걸어가던 중 홀연히 사라져버렸다. 내가 심어둔 일일 교사가 빼돌린 것이다. 그런 후 아이는 그 교사의 애인에게 반나절 동안 맡겨졌다. 그는 내가 지시한 대로 하루 종일 놀이공원을 돌며 아이에게 아이스크림과 추로스를 잔뜩 먹게 했다. 반나절 아이를 맡아주는 일로 그들이 받게 될 돈은 일일 교사 수당의 스무 배였다. 아이가 즐거운 시간을 보내는 줄도 모르고 하영은 미친 듯이 아이를 찾아다니기만 했다. 나에게도 함께 찾아달라며 간곡히 호소했다. 그 순간 하영의 마음을 더욱 불안하게 만드는 게 과연 좋은 전략이 될까 싶었지만, 그렇게 해보기로 했다. 두려움에 떠는 하영의 곁에 의지할 만한 사람이 아무도 없을 때 과연 그녀가 날 떠올려줄지 궁금했던 것이다. 더 이상 우리의 시나리오에 필요치 않던 인물인 유진호를 다시 등장시켜 이 시나리오에서 해결되지 않았던 유괴범의 존재가 확정된 순간, 하영은 나를 간절히 찾았다. 하영은 날 보자마자 죽을 것 같다면서 괴로워하다가 혼절했다. 다른 누구 앞에서도 정신을 놓지 않다가 날 보자 모든 긴장을 풀어놓았다. 이것으로 나는 확신했다. 이번 시나리오도 성공이라는 것을.

*

그것이 정말로 성공이었던가. 요즘 나는 잠이 오지 않는 새벽이면 하영 몰래 집을 나가 깜깜한 수변공원까지 혼자 걷곤 했다. 그러면서 생각하고 또 생각했다. 내가 기획한 이야기가 하영을 행복하게 만들었던가. 나는 무엇을 위해 그런 이야기를 만든 것인가. 끝내 정답을 알 수 없는 질문이 내 안에서 메아리쳤다.

*

 윤희재 감독의 영화에서 시우는 어린 시절의 초라한 모습을 떠올릴 수 없을 만큼 우아하고 성숙해져 있었다. 완전히 다른 사람 같아 보였다. 영화가 아니라면 어떻게 시우를 다시 볼 수 있겠느냐며, 하영은 몸을 기울여 나에게 속삭였다. 하영은 내가 1년에 한두 번 호텔에서 나을과 만나 식사를 하는 일을 부러워했다. 물론 형식적으로 모녀 관계를 유지하는 이벤트에 불과했다. 나을은 나를 싫어했다. 원망했다. 내가 엄마 같아 보인 적이 별로 없었다고 했다. 그런데도 어버이날에 나를 불러 식사를 하는 것은 이렇게라도 하지 않으면 제 마음이 불편하기 때문이라 했다.
 나는 그 심정을 이해했다. 나도 딸에게 이렇게라도 하지 않으면 그 아이에게 죄를 짓는 것 같아 몰래 해치운 일들이 있었으니까. 어릴 적 내 딸을 못살게 굴던 아이를 협박한 건 그런 일 중 하나였다. 항상 앵두 참 머리끈을 달고 다니는 아이였는데 몇 번이나 봐주려다가도 하는 짓이 도를 넘자 참을 수 없게 되었다. 나을이 미친 사람처럼 교실에 돌을 던지고 책을 찢어 피투성이가 된 손으로 집에 돌아온 날, 나는 나을의 담임에게 자초지종을 전해 들었다. 그날 밤 그 앵두 참이 사는 집으로 찾아갔다. 문을 두드리자 일전에 한번 나를 찾아온 그 아이의 엄마가 얼굴을 내밀었다. 나는 그 여자가 인사를 건네기도 전에 손을 뻗어 목을 잡았다. 비명이 터지기도 전에 그녀를 밀고 들어갔다. 그 머리채를 잡아끌어 바닥에 눕히고 두 손으로 입을 막았다. 의자가 밀리고 물건이 떨어지는 소리를 들었는지 방에서 뛰쳐나온 아이가 날 보더니 곧바로 울음을 터뜨렸다. 그 아이는 내가 누군지 금방 알아봤다. 그동안 네가 우리 나을이를 괴롭혔으니, 이제 내가 너희 엄마를 괴롭히러 왔어. 앞으로도 똑같이 해줄 거야. 네가 나을이를 괴롭히면 너희 엄마도 이렇게 되는 거야. 알겠지? 아이는 눈물을 줄줄 흘리며 고개를 세차게 끄덕였다. 나는 곧바로 손을 떼고 돌아섰다. 그들이 경찰에 신고할 수도 있다는 생각이 들었지만 될 대로 되라는 심정이었다. 나에게는 빠져나갈 시나리오가 충분했다. 자기 아이를 지키기 위해 미쳐버린 엄마? 본능적인 모성? 그런 건 어디서나 먹히는 이야기였다. 게다가 이미 내 아이가 당한 일들이 있고, 나 때문에 크게 다친 사람도 없으니, 이 정도 경고의 몸짓은 누군가의 흥미를 돋울 만한 사건이 될 수 없었다. 억울하게 울부짖으며 해명을 한 후 연약한 싱글 맘으로 돌아가면 끝이었다. 혹시라도 앞으로 나을에게 또 같은 일이 일어난다면, 그 아이의 속이 무방비한 상태로 시꺼멓게 멍이 들어간다면, 나는 몇 번이나 그 앵두 참을 뭉개고 또 뭉개버릴 것이었다. 그런 결심을 하고서 그 집을 나오자 하영이 보였다. 그런 곳에서 마주칠 줄 몰랐으니 우리는 당황할 수밖에 없었다. 적당한 핑계도 찾지 못하고 그 얼굴만 보는 사이 나는 깨달았다. 하영이 나랑 똑같은 생각을 했구나. 나는 하영에게 모두 해결되었다고 말했다. 하영은 잠시 침묵하더니 나을에게 마지막 인사를 전하지 못해 미안하다고 했다. 마지막 인사라니. 나을의 곁을 떠날 필요까지는 없다는 내 말에도 하영은 마음을 바꾸지 않았다. 하영은 나을에게 좋은 어른으로 남고 싶어 했다. 자기 딸에게는 그런 기억을 줄 수 없었기 때문이다.

하영은 나를 부러워했다. 하영은 시우 앞에 나설 수도 없는 처지였다. 시우가 배우가 된 후로 아예 하영은 사라진 사람이 되기로 결심했다. 하영은 현수가 죽은 사유가 약물중독이었다는 점을 내내 마음에 걸려 했고, 자신 역시 하영이 스무 살이 된 해부터 간헐적으로 정신병동 신세를 졌다는 사실을 누구에게라도 들켜, 시우 앞길을 막을까 노심초사했다. 특히 윈저에 다녀온 시우가 말도 안 되는 스캔들로 한차례 홍역을 치르고 영화계에서 은퇴해버리자 그 죄책감은 더없이 커졌다. 시우가 윈저에서 만난 사람이 유진호라는 걸 뉴스 보도를 통해 들었을 때 나는 진땀을 빼야 했다. 바로 옆에 하영이 눈을 부릅뜨고서 화면을 노려보고 있었다. 나는 하영이 다시 그 이름을 듣고 미쳐버릴지도 모른다고 생각했지만, 하영은 초조한 듯 텔레비전 앞을 서성이다가 소파에 몸을 파묻었다. 저 사람 죽었구나, 하면서 혼자 중얼거릴 뿐이었다. 마치 어린 시절 동네에서 얼굴만 알고 지내던 이웃의 부고를 들은 듯한 반응이었다. 나는 태연한 하영을 보면서 더욱 마음을 졸였다. 어쩌면 하영이 일부러 나를 농락하려고 그런 반응을 보인 건 아닌가 싶었다. 실은 하영이 내가 꾸민 과거의 일을 전부 알아버렸고, 진실을 터트릴 순간만 기다리고 있는 것 같았다.

시우의 스캔들 소식이 연일 전파를 타다가 잠잠해지면서 유진호라는 이름도 더 이상 들리지 않게 되자 나도 마음을 놓을 수 있었다. 그러나 그 후, 가끔 밤중에 요의를 느껴 일어나 외풍이 드는 거실로 나가보면 하영은 자신의 왼손을 하염없이 내려다보면서 말없이 앉아 있었다. 하영이 무슨 생각에 빠져 있는지 묻고 싶었지만 아무 말도 꺼낼 수 없었다. 내가 거실을 가로질러 화장실을 오가는 기척을 듣고도 고개조차 돌리지 않는 하영이 서늘한 침묵으로 깊은 분노를 표하는 것 같아서 섣불리 말을 붙여볼 수도 없었다. 그것이 정말로 분노였을까. 그렇다면 그 분노는 누구를 향한 것이었을까. 화장실 변기에 앉아 다리를 떨면서 생각하곤 했다. 설마 그것이 나를 향한 것일까. 그럴지도 몰랐다. 언제나 그런 의심에 시달렸다. 하지만 적어도 나의 시나리오에 하영이 모든 것을 알아채는 전개는 없어야 했다. 두 볼이 화장실에 든 한기로 발갛게 차가워질 만큼 앉아 있다가 발소리를 죽이고 슬금슬금 나와 보면, 어느새 하영은 자기 방으로 들어갔는지 거실에는 서늘한 정적만 남아 있었다. 나는 방으로 돌아와 이불 속으로 파고들었다. 베개에 얼굴을 묻고 하영이 아무것도 알 리가 없다며 십수 번을 속으로 되뇌다가 모든 일을 처음부터 다시 생각해보곤 했다. 분명히 어디선가 잘못되어버렸다. 나는 그 지점을 명확히 알고 있었지만 수긍하지 않으려 머릿속에서 밀어냈다.

*

하영이 자신의 손가락을 자르는 일은 결코 내 시나리오에 존재하지 않던 것이고, 애초에 하영이 그럴 수 있는 사람이라고 생각한 적도, 시나리오 안에서 기획한 적도 없으므로 하영은 그렇게 움직여서는 안 되는 것이었다. 그럼에도 하영은 내 시나리오 바깥으로 튕겨 나가 예상치 못한 인물이 되었다. 그리고 그 인물은 이 시나리오의 정해진 결말을 허락하지 않았다.

그리하여 그때부터 시작된 건 내 시나리오가 아니라 하영의 시나리오였다. 하영은 자기 얘기를 쓸 수 없는 사람이었기에 다른 사람의 것을 빌려왔다. 아니, 빌려왔다기보다는 훔쳐 왔다고 말해야 할 것이었다. 하영은 한때 열의를 갖고 들었던 영화 수업의 강사에게서 이상한 시나리오를 하나 훔쳐 왔다. 그것으로 우리의 이야기를 이어가게 했다. 하영은 그 시나리오에 사로잡혀 자신을 이야기 속 주인공으로 착각했고, 나는 그런 하영에게 끌려갈 수밖에 없었다. 나는 하영 몰래 그 원고를 태워버리려 했지만, 이미 수없이 읽은 탓에 하영은 그 시나리오 속 이야기를 자기 인생보다 더 강렬히 기억했다. 나는 하영이 예전으로 돌아오길 바랐다. 그렇게 할 수 있을 거라 생각했다. 그렇기에 다시 한번 유진호가 필요했다. 그를 증오하는 마음이 하영을 되돌려놓을 거라고 믿었다. 하영을 속이는 건 나에게 쉬운 일이었다. 그 당시 하영은 정말로 정신을 놓아버린 것인지, 아니면 사리 분별을 제대로 할 수 없을 정도로 지쳐버린 것인지, 약간의 기계음을 섞어 변조한 내 목소리를 유진호의 것으로 착각했다. 그날 새벽 하영의 아이가 울면서 전화를 걸어와 엄마가 죽을 것 같다고 말할 때, 나는 택시를 부르고 기다릴 만한 정신머리도 없어서 슬리퍼를 신은 상태로 마구 뛰어갔다. 이번에도 성공했다! 그 짜릿한 감각이 온몸을 지배했다. 나는 심장이 터질 듯 달렸다. 그 어두운 새벽, 고장 난 가로등 아래로, 더 깊은 어둠의 골목으로 파고들었다. 하영의 집 앞에 도착했을 때는 슬리퍼를 신은 자국 그대로 발등이 까져 피가 흐를 정도였다. 현관을 열고 들어가자 울다가 지친 아이가 제 엄마의 손을 휴지로 붕대 감듯 감아놓았고, 그 주위로 피가 흥건한 휴지 조각이 여기저기 널려 있었다. 그제야 나는 무언가 잘못되었다는 걸 깨달았다. 한참 입을 벌린 채 주저앉아 있다가 정신을 차리고 구급차를 불렀다. 엄마의 손에서 흐른 피로 얼굴이 물든 아이가 오래되어 조도가 낮아진 형광등 아래 맹렬하게 눈동자를 빛내며 나를 노려보았다. 마치 나를 꿰뚫어보는 듯했다. 어린아이가 가질 만한 눈빛이 아니라는 생각에 내가 흠칫 뒤로 물러서던 순간, 하영의 아이가 날 향해 물었다.

'이모, 왜 그랬어요?'

그게 정말로 아이가 한 말인지 나의 착각이 불러일으킨 혼란스러운 환청인지 여전히 알 수 없다. 하지만 그때 그런 말을 아이를 통해서건 나의 내면을 통해서건 들은 것이 분명했다. 나는 아무 말 할 수 없었다. 더 이상 내가 설계한 시나리오에 이런 장면은 결코 없다고 해명할 수도 없었다. 상상한 적 없던 사건이 일어난 것이다. 한번 현실에 새겨지면 결코 사라지지 않는 지독한 이야기가 우리에게 나타난 것이었다.

나는 더 이상 이 이야기의 흐름을 바꾸려 하지 않았다. 오직 하영이 그러해야 한다고 믿는 방향으로 함께 흘러가기로 했다. 그러면서도 차마 내가 과거의 일들을 몰래 꾸몄다는 사실을 고백할 수는 없었다. 하영의 요구에 순순히 응하는 것만이 내가 빚어낸 비극을 조금이라도 참회하는 길이라고 믿었다.

그렇게 나을이 스무 살이 된 해, 하영이 시우의 동의를 받아 정신병원에 반년을 입원하고 퇴원한 후, 그 딸에게 어떤 짐도 지울 수 없다며 자신을 간병해달라 부탁해 왔을 때 나는 내 딸인 나을을 떠나기로 했다. 애인이 생겼고 그와 함께 살고 싶다는 핑계였다. 그것이 과연 핑계이기만 했을까. 그 말을 하면서 나는 설렜다. 많은 시간을 돌고 돌아 겨우 내가 원하던 사람과 살게 되었으니까. 곧바로 우리 모녀가 함께 살던 아파트를 팔아 나을에게 원룸 전세를 구해주고 남은 돈으로 하영과 살 집을 구했다.

하영에게 티 내지 않으려 애썼지만, 나을이 어느 유명한 감독의 영화에 캐스팅되었다는 소식을 전해 들었을 때는 벅찬 마음을 감출 수 없었다. 역시 내 딸이구나, 싶은 마음마저 들었다. 그날 저녁 하영은 케이크를 사서 조촐하게 축하하자 했다. 하지만 나는 약속한 시간을 맞출 수 없었다. 하영과 함께 살기 위해 다니던 회사를 나온 후 나는 두 사람 몫의 생계를 책임지기 위해 여러 식당을 돌며 주방일과 설거지 일을 도맡았다. 바로 그날 일하기로 한 식당이 유난스럽게 바빴고, 늦은 저녁 어느 무역상사의 회식이 이어지면서 자정이 넘어서야 끝이 났다.

집으로 돌아오자 딸기가 얹힌 하얀 생크림 케이크를 앞에 두고 하영이 식탁에 엎드린 채 잠들어 있었다. 나는 하영을 깨우지 않으려 살금살금 움직여 케이크를 도로 냉장고에 넣어두려 했다. 그러다가 부스럭거리는 소음에 하영이 잠에서 깼고, 하영은 늦은 시간이지만 나을을 위해 축하 파티를 하자고 했다. 우리는 초에 불을 붙였다. 그리고 눈을 감은 채 우리의 아이들이 행복해지기를 기도했다. 짧은 기도가 끝난 후 케이크를 잘라 한 조각씩 서로 접시에 덜어주었다. 미지근해진 딸기를 입에 넣고 씹는 동안 하영이 말했다.

"나을이가 배우가 된다니 믿기지 않아."

나는 어떤 반응을 보여야 할지 몰라서 입에 든 것만 우물거렸다.

"시우도 배우가 되는 게 꿈이었어."

이어진 하영의 말에 나는 시우는 널 닮아 정말 예쁜 아이였고, 그 꿈을 포기하지 않고 노력한다면 분명히 이룰 수 있을 거라고 말했다.

"시우도 나을이처럼 될 수 있을까?"

하영은 고개를 옆으로 기울인 채 천진한 얼굴로 물었다. 나는 고개를 끄덕이며 반드시 그렇게 될 거라고 했다. 그러자 하영은 두 손을 들어 올려 턱을 기대고 나를 빤히 보았다.

"나도 그렇게 생각하긴 해. 시우는 충분히 그럴 만한 자질이 있어. 하지만 우리 딸은 마음이 약해서 제힘으로는 아무런 시작도 못 할 거야."

하영은 허기가 진다는 듯 케이크를 크게 조각내 입에 한껏 집어넣었다. 한참을 우물거리다가 꿀꺽 삼키고 흡족한 듯 미소 지었다. 나는 하영의 미소에서 어렴풋하게 외할머니의 모습을 보았다. 기꺼이 어둠 속으로 들어갈 수 있는 두려움 없는 얼굴을.

"내가 좀 도와줘야 할 것 같아. 아마 조금만 도와주면 그다음부터는 시우가 잘 해낼 거야. 난 우리 딸이 정말 잘할 거라 믿거든. 나을이가 그런 것처럼."

오렌지빛 식탁 등 아래 하영의 얼굴이 돌연 윤기가 흐르며 빛났다. 나는 눈을 떼지 못하고 그녀를 보았다.

"어떻게?"

"그냥 시우가 있어야 할 자리를 되찾아주면 되는 일이야."

하영은 신이 나서 오랫동안 말했다. 나는 입을 다문 채 듣고만 있었다. 하영은 재미있는 것을 발견했다면서 휴대폰에 저장해놓은 사진 하나를 보여주었다. 인터넷에 떠도는 글을 캡처한 것이었다. 나는 그것을 숨죽여 보았다. 오래 입에 머물러 물큰해진 딸기의 새콤한 향이 입안에 가득 퍼졌다. 입을 열면 딸기가 마치 피라도 토하듯 쏟아질 것 같아 침을 머금은 채 그저 듣기만 했다. 이제 그 시나리오 안에서 나에게 주어진 역할은 하나뿐이었다. 나는 하영이 빛 속에 있길 원하면 그곳에 함께 있고, 어둠 속에 있길 원하면 그곳에도 함께 있을 것이었다.

*

회고전의 마지막 영화는 아주 늦게까지 상영했다. 밤 10시에야 끝이 났다. 그 영화는 윤희재 감독이 10여 년 전 찍은 장편으로, 나을은 이 영화를 통해 처음 주연을 맡았다. 그러니까 나을은 마흔 중반이 다 된 나이에 데뷔한 셈이었다. 나는 하영의 옆자리에서 들키지 않게 소매로 눈물을 닦았다. 이미 가졌어야 할 행운이 나을에게는 너무도 오래 미뤄졌다. 그렇지만 무언가 이뤄놓은 게 없는 듯 보이던 시절에도 나을은 부단히 시간을 쌓아가고 있었고, 끝내 자신이 원하던 꿈을 위해 헌신한 사람의 얼굴을 보여주었다. 나을은 내 시나리오 안에서 태어났고, 그 바깥으로 튕겨 나간 두 번째 사람이었다. 다행히도 아이는 나와 다른 길을 가고 있었다.

영화가 끝나자 생전의 윤희재 감독과 배우들의 인터뷰가 이어졌다. 시우와 나을은 나란히 앉아 있었다. 둘은 웃는 모습이 무척 닮아서 마치 쌍둥이 자매처럼 보였다. 이 두 아이가 걸어온 세월은 나와 하영이 공유한 시간과 어떻게 다른 걸까. 나는 그 질문을 마음에 새길 뿐 하영에게 나누지 않았다. 우리는 이제 나이 들어버린, 속이 썩어 문드러진 우정을 간직한 사람들이었다. 이 우정은 우리의 피부에 끈적하게 달라붙어 씻기지 않는 물질 같은 것이었다.

'저기 두 분 조금만 옆으로 비켜줄래요.'

인터뷰가 진행되던 도중 불쑥 한 남자가 장난스럽게 끼어들었다. 그는 나을의 상대역으로 나왔던 배우였다. 한때 불륜 스캔들로 영화계에서 거의 퇴출된 사람이었지만 오랫동안 러시아에서 유학을 한 후 돌아와 윤 감독의 영화에서 호연을 펼친 배우였다. 그의 등장으로 영화계가 다시 시끄러워진 것은 나을이 주변의 우려에도 불구하고 그와 결혼했기 때문이었다. 나을의 결혼식에는 나 대신 전 남편과 그의 새 부인이 참석했다. 나 역시 그편이 좋을 것이라 생각했다. 괜히 모두를 불편하게 만들고 싶지 않았다. 어쨌든 젊은 시절 불륜 스캔들을 저지른 남자 배우와 이제 막 주목받기 시작한 여자 배우의 결혼에 대해 세간의 말이 많았다. 결과적으로 나을은 행복해 보였다. 그렇지만 시우가 반듯한 의사와 결혼해 여유롭게 사는 것에 비하면 부모의 마음에서는 어쩔 수 없이 허탈감이 일었다. 언젠가 시우의 일상을 찍은 프로그램을 하영과 텔레비전으로 본 적이 있는데, 그때 얼핏 스친 그 의사의 인상은 선했고, 한편으로는 강단 있어 보였다. 가끔은 그가 나을의 짝이었다면 얼마나 좋았을까 생각했다. 그렇지만 어쩔 수 없는 일이었다. 이제 우리의 아이들은 그들만의 삶에 정착했고, 그대로 살아가기만 하면 될 것이었다. 우리가 바꿀 수 있는 건 아무것도 없었다.

*

영화를 보고 집으로 돌아온 후 나는 잠들지 못하고 뒤척였다. 그러다가 자리에서 일어나 멍하니 앉아 있었다. 새벽이 밝아올 즈음 소영이 깨지 않게 조용히 집을 나섰다. 나는 수변 공원까지 걸었다. 처음 이 동네에 정착한 당시만 해도 호수를 낀 작은 공터였던 곳이, 시간이 흘러 조금씩 체육 시설물을 덧붙이고 흙길을 정돈하고 호수 가운데 큼직한 연꽃 모양 조형물까지 설치하면서 어느새 계절마다 사람들이 부러 찾아와 여가를 즐기는 활기찬 장소가 되어 있었다.

나는 새벽이 물러가고 아침 해가 떠오르는 그 공원 벤치에 앉아 뿌옇게 피어오른 물안개를 건너다보았다. 눈을 끔뻑이며 다시 보아도 흐릿한 풍경은 달라지지 않았다. 곧이어 호수에서 서늘한 바람이 불어왔다. 나는 눈이 시려 고개를 돌렸다. 그러자 조금 떨어진 곳에서 반바지에 긴팔 티셔츠를 입고 뛰는 사람이 보였다. 백발의 남자. 주름진 얼굴과 하얗게 세어버린 머리카락만 아니라면 젊은 사람으로 착각할 정도로 탄탄해 보였다. 그는 내 앞을 지나가며 가볍게 고갯짓했다. 나도 그를 향해 가볍게 고개를 끄덕였다. 그는 세 바퀴를 돌았다. 그래서 우리는 세 번 마주쳤다. 얼마나 단련해온 사람인지 이 정도 달리기로는 전혀 숨도 차지 않는 듯했다.

"산책 나오셨어요?"

잠시 후 그는 허리에 차고 있던 물병을 꺼내며 내가 있는 벤치로 다가와 살갑게 말을 걸었다.

"잠이 오지 않아 일찍 나왔네요."

나이가 들어 좋은 것은 이렇듯 불쑥 말을 걸어오는 이들을 특별히 경계하지는 않게 된 점이었다. 가끔은 이렇게 우연한 대화로 숨통이 트이곤 했다.

"달리는 폼이 멋지세요. 오래 하셨나 봐요?"

그는 물을 한 번 들이키더니 고개를 끄덕였다.

"감사합니다. 그냥 젊을 때부터 달렸죠. 여기를 내 운동장으로 삼아서요."

"얼마나요?"

"50년쯤 됐을까요?"

나는 그 달리기 경력에 진심으로 감탄했다.

"반세기는 금방 지나가죠."

우리는 껄껄 웃었다.

"그 세월을 달리셨으니 심장이 튼튼하시겠어요."

그가 벤치 끝에 걸터앉으며 말했다.

"맞아요. 많이 건강해졌습니다. 이 나이에 감기도 잘 안 걸려요. 어지간한 일에는 놀라지도 않게 되었고요. 저처럼 오래 달린 사람은 일반 사람보다 심박이 낮다고 하니까요."

"좋아 보이세요."

"그렇게 되려고 시간이 걸린 거죠."

누군가 매일 조금씩이라도 건강한 방향으로 세월을 쌓아 왔다는 사실을 떠올리자 마음이 가벼워지는 듯했다. 어떻게 해야 더 나은 방향으로 나아갈 수 있는지 알고 있는 그가 부러웠다.

"어떻게 달려야겠다는 생각을 하셨어요?"

"그냥 아는 거죠. 사실 그렇잖아요. 사람들은 자기가 뭘 해야 할지 다 알면서도 하지 않는 거니까요."

나는 두 손을 꼭 맞잡으며 화제를 돌렸다.

"달리면서 무슨 생각 하세요?"

"별생각 다 합니다. 요즘은 이상하게 젊은 시절 이 공원에서 봤던 사람이 생각나요. 사실 막 달릴 무렵엔 일자리가 없어 분유값도 못 벌었거든요. 할 수 있다는 게 없다는 사실에 날마다 절망했죠. 밤마다 혼자 달리러 나와서 그냥 호수에 몸을 던져버릴까 그런 생각도 했어요. 그런데 그 시간에 달리고 있으면 나만 그런 게 아닌 것 같더군요. 꼭 저기 서서 검은 물속을 빤히 바라보는 사람이 있었거든요. 그때만 해도 안전 설비가 없어서 마음먹고 걸어 들어가면 금방 호수에 빠져버릴 만큼 위험했죠. 그때 그 사람 정말이지 한 발만 내디디면 물에 빠질 것처럼 서 있었어요. 나는 그 인간이 아직 물에 빠지지 않고 자리에 그대로 있는지 확인하려 괜히 빨리 뛰었고요. 그렇게 페이스 조절에 실패해 달리기는 엉망이 되었지만 그 사람이 호수에 몸을 던지지 않고 다시 어딘가로 돌아가는 걸 볼 때마다 안심이 되었어요."

나는 그를 보면서 두 손을 가슴 앞으로 모았다. 어쩌면 그가 운 좋게 벗어난 그 어두운 과거에 누군가는 발목이 잡히지 않았을까.

"그 사람은 어떻게 되었을까요?"

"어떻게든 살고 있겠죠."

그는 무릎을 털고 자리를 떠나려는 기미를 보였다. 나는 황급히 물었다.

"어떻든 살아 있기만 하면 되는 걸까요?"

백발의 남자는 잠시 뒷머리를 매만지더니 입가를 부드럽게 올렸다.

"그런 거 아닐까요."

나는 그 미소를 잠시 바라보았다. 오래 달린 사람만이 가질 수 있는 훈장과도 같은 단단하고 깨끗한 얼굴이었다.

*

그가 떠나고 벤치에 혼자 남았다. 동녘에서 해가 떠올라 호수에 빛을 드리우는 모습을 가만히 지켜보았다. 그러나 내가 보고 있는 건 아침 햇살도 바람에 따라 잔잔히 일어나는 호수의 물결도 아니었다. 나는 자기 마음만큼이나 어두운 물가에 서 있는 사람을 보았다. 차라리 물 쪽으로 발을 옮겨놓는 게 나았을까. 지금이라도 늦지 않았을까. 이제라도 영화 필름을 되감듯 나의 시간을 처음으로 되돌리고 싶었다. 나는 눈을 감았다. 이대로 눈을 뜨지 않으면 가능해질까. 앞으로만 걸어나가면 첫 순간으로 돌아갈 수 있을까. 나는 헛된 희망을 품었다. 그 순간 정신을 차리라는 듯 한 줄기 바람이 차갑게 불어왔다. 나는 칼날 같은 바람에 따귀를 내어주었다. 볼이 베이듯 아팠다. 바람은 계속 불었다. 서늘한 기운이 허전한 목을 감쌌다. 아직 겨울이 다 지나지 않은 계절이었다. 얇게 입고 나온 것을 후회했다. 나는 자학하는 심정으로 바람에 내 얼굴과 목을 다 내어주었다. 그러다가 일순간 바람이 멎었다.

감은 눈 위로 짙게 그늘이 드리웠다.

"혼자 뭐 하고 있어?"

눈을 뜨자 새벽녘에 집을 나설 때 미처 챙기지 못한 두툼한 목도리를 손에 든 하영이 보였다. 하영은 불어오는 바람을 막은 채 서 있었다. 아침 해를 등지고서 밝게 빛나는 그녀를 올려다보았다. 하영은 내 목에 목도리를 두 번 감아 둘러주었다. 나는 헐겁게 매듭지어진 그 목도리를 두 손으로 꼭 잡았다. 하영은 어떻게 내가 여기 와 있는 걸 알았을까. 내가 얇게 입고서 차가운 바람에 뺨을 내어주는 것을 어떻게 알았을까. 나는 하영에게 묻고 싶었다. 사실 너는 모든 걸 알고 있지? 나를 원망하고 있지? 그럼에도 불구하고 그 모든 시간을 나랑 함께해온 거 아니었어? 나를 벌주려고? 내 심장을 졸아들게 하려고? 눈물이 차올라 앞을 가렸다. 나는 눈을 힘주어 뜨고서 멀리 보려 했다. 내 앞에 무엇이 남아 있는지 보려 했다. 바람결에 시린 눈을 감자 하영이 걱정스러운 듯 날 향해 물었다.

"괜찮아?"

괜찮아, 라고 말해야 했지만 입이 떨어지지 않았다. 내가 해야 할 말은 그런 것이 아니었다.

"왜 아무 말 안 해?"

하영은 천진하게 물어왔다. 나는 피할 수 없었다. 해야 할 이야기를 더 이상 미루지 말아야 한다는 걸 오래전부터 알았다. 이제 입을 떼면 무엇이 거침없이 쏟아지게 될까. 나는 진실을 요구하며 달려드는 시간을 거부할 수 없었다. 그러나 아직은 입이 열리지 않았다. 차라리 이대로 눈을 질끈 감고 달려가 호수에 몸을 던지고 싶었다. 그렇지만 그럴 수 없었다. 하영이 나의 잘못된 미래를 다정하게 막아서고 있었다. 그 다정한 기운에는 분노와 동시에 용서가 깃들어 있는 것 같았다. 내가 하영을 그런 사람으로 만들었다. 어느 쪽에도 분명하게 설 수 없는 사람으로. 나는 하영과 함께 이 시간의 물결 속에서 계속 허우적거리게 될까. 그럴 수가 있을까. 나는 그것을 원하는 걸까. 나는 무엇을 원하는 걸까. 하영아. 그 이름이 내 입에서 흘러나오자, 나는 알았다. 이것은 하영이 날 위해 오래전부터 준비한 장면이었다. 하영은 고요히 기다리고 있었다. 다음에 이어질 대사를 이미 아는 듯 아무것도 재촉하지 않았다. 나는 이대로 멈춰 있고 싶었다. 하지만 호수의 표면을 잔잔히 지나와 불어온 바람이 다시금 나에게 일러주었다. 차가운 바람을 느낄 수 있는 건 아직 내가 살아 있다는 증거이고, 숨을 쉬는 한 해야 할 일이 남아 있었다. 드디어 가야 할 길을 찾은 영혼처럼 소용돌이치던 바람이 내 안으로 들어왔다. 나는 눈을 감고 입을 열었다. 천천히, 아주 천천히. 그러자 오랫동안 어두웠다가 드디어 밝아져 온전히 드러난 시간이 우리에게 도착해 있었다.

에필로그

윤희재

나와 아내는 광고 촬영 현장에서 조감독과 모델로 처음 만났다. 나는 빈약한 콘티를 여러 차례 훑어보면서 모델의 동선과 카메라에 걸리는 풍경을 가늠하느라 분주한 틈에도 데님 원피스를 입은 그녀에게 자꾸 눈길이 가는 걸 멈출 수 없었다. 라벤더꽃이 흐드러지게 피워낸 보랏빛 사이로 창백한 얼굴이 드러났다. 유리구슬처럼 빛나는 시선과 마주쳤을 때, 그녀도 오랫동안 나를 보는 듯했다. 눈길을 주고받은 것만으로 마음이 통했다고 섣불리 믿어버리는 사람은 아니었지만, 은근한 기대를 갖고서 그녀도 나에게 관심이 있으리라 착각했다. 물론 착각으로 끝날 일이라고도 생각했다.

훗날 아내는 그때 자신을 뚫어져라 보던 내 눈빛이 의심스럽기만 했다며 털어놓았다. 그래도 덥수룩한 머리카락이 눈을 찌르던 조감독에게 호감을 품은 까닭은, 라벤더밭을 뛰어다니며 배경에 걸릴 만한 표지판이나 깃발을 뽑아내고 기분이 좋다는 듯 혼자 웃던 얼굴이 마음에 들었던 탓이라 했다. 어디선가 조감독을 부를 때마다 황급히 옮겨 다니며 현장의 잡일을 다 해치우는 심부름꾼 청년이 귀여웠기 때문이라 했다.

사흘간 이어진 촬영의 마지막 날 그녀는 나에게 사진을 한 장 찍어달라 했다. 가끔 다른 모델들도 요청을 할 때가 있으니 이번에도 그런 것이라 여기고 가벼운 마음으로 사진을 찍었다. 그녀는 사진을 현상해놓고 기다려달라 했다. 보름 후 회사로 사진을 받으러 갈 거라 했다. 연애에 재주가 없던 나는 그게 무슨 의미인 줄 모르고 순순히 알았노라 하고선 돌아섰다.

보름이 지나고 한 달이 지나도 그녀는 오지 않았다. 나는 이미 갖고 있던 연락처로 전화를 걸어볼까 하다가도 용기를 내지 못했다. 그때 나는 회사에서 먹고 자며 지냈다. 작은 집 구석에 복닥거리며 모여 사는 식구들을 견디지 못하고 대기조를 자처하며 회사에 죽치고 있었다. 그러니 언제라도 그녀가 온다면 직접 맞이할 수 있을 형편이었다. 나는 매일 시달렸다. 오지 않는 그녀를 기다리는 동안 기대와 불안이 번갈아 내 심장을 파먹었다.

그렇게 약속한 지 한 달 반이 지나서야 그녀는 나를 찾아왔다. 약간은 심통이 난 투로 사진을 건네자, 그녀는 미안하니 무엇이든 소원을 들어준다고 했다. 나는 반쯤 장난 삼아 결혼이나 해달라 청했다. 웃고 넘어갈 줄 알았더니 그녀는 진지한 얼굴로 그쪽이 정신적으로 문제가 없다면 들어주지 못할 것도 없다고 대꾸했다. 그 당돌한 응답에 얼굴이 벌게진 채 도망가는 나를 그녀가 쫓아왔다. 그렇게 우리의 연애가 시작되었다.

*

나중에 들어보니 그간 그녀는 유명한 모 감독의 영화 출연을 제의받아 여러 관계자를 만나느라 바빴고, 한편으로는 인생에서 중요한 기회가 주어진 시기에 다른 곳에 한눈을 파는 것이 옳은지 고민하느라 시간이 지체된 것이라 했다. 하지만 어느 쪽이 더 중요한지 따져보는 동안 나날이 선명하게 내 모습이 떠오르더라 고백했다. 그녀는 이유를 알 수 없으나 자꾸 떠오르는 쪽에 인생을 걸어보기로 한 것이었다.

그러니 농담이라도 사귀자거나 결혼하자고 말하지 않았다면 서운할 뻔했다는 게 훗날 아내의 설명이었다. 애인이 생겼다 하니 영화 관계자 미팅은 어쩐 일인지 중단되었다고도 했다. 그녀는 뺀질거리며 여자를 밝히는 감독이 임자 있는 배우를 선호하지 않는 게 아닌가 툴툴거리면서도 잃어버린 기회를 크게 아쉬워하지 않았다.

나는 프로덕션 일이 뜸해지면 회사 차를 빌려 그녀와 여행을 다녔다. 조촐한 결혼식을 치른 후 일주일간 배를 타고 떠난 신혼여행에도 그 차를 끌고 갔다. 감독은 개인적 용무로 빌려 가는 건 이제 그만하라 타박하면서도 선뜻 차를 내어주었다. 그러면서 결혼도 했고 앞으로 아이도 생길 테니 좋은 자리로 가야 하지 않겠냐며 입봉할 만한 시나리오를 써보라 제안했다. 제대로 배운 적 없어도 프로덕션에서 잔심부름을 맡는 동안 어깨너머로 배운 경험이 만만치 않을 거라고 했다.

그저 가볍게 나눈 대화가 어떻게 흘러 들어갔는지, 며칠 후 아내는 그 얘기를 자연스럽게 꺼냈다. 아무래도 그 전날 아내가 간식거리를 챙겨 회사에 들렀을 때 감독이 넌지시 말한 모양이었다.

"당신이 감독이 되고, 나는 배우가 되면 어때?"

아내는 진심인지 농담인지 모를 말을 던져놓았다. 그 후 문구사가 보일 때마다 노트를 한 아름씩 사들여 차의 뒷좌석을 노트 묶음으로 가득 채우곤 했다. 아내는 그 많은 노트를 내 손글씨로 전부 채울 때까지 멈추지 말고 써보라 했다. 나는 어떻게 그렇게 하느냐 고개를 내저었다. 얼핏 봐도 노트가 100권은 넘어 보였다. 그러나 아내는 평생을 쓰면 될 거라면서 나를 평생토록 골탕 먹이려는 사람처럼 장난스러운 미소를 지었다.

*

솔직히 나는 감독이 되길 열망하지 않았다. 이 판에 들어온 건 군대에서 만난 선임이 전역한 나를 작은 광고 프로덕션에 소개해준 일이 계기가 되었을 뿐이다. 마땅히 다른 벌이가 없으니 그 자리에 머물렀다. 무거운 카메라와 삼각대를 몇 대나 들고 다니면서 번개가 치는 날도 폭설이 내리는 날도 촬영을 강행하다 보면 얄팍한 낭만을 갖고 이 바닥에 발을 들인 사람들은 금방 떠나가기 마련이었지만, 딱히 나에게는 이 세계에 대한 기대감이 없었기에 덤덤하게 버틸 수 있었다. 어딜 가도 그다지 장밋빛이 되리라 희망하지 않던 성격 덕을 본 것이다.

에필로그
윤희재

그렇더라도 가끔 카메라에 담긴 컷이 내가 막연히 그린 것보다 아름답게 표현되었을 때, 설명할 수 없는 희열에 사로잡히긴 했다. 하지만 욕심은 나지 않았다. 열정이 솟아오를 정도는 아니었다.

아내는 확신했다. 열망이 없는 사람이라서, 기대가 없는 사람이라서 오히려 더욱 이런 일을 할 수 있을 거라고 나에게 말했다.
"당신은 무적이야. 기대감이 없으니 상처 입을 일도 없겠지. 난 당신이 계속하면 최고가 될 거라고 믿어."
나는 그 말을 아내에게 돌려주었다.
"나도 당신을 믿어."
그러나 아내는 의아해하며 물었다.
"뭘 믿는데?"
나는 망설이지 않고 대답했다.
"당신은 배우가 될 거야. 당신이 출연한 영화는 전부 근사해질 거야."
아내는 기분이 좋다는 듯 웃어 보였다.
"그럼 우리 내기할래? 누가 먼저 꿈을 이루는지?"
그 순간 아내가 '꿈'이라고 말했으므로 나에게 그것은 꿈이 되었다. 그렇게 해보기로 했다. 내가 감독이 될 수 있을지는 몰라도 아내가 근사한 배우가 되리란 건 의심할 수 없었으니까.

*

3년이 지나는 동안 우리에게 아이가 생겼다. 그사이 나는 프로덕션 대표 감독에게 두 개의 시나리오를 퇴짜 맞았고, 아내는 오디션에서 일흔 번을 떨어졌다. 그럼에도 우리는 포기하지 않았다. 둘이서 번갈아 아이를 돌보며 시간이 날 때마다 틈틈이 꿈을 위해 해야 할 일을 쌓아갔다. 부엌 테이블에는 언제나 미결된 이야기가 담긴 노트와 닳은 펜이 굴러다녔고, 아내가 읽던 스타니슬랍스키의 책과 회사 동료를 통해 구해 온 영화 대본도 함께 펼쳐져 있었다. 가끔 아이를 품에 안고 식탁에 앉아 아내가 오디션 준비를 위해 긴 대사를 읊는 걸 듣고 있으면, 이 순간이야말로 내 인생에서 가장 아름다운 한 장면이라는 생각이 들었다.

그때 우리는 젊었고 꿈이 있었다. 모든 일이 원하는 대로 이루어지리라는 믿음의 말을 주고받았다. 계속 실패하고 있었지만 그런 과정을 즐거워했다. 그러한 실패 속에서 나보다는 아내가 더 행복해 보였다. 아내는 이 과정을 행복하게 여기지 못할 이유는 하나도 없다고 했다. '실패해도 계속할 테니까. 계속하면 언젠가 되는 거 아니겠어?' 그렇지만 나는 적어도 아내만은 실패하길 바라지 않았다. 실패한 채로 계속하는 사람이 되길 바라지 않았다. 아내가 놓쳐버린 기회를 다시 잡길 원했다. 아내에게 꿈을 놓친 사람이 되었다는 결말을 남겨주고 싶지 않았다.

바로 그때부터 나는 진심으로 열망하기 시작했다. 정말로 유명한 감독이 되고 싶었다. 만약 내가 감독이 된다면 아내가 오디션에 계속 떨어진다 해도 그 꿈은 실패로 끝나지 않게 될 것이었다. 아내를 내 영화에 출연시키면 될 테니까. 하지만 아내는 그런 식으로 어떤 자리에 쉽게 가는 것은 꿈을 이루는 일이 아니라 반박했다. '하나씩 해나갈 거야. 나한테 온전하게 주어질 때까지 해볼 거야.' 그런 말을 들었지만 나는 내심 포기하지 않았다. 때때로 가벼운 대화인 척 아내에게 어떤 역할을 맡고 싶으냐 물어보기도 했다. 그때 아내는 가장 가까운 사람을 평생 속이는 역할을 해보고 싶다고 말했다. 혹은 그 반대로 자신이 가장 사랑하는 사람에게 속아 넘어가더라도 결국 행복을 찾는 역할을 맡고 싶다고 했다. 속이는 자와 속는 자. 그 둘은 한 이야기에 공존해야 하는 인물이었다. 나는 둘 중 하나만 선택해야 한다면 어느 쪽이냐고 물었다. 아내는 잠시 고민하더니 누군가를 속이는 것보다는 차라리 속아 넘어가는 것이 낫겠다고 했다. 아무래도 사랑하는 사람을 속이는 건 가슴 아픈 일이니까. 그때 나는 아내의 말에 고개를 끄덕이면서, 속아 넘어간 쪽이야말로 이미 진실을 다 알면서도 일부러 속아 넘어간 척하고 있는 게 아닐까 스스로에게 되물었다.

*

아내에게는 늘 시간이 부족했다. 나는 회사에서 촬영을 배우면서 감독이 될 수 있는 루트와 시나리오에 필요한 자질과 현장에서 필요한 실력을 키워갈 수 있었지만, 아내는 배우 일과 관련된 사람을 단 한 명도 만나지 못했고, 집에서 아이와 주로 시간을 보내야 했다. 아내는 혼자 분투했다. 할 수 있는 한 많은 영화를 돌려보고 대본을 통째로 암기했다. 그럼에도 아이를 다른 사람에게 맡길 수 있을 때에만 오디션에 참가할 수 있었다. 백 번째 오디션에서 떨어진 날, 아내는 힘없는 목소리로 말했다. '너무 욕심을 내고 있었나 봐.' 그날 옆집에 맡긴 아이가 이웃 여자가 낮잠을 자는 사이 혼자 현관문을 열고 나갔다가 동네 슈퍼 주인이 발견해 경찰서에 데려다준 사건을 겪고서 아내는 완전히 기세가 꺾였다. 아이는 무사히 돌아왔지만 우리에게 일어날 수도 있었을 미래를 생각하면 심장이 덜컥 내려앉았던 것이다. 피로에 찌든 아내의 입술은 며칠째 진물이 터져 상처가 남아 있었다. 이제 아내에게는 시간만큼이나 체력도 부족해 보였다. 하지만 가장 부족해진 건 계속할 수 있으리라는 믿음이었다. 절대 녹지 않을 얼음처럼 투명하고 견고하던 믿음이 한순간 녹아버렸다. 내가 좋은 보모를 구해볼 테니 다시 시작하라 해도 아내는 우리 형편에 그럴 수 없다며 손사래를 쳤다.

그 후 아내는 더 이상 '꿈'이란 단어를 입에 올리지 않았다. 그저 나를 응원할 뿐이었다.
"당신이 감독이 되는 모습을 보는 게 나한테는 가장 큰 기쁨이 될 거야."
아내는 이미 우리의 내기를 잊었다. 우리가 무엇을 향해 걸어가야 하는지 잊어버렸다. 아내는 하루가 다르게 생기를 잃어갔다. 내가 꽃을 사 들고 집에 들어가도 잠시 웃고서 다시 어두워졌다. 이제는 나라도 열심히 하는 수밖에 없는 걸까. 나는 한시라도 빨리 감독이 되어 아내를 기쁘게 해주고 싶었다. 그즈음 나는 대표가 소개한 제작사에서 시나리오를 모두 반려당하고 자신감을 잃은 상황이었다. 흥미로운 지점이 있으나 인물이나 이야기가 성글어 제작이 어렵다는 피드백이었다. 어떻게 해야 하는 걸까. 어떻게 해야 길이 뚫릴까. 아내는 나에게 그저 우리가 계획한 대로 해보라 했다. '노트를 채우는 거야.' 아내는 책장을 빼곡히 채운 노트들을 칼로 잘라 클립으로 고정한 후 매일 아침 내 재킷 안주머니에 넣어주었다. 나는 무엇이든 떠오르는 대로 시간이 날 때마다 빈 여백을 채웠다. 그런 후 주머니에 든 노트를 채울 때까지 잠들지 않기로 결심했다. 나는 깨어 있는 동안 계속하여 노트에 무엇이든 적어나갔다. 엉망진창이어도 노트만 다 채우면 어떻게든 된다는 생각으로 그냥 해나갔다. 잠들기 전에는 아내가 노트를 확인했다. 그것은 우리 부부의 습관이 되었다. 내 노트가 꽉 채워진 걸 볼 때마다 아내는 정말 기쁜 듯 웃었다.

"이대로만 하면 돼. 당신은 꿈을 이루게 될 거야."

*

근교로 야외 촬영이 잡힌 날, 일기예보에 비가 온다는 소식이 없었는데도 아침부터 흐리기 시작하더니 다소 거칠게 비가 내렸다. 우중 촬영은 예정에 없었지만 감독은 나중에 쓸모가 있을 거라면서 기왕 비가 오고 있으니 다른 장면에 붙일 인서트 컷이나 실컷 찍어놓자고 했다. 촬영팀은 우산과 카메라를 들고 흩어져 각자 비에 젖은 풍경을 찍었다. 나는 마침 눈에 들어온 논두렁의 개구리를 따라가고 있었다. 원래 개구리가 그런 생물인지 모르겠으나 유난히 쓸쓸해 보이는 녀석이었다. 처량하게 비를 맞으며 어디로도 가지 못하고 방향을 잃은 것처럼 멈춰버린 개구리였다. 나는 아직 카메라를 들지 않은 채 개구리를 내려다보았다. 그 순간 내 이름을 부르는 소리가 크게 들렸다.
"윤희재! 윤희재!"
숨이 넘어갈 듯 다급한 목소리였다.
"무슨 일이세요?"
일어나며 외치자 야, 윤희재, 너 빨리 가야 해 하며 나에게 무언가 날아왔다. 빗물 젖은 땅에 떨어진 것은 대표가 건넨 차 열쇠였다.

제정신이 아니었다. 운전대를 잡은 손바닥을 펄떡이게 만드는 진동이 내 심장에서 오는 것인지, 아니면 바람막이 재킷 안주머니에 넣어둔 노트에서 오는 것인지 알 수 없었다. 그 노트는 나보다 더 살아 있는 듯 여겨졌고 빗길을 달리는 나는 서서히 죽어가는 것만 같았다. 생각이란 걸 할 수 없었다. 그저 달릴 뿐이었다. 아내가 실려간 병원을 향해 정신없이 차를 몰았다.

그날 아내는 장모가 집에 온 사이 아이를 맡겨놓고 저녁 찬거리를 사러 나갔다. 아침에 집을 나서기 전 아내는 저녁에 새우가 들어간 국수를 만들 것이니 가능하다면 저녁때까지는 들어오라 했다. 아침부터 날이 흐렸으니 뜨거운 국물과 면이 생각난 모양이었다. 아내는 장을 보고 집으로 돌아오던 중 빗길에 미끄러진 승합차에 치였다. 아마도 새우와 소면이 길에 널브러졌을 것이다. 젖은 땅에 터진 새우가 살점처럼 흩어졌을 것이다. 하얀 국수 가락이 조각나고 핏물이 들었을 것이다. 아내의 사고 소식을 전해 들을수록 그런 장면이 떠올랐고 나는 평생토록 새우와 국수를 먹을 수 없게 되리란 걸 예감했다. 아내는 응급실에서 사망 선고를 받았다. 나는 병원에 도착하자마자 아내의 차가운 시신을 확인했다. 그 후에는 원무과에 들러 장례 절차를 밟으라는 얘기를 들었고 누군가 옆에서 하라는 대로 다 하기만 했다. 장모가 아이를 데리고 장례식장으로 들어왔고, 나는 해맑게 웃는 아내의 영정 앞에 앉아 한숨도 자지 않았다. 고장 난 기계처럼 계속 움직였다. 잠들 수 없었다. 노트를 다 채우기 전까지는. 아내가 채워진 노트를 보고 웃어주기 전까지는 그럴 수 없었다. 그때 누군가 내 어깨를 흔들어 올려다보니 장인이 당황한 얼굴로 나를 내려다보고 있었다.

"자네, 뭘 하는 건가?"

나는 손아귀에 구겨진 노트를 들고서 그 위로 무언가를 적어넣고 있었다.

"지금 일이 손에 잡히나?"

장인은 분노가 섞인 책망을 내뱉고 돌아섰다. 해서는 안 될 짓을 하고 있다는 걸 알면서도 나는 멈추지 못했다. 그 노트를 다 채우면 아내가 돌아올 것 같았다. 모두 악몽이었다고 말하며 그만 꿈에서 깨어나라 말할 것 같았다.

그 노트에 나는 썼다. 사실은 내가 아내를 속여온 일을. 평생토록 마음에 숨긴 채 꺼내놓지 않으려던 이야기를. 그 정도 비밀은 털어놓아야 아내를 되돌려 받을 수 있으리라 생각했다.

*

나는 알고 있었다. 아내가 사진을 찾으러 온 까닭을. 그날 아내는 어쩌면 마지막 남은 희망을 붙들기 위해 날 찾아온 것이었다. 그로부터 한 달 전, 다른 배우가 투자사에 로비를 하여 원래 아내가 맡기로 한 주연 자리를 꿰찬 일이 시작이었다. 아내는 자기 자리를 되찾기 위해 혼자 싸웠다. 감독도 만나고 작가도 만나고 다른 배우들도 만났다. 모두 도움을 준다 했지만 돈줄을 쥐고 흔드는 사람을 무시할 수는 없었다. 끝내 아내가 언론사를 찾아가려 하자 해당 영화를 만드는 제작사 대표가 강수를 두었다. 앞으로 아예 이 업계에 발도 못 붙이게 할 테니 그만하란 경고였다. 그러나 아내는 밀어붙였다. 기자를 만나서 돈이 오고 간 정황과 주연 배우를 손바닥 뒤집듯 바꿀 수 있는 현실을 적나라하게 고발했다. 기자는 아내에게 큰 용기를 냈다며 격려했다. 이제 기다리기만 하면 될 일이었다. 다시 자기 자리를 되찾을 수 없을지는 몰라도 억울함을 풀 수 있을 터였다. 그러나 이틀 만에 아내를 만났던 기자는 해외 특파원으로 발령이 났고 개인적인 사정으로 그 기사를 써줄 수 없다고 말했다. 아내는 누가 손을 썼는지 금방 알았다. 아내는 당장 제작사 대표를 찾아갔다. 하지만 아내에게 돌아온 건 소리 소문 없이 죽여버릴 수도 있다는 협박이었다. 그것이 그저 협박에 불과한 것인지 정말로 실행이 가능한 일인지 알 수 없었지만, 아내는 겁을 먹었다. 그 모욕적인 만남 이후 아내는 기운을 잃은 채 나를 찾아온 것이었다.

좁은 세계였다. 그 무렵 이미 알 만한 사람들은 아내가 어떤 상황인지 눈치채고 있었다. 프로덕션 대표도 건너 들은 소문이라 했다. 그러면서 아마도 그때 아내가 유일하게 희망을 걸어볼 수 있던 사람이 자신에게 호감을 내보이던 심부름꾼밖에 없었기 때문에 나를 찾아왔을 거라고 추측했다. 그래도 관련 업계에서 일하고 있는 사람이었으니까 무슨 연줄이라도 있을 줄 알았던 모양이지,라고 그는 말했다. 아내와 사귄다고 말한 지 일주일쯤 지났을 때 대표가 그런 얘기를 해주었다. 모 감독의 주연 자리까지 할 뻔한 애가 뭐가 좋아서 너처럼 가진 거 하나 없는 애한테 오겠느냐 괜히 이용당하지 말고 얼른 헤어져라, 그는 경고했다. 하지만 그 말보다 내가 무심결에 건넨 결혼의 청을 단번에 아내가 받아준 일을 나는 더 진실한 것으로 믿었다. 그래서 아내가 그 일을 먼저 고백하지 않는다면, 나도 영원히 그 이야기를 숨겨두기로 마음먹었다. 나의 아내가 그때 들려준 '이유를 알 수 없으나 자꾸 떠오르는 쪽에 인생을 걸어보기로 했다'는 그 말을 되새겼다. 나도 마음이 가는 쪽에 인생을 걸어보고 싶었다. 진실이 무엇인지 알 필요가 있을까. 속이고 속아가면서 당신을 잃지 않고 지켜내는 게 더 중요하지 않은가.

*

아내가 죽고 한 계절이 지났다. 나는 아내가 예전에 주연 자리를 박탈당한 그 영화의 제작사에서 뜻밖의 제안을 받았다. 여러 습작을 거쳐 완성된 내 시나리오를 그 제작사의 대표는 꽤나 마음에 들어 했다. 그는 이미 내 아내가 누구인지 알고 있었다. 그는 아내의 죽음을 안타깝게 여기는 한편 별것 없는 신인 감독에게 아량을 베푸는 것처럼 굴었다. 하지만 그가 얼마나 내 시나리오를 탐내는지 모를 수가 없었다. 보통 신인 감독에게 제시하는 계약금의 두 배는 될 거라 말하면서도 그는 다리를 덜덜 떨며 미팅을 이어나갔다. 나는 그가 하는 얘기를 다 듣고서 깨끗하게 거절했다.

"당신 아내 일로 그러는 겁니까?"

제작사 대표는 그런 사연을 일일이 따지면 아무것도 못 하게 될 거라며 충고인 듯 협박했다. 나는 조용히 일어나 인사한 후 자리를 떠났다. 그도 날 붙잡지 않았다. 다만 등 뒤에서 꼴값을 떠는 신인치고 망하지 않는 사람이 없다며 저주를 퍼부었다.

그 저주는 제대로 먹혔다. 첫 번째 영화는 말 그대로 처참하게 망해버렸다. 하지만 나에게는 여전히 채워야 할 노트가 책장 세 칸을 채울 만큼 남아 있었다. 나는 프로덕션 촬영 일과 강사 일 따위를 닥치는 대로 해나가면서 계속 노트를 채웠다. 아내가 하던 대로 주머니 크기로 노트를 잘라 항상 안주머니나 가방 포켓에 넣어 가지고 다니면서 하루치 분량을 채웠다. 그러는 동안 나는 실패해도 계속하는 사람이 되어 있었고, 그것은 생각했던 것보다 나쁘지 않았다.

나는 번 돈의 대부분을 아이를 봐주는 보모를 구하는 데 썼다. 왜 아내가 살아 있을 때 이렇게 하지 못했는가 후회했다. 저녁 늦게 집에 돌아와 씻고 부엌 식탁에 앉으면 아이는 내 옆에 붙어 동화책을 봤다. 어느 날엔가 아이는 내가 써놓고 책장에 마구 쑤셔놓은 노트 묶음을 가져와 낱장을 찢었다.
"아빠는 항상 노트노트 해."
아이는 내가 노트를 펼치고 무언가를 적는 걸 그렇게 말하곤 했다. 아이는 그만하라는 소리도 듣지 않고 그 낱장들을 퍼즐 조각처럼 방바닥에 펼쳐놓고 연결해 맞췄다. 나는 바닥에 널린 종이를 주워 들면서 뒤섞인 장면들이 기묘하게 연결되는 걸 알아차렸다. 이렇게 저렇게 배치를 바꿔가는 동안 흩어진 장면들, 흩어진 이야기들, 흩어진 인물들이 하나의 이야기로 모여갔다.
나는 아이를 재워놓고 거실로 나와 그동안 써둔 노트를 낱장으로 전부 뜯어냈다. 그러곤 아이가 하던 것처럼 낱장들을 뒤죽박죽 섞어 맞췄다. 그 후 나는 그런 행위에 중독되어 자꾸 종이를 여기저기 옮겨 놓아보고 마음에 드는 배치가 나오면 그대로 실로 감아 한 세트로 묶었다. 시간이 날 때마다 그런 놀이를 반복했다. 그동안 습작으로 써둔 엉성한 장면들이 적당한 자리를 찾자 괜찮아 보이기 시작했다. 그해 겨울이 끝날 때까지 그런 식으로 내가 초고로 묶어둔 시나리오는 열일

곱 개였다. 나는 그중 하나를 골라 완결된 이야기로 만들어보려 애썼다. 그러나 밤을 새워가며 쓴 그 원고는 어디서도 받아들여지지 않았다. 하지만 나는 그 원고를 항상 가방에 넣어 다니면서 언제라도 누구라도 그것을 발견해주길 기다렸다.

*

그 원고로 빛을 본 건 아니었지만, 두 번째 영화를 찍게 되면서 나도 서서히 감독으로서 자리를 잡아갔다. 그러면서도 나는 아내가 남겨놓고 간 노트를 채우는 일을 멈추지 않았다. 채우고, 뜯고, 다시 배치하고, 엉성하게 기워놓은 종이들을 실로 감아놓은 묶음이 책장 한 칸을 새롭게 채워갔다.
 아이는 몇 해 동안 그런 작업을 '노트노트'라고 부르다가 중학생이 된 후로는 그 명명이 유치하다 느꼈는지 그저 '일'이라고만 말했다. '아빠, 일해? 또 일하는 거야? 아빠는 일을 손에서 놓지 않네. 아빠는 왜 그렇게 일을 많이 하는 거야?' 아이가 물으면 나는 그때마다 떠오르는 말을 임기응변으로 뱉어놓았다. '돈을 많이 벌고 싶으니까.' '물 들어올 때 노를 저어야 하니까.' '이 일이 아니면 달리 할 일이 없으니까.' 하지만 아이는 나를 꿰뚫어 보았다. '아니야, 다 핑계야. 아빠는 엄마한테 칭찬받고 싶은 거잖아.' 나는 아이에게 엄마는 죽었다고 다시금 말해주었다. 아이는 눈을 흘기며 나를 보더니 아내의 사진을 한 장 가져와 말했다. '무슨 소리야? 아빠도 인정하지 않으면서. 나도 알고 있어. 아빠가 그렇게 미친 사람처럼 노트만 쓰는 건 엄마를 위한 거잖아. 이것 봐 아빠가 쓴 노트에 나온 여자들 전부 엄마처럼 창백할 만큼 하얗잖아. 자꾸 이렇게 하얀 피부색만 선호하는 시나리오를 쓰는 거 엄청 시대착오적인 거 알아?' 그 말을 듣고서야 나는 깨달았다. 정말로 내가 주인공으로 삼은 인물은 창백했다. 당연했다. 언제나 아내를 떠올리며 썼기 때문이다. 그 역할들을 아내에게 줄 것이기 때문이다. 아내가 나의 유일한 배우가 되는 것, 그것이 여전히 내 꿈으로 남아 있었다.

이러다가 미쳐버릴지도 모른다는 생각이 들어 나는 한동안 노트 쓰는 일을 중단했다. 그 사이 아이는 고등학교를 졸업하고 영화 연출로 이름이 알려진 대학에 입학 자격을 얻었다. 나는 아이에게 물었다.
"너도 감독이 될 생각이야?"
나는 아이가 만들 영화가 궁금해 벌써부터 가슴이 뛰었다. 하지만 아이는 영화를 배우면 제작사를 차릴 거라고 했다.
"아빠, 난 큰 부자가 될 거야."
나는 의아해하며 물었다.

"넌 영화로 큰돈이 벌어진다고 생각하니?"

그러자 아이는 계획을 늘어놓았다.

"아빠는 예전에 하던 일을 계속하기만 하면 돼. 매일 노트를 채우던 그 일 말이야. 그럼 내가 아빠 노트를 확인할 거야. 그것들을 모아서 영화를 만들 거야. 모두가 혀를 내두를 정도로 훌륭하고 많은 영화를. 엄청난 상들을 받을 거야. 나는 아빠를 더 큰 꿈으로 밀어 넣을 거야. 아빠가 엄마의 꿈을 뚫고 나오게 할 거야."

아이는 손을 뻗어 내 어깨를 붙잡고 단단한 눈빛으로 말했다.

"아빠는 대단해져야 해. 겨우 몇 편 찍고 그만두는 적당히 괜찮은 감독으로 남지 마. 굉장한 사람이 돼. 어떻게 저렇게 영화를 계속 찍었지. 어떻게 저렇게 살아갈 수 있었지. 사람들이 미친 듯이 궁금하게 만들어. 그래서 나중에 엄마를 다시 만나면 그 누구보다 최고의 영화를 찍어줄 수 있는 사람이 되란 말이야."

어깨에 올린 아이의 손이 두근거렸다. 마치 손안에 심장이라도 담긴 것처럼 삶을 향한 열기로 펄떡거렸다. 나는 그것을 전달받았다. 나는 멍하니 아이를 바라보았다. 아이는 이해한다는 듯 씨익 웃어 보였다.

"이제 영화를 만들자."

나는 다시 노트를 펼쳐 들었다. 오랜만에 백지 앞에 마주 섰다. 첫 줄에 제목을 쓰고 아내의 이름을 넣자 살아본 적 없는 시간들이 시작되었다. 나의 아내는 그 시간 속에서 날 만나기 전으로 돌아가 다시 꿈을 꿨다. 아내인 듯하지만 더는 아내가 아닌 인물의 이야기 속으로 그녀는 뛰어들었다. 나의 아내는 그곳에서 자기 아이를 지키기 위해 바다를 건넜다. 더 이상 미치지 않기 위해 거짓 속으로 들어갔다. 평생 동안 사랑하던 사람을 속였다. 불량한 어린 시절을 뒤로 하고 수녀가 되었다. 모든 걸 버리고 러시아로 유학을 떠났다. 친구의 애인이던 의사에게 첫눈에 반해 결혼했다. 과거를 모두 부정당하는 스캔들에 휘말렸다. 살아남기 위해 때때로 비겁했다. 누구도 신경 쓰지 않는 행인1이 되었다. 자신을 잃지 않기 위해 스스로 손가락을 잘랐다. 아버지의 돈을 빌려 카페를 차렸다. 마흔이 넘어 배우로 데뷔했다. 오래된 극장에 앉아 영화를 보았다. 유부초밥에 메밀국수를 먹었다. 씁쓸하고 진한 커피를 마셨다. 촬영 도중 귀에 물이 들어갔다. 소중한 사람을 위해 밀크티를 끓였다. 그늘에 놓인 화분이 죽어가는 걸 보았다. 앞날이 막막해 검은 호수만 바라보았다. 작은 손전등을 들고 이불을 머리 위에 뒤집어썼다. 이불 안에서 보석처럼 빛나는 얼굴을 보았다. 결코 말할 수 없을 것 같던 비밀을 털어놓았다. 용서하려 했다. 용서받으려 했다. 반세기 동안 같은 자리를 달렸다. 깨끗하게 웃었다. 사랑하는 사람의 손을 다정히 잡았다. 운명이란 것이 있다면 그것을 뛰어넘었다.

나는 가만히 지켜보았다. 그 모든 시간을. 그렇게 우리의 꿈의 영화는 왔다. 더 이상 오지 않을 것 같은 순간에도 기다리면 반드시 왔다. ■

작가의 말

장편소설을 세 편쯤 쓰고나서 문득 깨달았다. 소설은 작가가 쓰는 것이 아니었다. 소설은 '시간'이 써주는 것이었다. 특히 이번 소설은《Axt》에서 격월 연재를 시작하면서 세부적인 구상을 굴려갔기 때문에 더욱 그렇게 느껴졌다.

두 달에 한 번 다가오는 마감이 소설을 완성할 수 있게 도왔다. 오늘 쓴 원고를 내일 지우고 내일 쓸 원고가 모레 지워질 것을 알면서도 매일 같은 자리에 앉아 글을 쓰는 일이 가능했던 건, 언젠가 이 원고를 지울 수 없는 시간에 도달하게 된다는 걸 알았기 때문이다. 결국 끝이 있다는 걸 어렴풋이 알려주는 신호가 없었다면 시작이나 할 수 있었을까.

연재가 끝난 후 몇 달이 지나 연재한 분량을 절반 정도 뒤엎고 소설을 정리해 최종 원고를 넘긴 후에 그야말로 드러누웠다. 큰 병이라 할 수는 없지만 일상생활이 불가능했다. 이석증이 왔고 귓속에 있는 돌이 제자리를 찾은 후에도 거의 두 달 동안 어지럼증에 시달렸다. 눈앞의 문자가 온통 흔들렸다. 책도 읽을 수 없었고 글도 쓸 수 없었다. 여러 가지 일을 동시에 진행하면서 글을 쓴 탓인지 몸에 무리가 간 게 사실이지만, 괜한 소설가적인 망상을 해보자면 이 원고를 쓰는 동안 나는 병이 오는 것조차 미뤄둔 것 같았다.

덕분에 안 읽고 안 쓰는 나날을 보냈다. 솔직히 말하면 처음에는 좀 힘들었지만 차차 행복해져갔다. 하루 종일 누워서 넷플릭스만 봤다. 예전에는 안 읽고 안 쓰면 행복과 멀어지는 줄 알았는데 꼭 그런 건 아니었다. 읽고 쓰는 것이 신체 에너지를 갉아먹는 일이라 언제나 찬양할 수만은 없다는 걸 몸소 깨달았다. 독서와 글쓰기는 영혼을 채워준다는 감각에 도취되게 만들지만, 물리적으로는 허리가 굽고 어깨가 말리고 폐활량이 줄어 숨이 얕아지는 일이었다. 오직 그런 일로만 인생을 채울 수는 없었다.

그럼에도 몸이 조금씩 회복되어가자 가장 먼저 책장에서

책을 꺼내 읽었다. 오래 집중할 수 없어서 많이 읽지는 못했지만 다른 작가들이 쓴 문장을 탐독하면서 마침내 깨달았다. 두어 달간 먹고 놀고 거의 누워 지내는 동안 나는 행복했지만 멈춰 있던 것이다. 정지된 행복이라고 해야 할까. 여하간 그런 행복이 나를 편안한 상태로 이끌었지만, 멈춰 있던 시간이 굴러가기 시작하자 비로소 살아 있다는 기분이 들었다. 어째서 소설을 읽고 쓰는 일이, 이렇게 살아 있음을 증명해주는지 모르겠다. 사실 이 증명은 괜한 착각일지도 모른다. 만약 그렇다면 나는 착각함으로써 나의 시간을 굴려가고 있는 게 아닐까. 만약 그런 것이라면 딱히 벗어날 필요를 모르겠다. 다만 앞으로는 허리를 세우고 어깨를 펴고 폐활량을 늘려야겠다.

제법 몸 상태가 돌아온 후 교정지를 받아보고 다시 읽어보니《모든 시간이 나에게 일어나》에 나오는 인물들은 나랑 닮은 것 같았다. 그들은 자신을 살아가게 하는 일이 무엇인지 알고 있는 사람들 같았다. 각자의 방식으로 그 무엇에 헌신하고 있는 듯 보였다. 어떤 의지를 갖고 헌신한다기보다는 자신도 모르는 동안 그렇게 생의 방향이 맞춰져버린 것 같았다. 무슨 자연법칙처럼 벗어날 수가 없게 된 것처럼.

한편으로는 시간을 바치게 하는 그 무언가가 별것인가 싶다. 우리가 애정을 주는 무언가 그토록 별것인가. 그저 항상 가까이 있을 뿐이다. 그렇게 머물러 있다 보면 언젠가 생각지 못한 세계를 열어 보여줄 것을 기다릴 뿐이다. 기다리면서 그저 살아갈 뿐이다. 사실 조급할 이유는 없다. 너무 과도한 의미를 부여할 필요도 없다. 그냥 살아가는 일이다.

*

연재의 기회를 주시고 완성된 책이 나오기까지 함께 걸어준 출판사 은행나무와 백다흠 편집장님, 무려 2년 가까이 연재와 책 작업을 함께해준 김민주 편집자님께 특별한 감사를 드린다. 덕분에 긴 소설을 하나 더 썼다. 추천사를 써주신 김희선 작가님께도 애정을 담아 감사를 남긴다. 언제나 소설의 한계를 멋지게 뛰어넘는 선배 작가들을 존경한다. 나의 작가 활동을 누구보다 자랑스러워하시는 부모님과 가족들, 남자친구에게도 변함없는 감사를 보낸다.

무엇보다 내 소설을 읽고 응원을 보내주시는 독자님들에게 꼭 인사하고 싶다. 올해는 독자의 존재를 더욱 여실하게 느꼈다. 아주 막막한 겨울밤 깜깜한 하늘에서 빛나는 별들을 발견한 기분이었다.

부디 그들이 펼칠 페이지마다 아름다운 시간이 일어나길, 오지 않을 것 같은 순간에도 기다리면 반드시 그 시간들이 찾아오기를 소망한다.

2025년 가을
김나현

모든 시간이 나에게 일어나

1판 1쇄 발행 2025년 10월 15일

지은이 · 김나현
펴낸이 · 주연선

(주)은행나무
04035 서울특별시 마포구 양화로11길 54
전화 · 02)3143-0651~3 | 팩스 · 02)3143-0654
신고번호 · 제 1997—000168호(1997. 12. 12)
www.ehbook.co.kr
ehbook@ehbook.co.kr

ISBN 979-11-6737-550-6 (03810)

• 이 책의 판권은 지은이와 은행나무에 있습니다. 이 책 내용의 일부 또는 전부를 재사용하려면 반드시 양측의 서면 동의를 받아야 합니다.

• 잘못된 책은 구입처에서 바꿔드립니다.